五南文庫 095

文學經理學

周慶華◎著

五南文庫 095

文學經理學

作者　周慶華
發行人　楊榮川
總編輯　王翠華
主編　黃惠娟
責任編輯　蔡佳伶
封面設計　陳翰陞
出版　五南圖書出版股份有限公司
地址　106台北市大安區和平東路二段339號4F
電話　（02）2705-5066
傳真　（02）2706-6100
劃撥帳號　01068953
戶名　五南圖書出版股份有限公司
網址　http://www.wunan.com.tw
電子郵件　wunan@wunan.com.tw
法律顧問　林勝安律師事務所 林勝安律師
出版日期　2016年12月初版一刷
定價　新臺幣400元

國家圖書館出版品預行編目資料

文學經理學／周慶華著. -- 初版. -- 臺北市 : 五南, 2016.12
面;　公分.--（五南文庫; 00）

ISBN 978-957-11-8710-5 (平裝)

1.文學社會學

810.15　　105012951

序

文學，以意象或事件間接表意，跟哲學和科學等直接表意迥然不同。由於意象或事件在呈現時是以比喻或象徵的方式，而該比喻或象徵的方式又可以極度繁複，所以文學在先天上就佔有一個足以「逞才競藝」的廣闊天地。在這個天地裡，大家又可以經由優游有得而使文學發揮更多的美感功能，以致文學在後天上又有讓人特別喜歡耽玩的對象價值。

這樣一個特殊範疇，理應被特殊看待而許以無上的榮光，但很遺憾地，大家卻經常在賦予或發掘它的政治、經濟、社會、宗教和科技等意涵，而看不到它的美感層面，那美感層面才是文學所以為文學的屬性所在。換句話說，一旦只能把文學關聯到其他學科，而略去它的審美特性，文學就死亡了。雖然如此，死去的文學只是因為被遺忘了，重新將它召喚回來就可以復生。因此，這裡就有一個迫切的課題：文學需要經理。而從理當對文學審美層次再行認知的過程中，這種經理會益加帶出許多過去我們所忽視或根本就不知道的東西。

好比我們如何比較馬致遠的〈天淨沙〉小令「古道西風瘦馬，夕陽西下，斷腸人在天涯」和鄭愁予的〈錯誤〉詩「我達達的馬蹄是美麗的錯誤／我不是歸人，是個過客」哪一個更值得創作？它們都在表達一種情緣不遇的哀感，但一嚴肅一諧謔，風格不同。這時選擇就看我們要影響誰，以及預估可以在詩詞脈絡裡起什麼更新或超越的作用。

又好比身為一個讀者又如何接受像伊索寓言〈母獅子和母狐狸〉「母狐狸嘲笑母獅子一胎只能生一隻。『只一隻，』母獅子回答說，『卻是隻獅子。』」這樣的作品？這就得以知道去玩味它帶崇高的美感和返身悟，以及可以採用這類寓言形式或擴及其他文類形式，來反諷想佔自己便宜的人而讓困窘得以化解。

又好比教師在面對無名氏且缺題的「有兩個人，一個又瘦又小，一個又壯又大。他們因事打架，騷擾社會安寧，被拘提到法庭論罪。法官追究誰是事情的啓釁造端者、誰先動手打人。小個子爭先為自己辯護說：『我跟他個子相差那麼大，力氣懸殊，從常理來看，我自己也知道一定打不過他，怎麼會那麼傻先出手去惹他？』大個子也按照同樣的辯論原理為自己辯護。他說：『一般人不會相信他敢先出手，所以他才大膽先出手打了我。』」這類極短篇小說時，又要如何從事文學教育？這就必須將文中所蘊涵悖論的滑稽性予以掀揭，並且評估它可以在什麼時候或哪種特殊場合藉為表出，以便達到生命解脫的目的；一方面供學習者賞玩，一方面引導學習者仿效以為自我充實紓解人生難題的能力。

上述這些，原都要「順理成章」地進行才是。但我們卻看到了許多人仍然困惑於要創作什麼、應該要怎麼理解接受和怎樣提升教學的成效等現象，彷彿這世間還有一塊黑暗大陸，等著高明的人給它施放亮光。顯然這裡面有加強文學經理的必要；而這也就是一套文學經理學可以形塑來提供方案的地方。

其實，文學經理學的建構要比純粹解決上述問題複雜許多。它得從交代「文學經理學的緣起」、說明「文學經理學的重要性」和檢視預期「文學經理學的處境和開展」

開始，而後集中力氣於梳理「自我文學經理」、「他人文學經理」和「公家文學經理」等具體的向度，最終還得自行擬議「文學經理學的運用方向」以及別為展望「未來文學經理學」等，才算是有效的構設。當中主體所分布的自我文學經理、他人文學經理和公家文學經理等，又分別以「創作觀點的文學經理／自我完構和自我推銷的模式／晉身為呼應神祕天才創新的行列」、「傳播和接受觀點的文學經理／企業營利和推動神聖化事業的贏面拔河／認同和促成文學淑世的恆久堅持」和「一種特殊觀點的文學經理／經費挹注和創作風氣的引導／美好創作環境的營造／返身檢肅幫助文學審美發展的成效」逐項細密地討論外示，合而展現出一整套有關文學的難得且新穎的經營管理學。

這套文學經理學的成形，自然寓含有我個人對文學命脈及其益世功能的深切關懷，但如果不是在偶然間聽到一位出版人談及類似的觀念，我也沒有想到這是應該試著去建構的新學科。原因是我已經有《文學概論》、《故事學》、《文學理論》、《文學詮釋學》和《語文符號學》等諸多探討各種文學問題的專書，並不會缺少對這一部分的關切。但那次聽後細想，文學經理學還可以有更多層面要談，倒不如就藉機來開創相關的領域，於是一套非經我先標目卻由我獨力充實內涵的文學經理學勉為完成了。希望它因此而有助於大家對環繞著文學眾多問題的思考解決；同時也能激勵促動文學創作／接受／傳播／文學教育等功效的不斷提升，而讓文學在後全球化時代所能擔負挽救世界沉淪的淑世偉業得以展開。

最後，感謝五南圖書出版公司的慨允出版、黃惠娟副總編的雅為賞鑑接納和蔡佳伶責任編輯等團隊的辛勞編務，他們給這本最新跨科論述的《文學經理學》專著配上了更好翱翔的雙翼，來日驗收成果，這份情特別不能片刻或忘。

周慶華

目次

第一章　文學經理學的緣起

第一節 從文學到文學經理

文學人，自古以來就是世上稀有的物種。它所孵育的意象或創發的事件，相較於只能直接表意的人來說，已經高華許多；再加上他經常不務生計而只耽於創作，彷彿天地的造化手或粉飾師，也不是一般人所能企及。因此，有文學人的存在，這個世界才會增加一些驚奇和奧妙。

只不過很弔詭地，文學人所生產的作品，也必須卯上世俗物流所謂的經營和管理，而無法自我珍寶或自行散化奔逸；以致一件近於神聖化的創作偉業勉強擠進尋常事物中，節奏開始黏著不順暢起來。這就是文學在世間的命運：殊異面貌而邁向崇高是它的堅持，參與俗流而體驗悲壯是它的妥協。

這種堅持和妥協的矛盾現象，使得文學作品從文學人那裡產出到讀者接受的過程充滿著無窮多的變數。如文學會被質疑它憑什麼特別，而既然特別又為何會屈從於世俗的經濟鏈？又如整個社會傳播機制在利用或包裝這些造化手或粉飾師的文學人時，又何嘗會注意到他們所生產文學作品的神聖性而給予額外的對待（而不只當它是一個商品）？又如在傳播的末端所有讀者又給了什麼樣的回饋，而讓文學作品所堅持的東西可以重新浮現（而不再度認同它所妥協的）？這些都會促成大家另外孳生一種「反省機制」，而把文學從常陷被誤解的泥淖推向必要經理脫困的途徑上去。

所謂的必要經理脫困，在這裡有兩個意涵：第一，文學在屈從於世俗的經濟鏈後，又要如何地回過頭來穩住自我的神聖性，以便維護原有的殊異面貌，這就得靠經理才能找到脫困的途徑；第二，讀者和傳播機制在接受和傳播文學的過程中，究竟能配合到什麼程度來保留文學所該堅持的屬性而體現對它不同於其他商品的領悟，這也得透過經理一併慮及而雙雙都可以不再深陷矛盾的情境中。而在這種情況下，從文學到文學經理也就是一個必要的命題；而過去所被忽略或不太受重視的，現在不妨重新把它帶出來而爲它鋪展一番理路，以爲文學的新認知奠定基礎。

由於從文學經理的角度來看，文學要被接受和被傳播並無法只靠它的殊異面貌（而得經由「經理」才能成形），所以前面所說的「文學會被質疑它憑什麼特別，而既然特別又爲何會屈從於世俗的經濟鏈」問題，就得讓它自成一道前進式的光譜而隨後加以詳細地析理解答。我們知道，文學作爲一門學科是由對比設定而可能的（正如其他學科也是透過對比設定而顯現它們所可以專屬的性質）（周慶華，二〇一一a），以致它的殊異面貌就必須在這種對比設定中予以強爲框限，使它的學科性有足以再行進階而「神聖化」起來。

先前有人傾向以能具備「虛構」和「想像」的成分來框限文學而凸顯它的獨特性，因爲「我們的虛構化行爲總是將我們遠遠地帶出這一世界以及我們自身的本來狀態，我們的幻想化行爲將我們轉移到一個想像性生活的天地。文學就產生於這些情性的相互作用，它因而也就允許我們回答人類爲何需要虛構、我們爲何總想走出自身，以及我們爲何喜歡耽溺於一個想像的生活等等問題」（伊瑟爾（W. Iser），二〇〇三：代序四至五）。這不能說有什麼不可以，只是終究會嫌它「界限」標識不夠清楚，很容易就會被破解而判定它區分無效。

理由是虛構和想像是一體的兩面，它們都跟寫實或反映相對立，似乎有要自居一格的態勢，但其實所謂的寫實或反映也不能不是「虛擬」的。正如當代流行的虛擬眞實觀所說的，虛擬共有「眞實的虛假的近似」（就是一種退化的影本、擬像或太過完美的版本）、「一種眞實的解銷或過度眞實化」（就是事實似乎有點不足而虛構性卻能使它完滿，就像眼鏡可以解決視力不佳的問題一般）、「眞實的徹底解銷」（就是在當中人類可以從世界逃脫而進入科技之中）、「藉由差異和非呈現所建構出來的」（就是眞實一直都是虛擬的）和「運用超高能電腦製造出一個虛構空間」（就是藉由複雜高超的電腦技術來模擬三度空間的眞實世界而讓使用者或網路遨遊者有融入當中的感覺）或「人機體結合成一個虛擬實境」（就是透過鍵盤、螢幕、線網和電腦等虛構自我而使生命不朽及深具神性）等多種情況〔哈洛克（C. Horrocks），二〇〇一：七七至八二；漢利希（W. Heinrichs）等，二〇〇四：四六九〕，以致連所謂「眞實」的聲稱也無從不是虛構的。這樣要強調文學是虛構和想像的產物，也就缺乏正當性，終究在這個特定點上所有的學科都是同一稟性。

事實上，上述這種「一切眞實都是虛構」的說法，已經有充足的理據可以用來證成（而不必等到上述的虛擬眞實觀出現才會被意識）。好比意力克遜（E. Erickson）的認知論所意示的：意力克遜認爲現實的認知有三個層面：第一爲「事實狀況」，就是可以經由觀察的方法和當代的技術來鑑定、查對的天下萬物的事實、資料和技術等；第二爲「眞實狀況」，就是人對了解事實的意識和感觸，所融匯於「事實狀況」摘要的見識；第三爲「實際狀況」，就是由親歷其境或由個人行爲參與而得的知識。理論上是這樣，實際上事實所以被認爲是事實，也不過是依賴於不盡完善的觀察力和不盡周全的鑑定工具而已。而眞實狀況既是加諸事實狀況摘要的主觀見識，那麼它就不可能獲得合於「事實」的資料，也就沒有一個客觀標準作爲它存在的依據（事實由於觀察力和工具及技術的改進而改變；眞實狀況的「實質」也就隨著新事實的出現而修正改變了）。至於實際狀況，涉及如何運用認知的方法和親歷其境以及參與所要認知的事物這二者的交互作用；但這一體驗和原先的認知必然會有差距，以致難以辨認體驗和認知的孰是孰非（李明燦，一九八九：一六二至一六六）。此外，所有判斷眞實的前提都得無窮後退（也就是用來判斷眞實的前提，還得有判斷該前提的前提；而依此類推，不斷追究下去眞實成眞的判斷就會無限後退，終至難以想像有所謂眞實這種東西）（周慶華，二〇〇七：二四〇），致使上述論者的文學限定白費力氣（也就是有哪一種學科不是經由虛構和想像的呢）！最後只剩有附帶條件的說詞（如本脈絡這種後設論述），才能暫且放行；否則一旦有過度樂觀的聲稱，都會遭致我所示範的這類的質疑。

還有人撇開虛構和想像的糾纏，而僅從語言使用的不同方式來框限文學，將文學界定爲可以「表達思想情感」或「反映現實生活」或「自我指涉」的語言藝術（韋勒克（R. Wellek）等，一九八七；卡勒（J. Culler），一九九八；趙滋蕃，一九八八；王一川，二〇〇三；魯樞元等編，二〇〇六；徐志平等，二〇〇九）。這除了「自我指涉」一系（還包括新批評的「文學是一種自給自足的有機體」、形式主義的「文學是一種反熟悉化的語言結構」、結構主義的「文學是一抽象的結構系統」、後結構主義的「文學是一個互文結構」和解構主義的「文學是一無限的延異結構」等次流派），可以力保文學某種程度的獨特性，其餘二系都無法在整體上有效地區別於非文學。該系當中形式主義者和結構主義者所力辯的，儼然已自成一座關係文學認知的里程碑：

在敘事分析上以「文學屬性」或文學內在特性爲研究對象。詮釋性批評往往以文學爲其他經驗的投射……形式派和結構主義的文學觀，對此提出矯正……「文學術」的研究所以有別於心理學、社會學等等的研究，正因它強調以此「特徵」爲研究的重心。（高辛勇，一九八七：四）

文學不是冒牌宗教、心理學或社會學，跟「模仿」無關；文學是一種特殊的語言組織，有它自身特殊的規律、結構和方法。同樣地……它跟「表現」無涉，它僅僅是一種物質性的事實。（王岳川，一九九四：二九）

毫無疑問，文學總是或多或少地關注自身，凸出自身的特殊品質：想想莎士比亞的戲劇《哈姆雷特》和《仲夏夜之夢》，或者塞萬提斯的《唐·吉軻德》、斯泰恩的《項迪傳》、狄羅德的《宿命論者雅各》、華茲華斯的《序曲》就知道了。（本尼特（A. Bennett）等，二〇〇七：八五）

這就把表現論（表現思想情感）和反映論（反映現實生活）等想要區別文學和其他學科卻「分猶未分」的迷霧一舉廓清，而從實底可以自我標識的「非尋常的語言組構」特性來為文學找著歸宿。

縱是如此，自我指涉論這種限定仍未能在根源上貼切地賦予文學足以中性指稱的成分。也就是說，文學是一種非比尋常的語言組構體，並非第一級序的類別說詞，而是總括文學既有特徵後的第二級序的價值賦義，因此還有待更優先的類別界定來給它鋪墊，這一框限才有實質的意義。

既然這樣，我們只好從最基本可以別他的層面著手，把文學實際能夠凸顯自我特性的形象帶出權作它的定義。而這莫過於文學乃以「意象」或「事件」間接表意這一特徵行世，最具類別分化的作用（周慶華，二〇〇四a：九七至九八）。換句話說，意象和事件都只能間接表意（意可指一切思維或情緒），終而使得文學跟直接表意的其他學科（包括因直接表意的內涵不同而分成的哲學、科學及其次學科等）有所區別。我們知道，意象在整體上有心畫營構的效果（王萬象，二〇〇九：三九一至三九九），且論者特愛逞舌（陳植鍔，一九九〇；吳曉，一九九五；汪裕雄，一九九六，胡雪岡，二〇〇二；嚴雲受，二〇〇三；陳佳君，二〇〇五；陳滿銘，二〇〇六）；但論及它所能見名顯義的，卻又不離以「外在的象」（人或物）來表達「內在的意」（一切思維或情緒），或將「內在的意」藉由「外在的象」來表達這一最基本的形式。至於事件，則是依時間先後順序敘述的行動（包含該行動具有因果關係而構成的情節在內）（福斯特（E. M. Forster），一九九三：七五至七六）。它們都以譬喻或象徵的形式存在，為間接表意的兩種途徑，而可以劃分出抒情性文體和敘事性文體等文學具體的形製。而根據這兩種形製，還可以依其「語言性質」或「呈現方式」而分別再分出歌謠、抒情詩、抒情散文（及其發展中兼多向性和互動性的網路詩）和神話、傳說、敘事詩（史詩）、傳記、敘事散文、小說、戲劇（及其發展中兼多向性和互動性的網路小說／網路戲劇）等，如圖1-1所示。

　　這所框限的文學，除了可以收攝如中國傳統所稱呼帶「文飾之學」（高度修飾性）的文學（周慶華，二〇一一a：七至八）和西方從十九世紀以來專指「特具審美性文本」的文學（趙一凡等主編，二〇〇六：五九五），還可以從根源上有效地區別於不間接表意的非文學。也許有形式主義者會力陳「意象在實用語言（或科學論文的語言）其實也俯拾皆是，並非文學語言的專利」（高辛勇，一九八七：一七至一八）；而語言學家也會覺得譬喻早已爲人類的生活和思維所依賴（各學科都難免要借助來表意），如「總統在玩祕密遊戲」、「火腿三明治在等它的賬單」

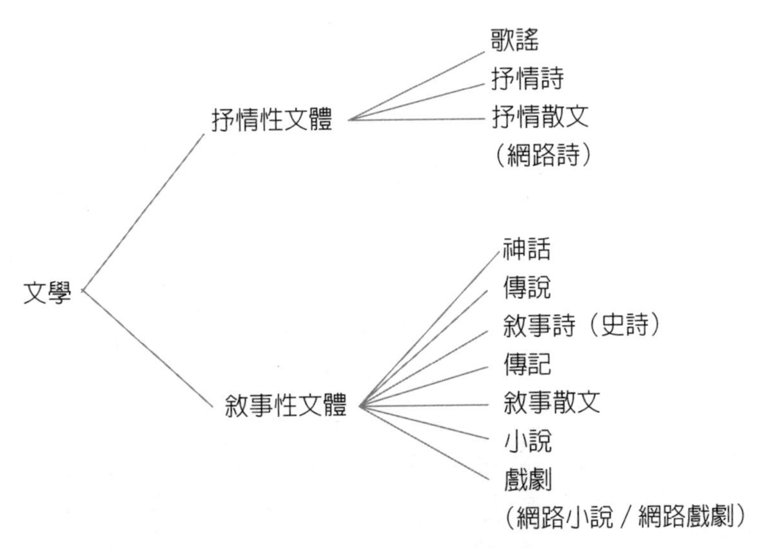

圖1-1　文學形製類型圖

和「你用此策略，他就會使你全軍覆沒」等，就是遍及政治、經濟和社會等領域的隱喻用詞（雷可夫（G. Lakoff）等，二〇〇六），這就可以畫一道光譜來標出文學的位置而不致被淆亂視聽或強奪去它的特殊性，如圖1-2所示。

從光譜中可以看出，文學是相對非文學而存在，它們分居兩端，但中間總有一個難以區分的模糊地帶。一般所會質疑意象及其存在形式如譬喻等並非文學的專屬，就是針對該模糊地帶所見的現象而說的。此外，有關事件部分，我們也會發現有類似的情況。如《論語》這樣一部說理性的語錄，卻嵌著底下這些趣味盎然的敘事性文字：「『點，爾何如？』鼓瑟希，鏗爾，舍瑟而作，對曰：『異乎三子者之撰。』子曰：『何傷乎？亦各言其志也。』曰：『莫春者，春服既成，冠者五六人，童子六七人，浴乎沂，風乎舞雩，詠而歸。』夫子喟然嘆曰：『吾與點也！』」（邢昺，一九八二：一〇〇）「子之武城，聞絃歌之聲，夫子莞爾笑曰：『割雞焉用牛刀？』子游對曰：『昔者，偃也聞諸夫子曰：君子學道則愛人，小人學道則易使也。』子曰：『二三子！偃之言是也，前言戲之耳。』」（同上，一五四）相對地，理應屬於敘事性文體的尼采（F. W. Nietzsche）的自傳《瞧！這個人》，卻又從頭到尾都在後設論說「爲什麼我這樣智慧」、「爲什麼我這樣聰明」和「爲什麼我

非文學　模糊地帶　文學

圖1-2　文學和非文學的差異圖

會寫出如此優越的書」等一類自吹自擂的課題（尼采，二〇〇一），而讓文學味淡薄許多。這些也都不在明確的文學端。對於這種難以分辨的現象，我們只能將它「存而不論」（否則就會無法框限文學），因爲這是定義事物的通例（也就是沒有人有辦法絕對或是純粹地定義一種事物）。這麼一來，前面所提及的那一非尋常語言組構體的文學觀中所包括的「意象或事件基進創新」的反熟悉化或陌生化特徵，也就可以在文學端延伸出去另成一道前進式的光譜，如圖1-3。

所謂的文學，約略就可以「從此底定」。至於上引形構主義的文學觀發展到後結構主義和解構主義等有逐漸要弔詭地否定文學的態勢，那也不過是在加碼式的文學中「強要岔出」，而實際上並未成功（因爲它們在否定文學時也得否定自己的言說而形同否定文學無效）（周慶華，二〇一一b：一八三至二二八），我們仍然可以據此而爲文學保留一個學科位置。

文學既然以意象或事件爲構成要素，那麼我們要問這又如何地神聖化？所謂的神聖化，也是對比而來的。如果說直接表意的其他學科作品都是在「傳達知識」或「進行規範」，那麼間接表意的文學作品就多了一個「可以審美」。以意象來說，它的連結兩個範疇（以譬喻表出）或多重寓意（爲象徵

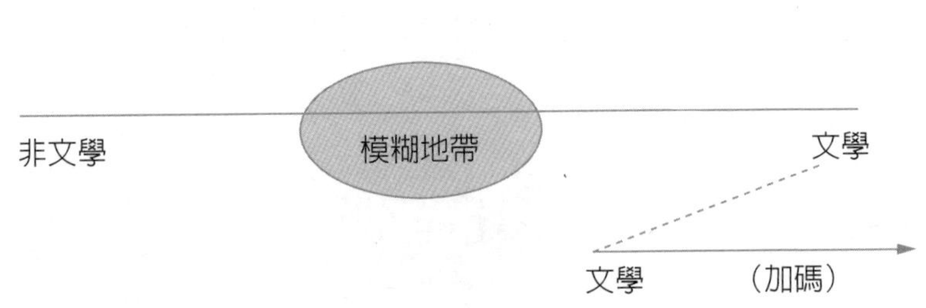

圖1-3　文學加碼圖

所在），不啻可以讓人賞玩不盡（兼啓人創思）。如「四十個冬天將圍攻你的額角」（方平等譯，二〇〇〇 a：二一六）、「我按你的目瞷聽出你的哀怨」（鄭良偉編，一九八八：六五）和「樹享受著天空的巨大穹窿」（巴舍拉（G. Bachelard），二〇〇三：三四八引）等詩句，所運用的「冬天圍攻」（隱喻滄桑）、「聽出哀怨」（隱喻怨深）和「享受天空」（象徵自由和幸福等）等意象，就很耐人尋味。又如「女孩咬著枕頭……然後她憤然大吼：『這太荒謬了！有人說我展顏微笑宛如蝴蝶振翅，然後我就得到聖地牙哥去！』『別傻啦！』她母親爆炸了。『現在你的微笑像蝴蝶，可是到了明天，你的乳房就會像兩隻唧唧咕咕的鴿子……倨傲勃起的傳種金屬在當中得以鍛鑄淬鍊』」（斯卡迷達（A. Skármeta），二〇〇一：七七）這段小說額外夾陳為明喻暗示身體特徵的蝴蝶、鴿子、野莓、地毯、船帆、熔爐和傳種金屬等意象，也頗令人愛不釋手。它們可能也有某些知識或道德涵義，但都沒有審美一項來得重要。此外，在創作的立場，意象還可以藉以克服「言不盡意」的困擾和可逃離惱人問題的糾纏等生命解脫的效應，而自成一種進層式的美感昇華。前者（指克服「言不盡意」的困擾）是起於原先語言多有「不盡達意」而又必須表出時的一種策略運作（周慶華，二〇〇〇：一九四）；而這在文學中因為全部意象化而更容易「混合」或「強為寄存」。至於後者（指逃離惱人問題的糾纏），則是遇事另有不逮或有所規避時，借助意象來「應付了事」以為脫困而著成典範的。好比宗教中人偶爾也要藉意象來自我逃避一樣，彼此可以局部相互輝映：

宗教人採用意象，因爲無法「直接」說出他想要說的，而意象容許他逃避「既成」的實在界……事實上，宗教心靈創造了意象，同時又對這些意象保持一種「打破偶像」的態度。（杜普瑞（L. Dupré），一九九六：一六〇）

宗教的意象性語言弔詭地自我宣示所謂實在界或終極眞理的不在場；相同地，文學的意象性語言也等於不敢保證相關旨意的表達可以成功。因此，「自我逃避」也就成了一種戲玩意象的修飾詞，它終究要跟生命解脫的課題連結在一起。還有明知可以達意，卻刻意避開（而丟下意象走人）以爲逃脫他人的追問或逼仄，這就更加深戲玩意象而可以並陳爲生命解脫的形式。例證是據朋友所傳鄭愁予在一場演講後，有人詢及他的〈情婦〉詩（鄭愁予，一九七七：一四一）在表達什麼。他思索了一會，說：「孔子的心情！」然後他就揚長而去。這類「信口開合」（迫於無奈），不就像極了他人在必要時丟個意象給一些詰問者，而後自己從對方的迷惑中「逃離」那種情況嗎？顯然所謂的生命解脫，是可以找到經驗基礎的。而這在文學人創作的自我調適處境中，無疑地具有憑空高華而不作他想的昇華美感的作用。一樣地，事件的呈現因爲有敘述觀點、敘述方法和敘述結構等多重變化或更複雜的演出（周慶華，二〇〇二a：九九至二〇八），它的可藉爲解脫生命來昇華美感的想必更加可觀。而這在其他學科所無法達致的效果，我們就不妨將它當作神聖性的表現，爲凡俗性的東西所難以比擬。

從這一點來看，文學的產出是有一個特殊情境的，也就是召喚或期待有同一認知或同一修養的審美心靈；因此它根本不大合適去強爲推銷而迫使自己所屬的神聖性「任人糟蹋」。換句話說，文學是卯不上所謂的經營管理的。雖然如此，當我們不敢確定有誰不在該審美心靈範圍的，文學的產出就得經過一個自我屈就的歷程而開始面對世俗化的折衝簡擇，馴致「文學經理」一事也就不可避免。再說，在傳播上和讀者端，也會因爲對文學有多樣化的需求（除了審美，還有政治、經濟和文化等考量），以致又多出別個面向的「文學經理」在引發大家的重視。於是前面所說的「從文學到文學經理也就是一個必要的命題」，自然就緣於這個更根源性或更積極性的因素而必須把它穩固下來。

第二節　文學經理學的新學科性質

在作者、讀者和傳播等層層的需求下，文學經理一事勢必要浮上檯面而成爲有關文學認知的新課題。而就後設的立場，爲文學經理建構一門學問，則又是這一新課題最值得充實的內容。換句話說，光知道文學經理的不可避免，只能引出文學知識建構的新向度，遠不及實際完成一門文學經理學來得有指標作用。因此，繼從文學到文學經理這道命題的肯定後，自然就是文學經理學規模的開始。

由於文學經理在作者、讀者和傳播上各有不同的關懷點，所以文學經理學的建構就得把它們「分疏得宜」，相關的文學知識才有準的而可以開啓大家的新視野。而這最迫切要解決的是文學經理學這門新學科的性質問題。當然，所以稱文學經理學是一門新學科，並不代表向來都沒有文學經理的事實，而是在明顯能進一步把文學經理縮結爲文學經理學的一概都未見到，以致在這裡就因爲有這一「優先從事」的開創性而姑且自許爲一門新學科。

這門新學科的性質限定，所會關係的是文學經理「何以必須被重視」以及「重視後又要如何給出有價值的意見」等理路，所以要在「文學經理學的緣起」這一論述的開端也爲它先行安置，以便後續所發議論都有源頭可以系聯。而這大體上，文學經理學的「經理」一詞，是指經營和管理。它表面上是經濟學或政治學的概念（漢利希等，二○○四：三一○至三一一、四六四至四六五），但其實所涉及的內涵則遍及各學科所共遵（也就是各學科都可以有一套經理的策略和流程，不獨經濟學或政治學才專屬）。至於文學經理學隨其他學科也稱爲「學」（學問），則是它經過論述也可以自成一種「有組織的知識」；而這種有組織的知識，在形式上具備了統括材料、整建經驗和合理前提等凡是稱爲「學」所該有的要素（范錡，一九八七：一三；周慶華，二○○五：一八）。而最重要的是，這門新學科的建立要眞的能夠顯示文學經理確實值得重視和可以爲大家提供有用的相關資訊。

那麼文學經理學這門有關文學經理的學問究竟要怎麼看待？所謂「要怎麼看待」，也是一個框限的問題；而基於論說的需要，這裡就以「文學經理學的新學科性質」自我標誌，試著從儘可能的「各個面向」來給它敷布形象。首先是文學經理學是一個後設添加的課題，而後設根據它的難以「中性化」質性（也就是後設語言和對象語言一樣，都是人所權宜限定的，最多只具有相互主觀性，而不可能有絕對客觀性）（渥厄（P. Waugh），一九九五：三至四；布魯克（P. Brooker），二〇〇三：二四五至二四六；周慶華，二〇〇四b：三五至三八），勢必要從規範的角度來展開，致使它的功能「只等待他人信從而不可能絕對化」。

其次是文學經理學依照前項限定，不妨分布在創作、接受和傳播管道等環節的後設論述上顯能；而圍繞在這些環節的，則是許多可預料和不可預料的干擾因素（前者如流行、經濟波動和審美品味消長等；後者如突發的衝動、神祕力量的介入和無端自我疲軟等）。這些因素未必要強爲攬入考慮，但有關文學經理的成敗仍得保留一點空間給它們。因此，以圖表示，則可以實線和虛線分別彼此論／不論的界線，如圖1-4。

換句話說，既是干擾因素，必有不可測度，所以只能以「可關心但無法論列」的態度對待，期許日後有餘力再行探討。

再次是文學經理學經由後設論述，本可以「無限化」（也就是沒有不可以後設論述的），但基於必要考量「輕重緩急」的原則，依然得有所選擇論述的對象（不然將會「沒完沒了」而難以善後）。在這種情況下，從文學的特

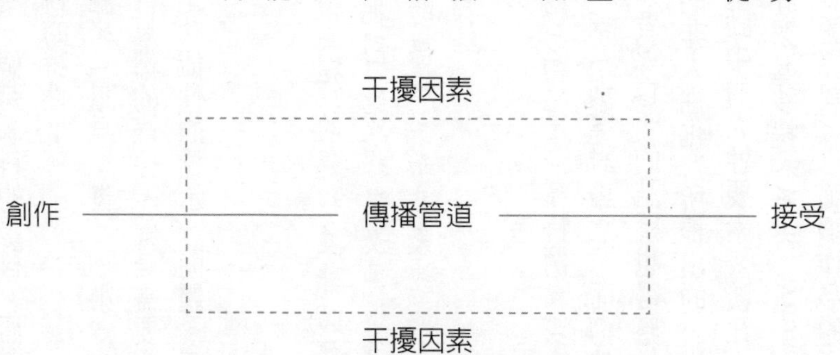

圖1-4　文學經理學對象布列範圍

性到卯上文學經理一事，文學經理學就無法迴避要讓它成爲一個跨學科的學科。而所謂「文學經理學的新學科性質」，也就結穴在這統合眾多學科的特性上。

爲了顯示文學經理學的這種跨學科性，不妨就擇要取論來「以見一斑」。第一，就創作來說，當一個作者是如何可能的或要成爲一個作者所得具備的條件，就是需要認知管控的對象。而這必須先「自我因應」解決有所謂「作者是功能性的標示」問題。它所牽涉的是作者的所有權危機：

> 我們把一部文學作品看作某一個人的創作……但創作的過程並非必然如此……過去文學作品經常不具名出版，再不然就是把國王或繆思女神這種虛構的人物當成作者……所以「作者」是一個功能性的標示，而非天經地義的名分。〔波斯納（R. A. Posner），二〇〇二：四四六〕

對於這種否定說，身爲一個作者的自我經理，其實大可當它「只是一種特例」（大多數時候並不會發生這類情況），不妨將它「存而不論」」或「別案討論」，而仍然在相當程度上維持住自我的作者身分。此外，還有一個「作者死亡」的詰疑也得應付。這最早是由奧特嘉（G. Ortega）於一九二五年發表〈藝術的非人性化〉所提出的，它宣示現代藝術是一種非人性化的藝術，以此徹底否定創作活動中的人性要素（淡江大學中文所主編，一九九一：四一五至四二一）；接著是新批評家溫沙特（W. K. Wimsatt）和畢德斯力（M. C. Beardsley）於一九四六年合作發表〈意圖謬誤〉，強調作品的意義須求諸作品的內在結構，不必假借任何外在因素（包括作者的意圖）（朱立元等主編，二〇〇二：二九五至二九九）；再來是巴特（R. Barthes）於一九六八年發表〈作者已死〉，聲稱寫作是各種聲音、各個原始起點的消失泯滅，進而剝除作者的創造機能（懷宇，一九九五：三〇六至三〇七）；最後是傅柯（M. Foucault）和德希達（J. Derrida）在巴特稍後分別發表的〈何爲作者？〉和〈人文學科論述中的結構、符號與遊戲〉，主張寫作是符號的交互作用（朱立元等主編，二〇〇二：一八四至一九七）和主張寫作是一連串意符的延異（德希達，二〇〇四：五四五至五六八），解消和否定作者和作品的關聯。對於這種後設自我例外說，同樣地也可以反擊說它「推論太過」（至少他們都不會否認自己在說「作者死亡」這件事），作者的組構權、辯護權和相對詮釋權等，都不可能被剝奪；除非相關論者有辦法先坦承他們的論述都跟他們無關或都不是他們所能掌控的（周慶華，二〇一一a：一〇四至一〇五）。因此，身爲作者不可能死亡，他在自我經理後，所有的創作正要展開。而這種展開，就到了創作機制的管控，它包括：

㈠內在的綜合的心理驅動力。這種驅動力又涵蓋：1.存有的感召而產生創作初度的消極性動力。存有是指外物的存在活動，創作的初始勢必有它的感召。在過去的案例中，有人因爲外物的刺激而舞詠陳詩（鍾嶸，一九八八：三一四七）、因身世的坎壈而憂懷賦詞（司馬遷，一九七九：二四八二）、因心有不平而疾詞鳴冤（韓愈，一九八三：一三六）和因治亂不定而情切摛文（董浩等編，一九七四：六七九〇）等，已經做了相當肯定的見證，今後文學人當然還會重歷類似的經驗。2.相關的動機而產生創作二度的半積極性動力。所謂相關的動機，主要是指價值動機和創作動機。作者所以要進行創作，必然會先認定創作的價值高於一切，否則他就不必選擇創作一途（可選擇其他「宣泄」想望）。如曹丕《典論．論文》所說的：

蓋文章經國之大業，不朽之盛事。年壽有時而盡，榮樂止乎其身，二者必至之常期，未若文章之無窮。是以古之作者，寄身於翰墨，見意於篇籍，不假良史之詞，不託飛馳之勢，而聲名自傳於後。（李善等，一九七九：九六五）

以這作爲上論的註腳，再貼切也不過了。相反地，不以創作的價值高於一切的人，他就不會去從事創作。如《河南程氏遺書》載程頤的話說：「《書》曰：『玩物喪志。』爲文亦玩物也。呂與叔有詩云：『學如元凱方成癖，文似相如始類俳。獨立孔門無一事，只輸顏氏得心齋。』此詩甚好。古之學者，唯務養情性，其他則不學。今爲文者，專務章句，悅人耳目；既務悅人，非俳優而何……某素不作詩，亦非是禁止不作，但不欲爲此閒言語。且如今言能詩無如杜甫，如云『穿花蛺蝶深深見，點水蜻蜓款款飛』，如此閒言語道出作甚？某所以不嘗作詩。」（朱熹編，一九七八：二六二至二六三）這可以爲證。至於實際的創作所以能進行，作者也必然會對各類型作品及其學派流變的審美規範或超規範先有腹案（詳見第四章）。以上這些動機，都會影響到創作的效果，從事創作的人不得不詳加留意。3.權力意志（兼含文化理想）而產生創作最終的積極性動力。權力意志是一種影響或支配他人的欲望，又可以含括謀取利益、樹立權威和行使教化等具體事項（所兼含的文化理想，則是進一步要藉所創作成果來豐富文化或促成文化的更新）。有人曾經考察到：

> 文學理論家、批評家和教師們，這些人與其說是學說的供應商，不如說是某種話語的保管人。他們的工作是保存這一種話語，他們認爲有必要對它加以擴充和發揮，並捍衛它……準則的某些最熱心的保護者，已經不時地表明如何使這種話語作用於「非文學」作品。（伊格頓（T. Eagleton），一九八七：一九二至一九三）

這所涉及的話語形式間的競爭，說穿了就是權力意志的不容妥協，不然又何必如此「堅持己見」？而這一權力意志，是人所能意識範圍內的終極性存在，創作如果也不基於它，幾乎無法想像是怎麼可能的。換句話說，倘若不是權力意志的發用，即使有存有的感召和相關的動機，也無能十足促成創作的行爲。㈡外在的橫面的社會驅動力。這種驅動力又涵蓋：1.社會中的意識形態影響了寫作的「向度」。有論者提到：

> 沒有所謂的「文學」這樣東西；它是被特殊團體在特殊時期建構來服務特殊利益的。「偉大的著作」並未傳達有關人類生活狀況普遍的和永久的眞理……所有的文本在某種意義上或多或少都帶有理論的意味，所有的解釋都是特殊意識形態的產物。（吉普森（R. Gibson），一九八八：一一七）

這就是在說上述的情況（雖然論者不知道文學可由人界定而使得他所否定「文學」的俱在性仍理有未足）。換句話說，一切創作都是意識形態的實踐；而這種實踐方式，會隨著創作在它裡頭成形的各種制度設施和社會實踐的不同而有所不同，也會隨著那些作者的立場和那些讀者的立場的不同而有所不同。因此，我們也就可以透過創作相關的制度設施、透過創作所出發的立場和爲作者選定的立場來確認創作的意義（麥克唐納（D. Macdonell），一九九〇：一一至一三）。可見創作的實質所向，全看意識形態爲何而定。2.社會中的權力關係影響了創作的「結構」。文學作品從無到有，既然是權力意志等發用的結果，那麼它勢必也要預設接受者才能完成這一段「創作旅程」，而權力關係就是作者所無法避免要藉使或依憑的。有段論述提及傅柯的說法：

> 權力是所有關係的特性，同時也建構這些關係，包括經濟的、社會的、專業的和家庭的關係……因此，醫生和病人的關係由一預設的共同目標來界定，由醫生願意協助和病人願意尋求協助而共同建構。這樣的共同目標和權力關係是不可分的。（佛思（S. K. Foss）等，一九九六：二三九）

這如果排除對權力關係的「和諧性」的過度維護成分（大多數時候權力關係都充滿著緊張、矛盾和不協調現象），倒頗能形容此處所說的意思。由此可知，創作因爲有了接受對象的預設而不斷要調整它的內容結構，以便成就所謂的接受度。3.社會中的傳播機制影響了創作的「持續」。傳播機制可以看成是媒體、出版機構、行銷企業、教學或研究單位對文學作品的生產、流通、接受和交換等的制約力（埃斯卡皮（R. Escarpit），一九九〇），而作者要創作些什麼以及根據什麼來架構作品，固然得取決於社會中的意識形態和權力關係，但論及創作能否（願否）持續一事，卻要別爲仰賴傳播機制做最後的決定。也就是說，只有當傳播機制能鼓舞或有利於作者的創作，創作才會持續下去；否則創作就會戛然中斷或永遠停止。㈢外在的縱面的歷史文化驅動力。依經驗，創作的外在制約力理當不只像上面所說的那樣，它還會進一步牽涉到更隱微廣涵的歷史文化背景。換句話說，在社會驅動力對創作構成「橫面」的制約外，還有一個歷史文化驅動力也同時在對創作構成「縱面」的制約。由於這種驅動力是長期「積聚」而存在的，作者多半「習焉而不察」；倘若要有察覺，那麼一定得靠異文化的比較或相關的後設論說提供刺激源。有論者說道：

> 作者透過文化、歷史、語言去觀察感應世界……（擴大開來）不管是在觀感程式、表達程式、傳達和接受系統的研究，作者和讀者對象的把握，甚至連「作品自主論」，無一可以離開它們文化歷史環境的基源。（葉維廉，一九八三：「比較文學叢書」總序一二至一五）

這說的正是歷史文化對於創作（和接受）模式的「暗中摶成」作用。當中又以歷史文化內蘊的世界觀爲創作的深層次的規律所在；而該世界觀也是我們所能援以解析各種創作現象的最後據點（周慶華，二〇〇四a：一九七至二一八）。到了這裡，顯然可見在創作的自我經理中，至少已經涉及了心理學、美學、政治學、社會學、歷史學和文化學等或淺或深相關的學科。

第二，就傳播管道來說，文學從生產到被解讀評論或再生產，是在特定的社會情境裡發生的，而這社會情境本身就少不了要提供可傳播的管道：它也許是口頭，也許是報章雜誌，也許是出版社，也許是影視，也許是廣播，也許是網路，也許是其他途徑。總括來說，文學只有進入傳播環境，它的生命才開始躍動，而作者和讀者也才開始面對實質「人際化」的考驗。而從作者和讀者都有要藉文學來滿足權力欲望的角度（讀者部分，詳後）來看，文學「生死存亡」的最終決戰點就在傳播中（周慶華，二〇一一a：一八四）。因此，傳播管道如何可能，以及傳播管道又要如何活化文學的生產等，也是需要認知管控的對象。一般來說，作者創作將作品透過傳播管道傳播出去，而讀者則透過傳播管道得以接受作品，這當中傳播管道的可操作性及其反饋迴路的多元化等，使得整體的傳播機制成了一個活的生態。這個生態相當程度的「刻意形塑」性和「牽連事端」可以致廣等徵候，則又造成它的「系統性」所在。換句話說，文學的傳播是生態性的；而這種生態又是系統性的，二者合而把文學的傳播嵌進一個高度有機的運作環境裡。因此，如果從這樣的角度來審視，那麼圖1-4文學經理學對象布列範圍就得重新設定而使它可以含容此中的複雜性，如圖1-5所示（同上，一八六）。

很明顯地，在這個有機的運作環境中，生態是優先會被注意到的。它原指「生物和環境的相互關係」或「人類、生物和環境的相互關係和作用機理」（莫利斯（M. C. Molles），二〇〇二；歐文（D. F. Owen），二〇〇六），在此地則轉爲創作／接受／

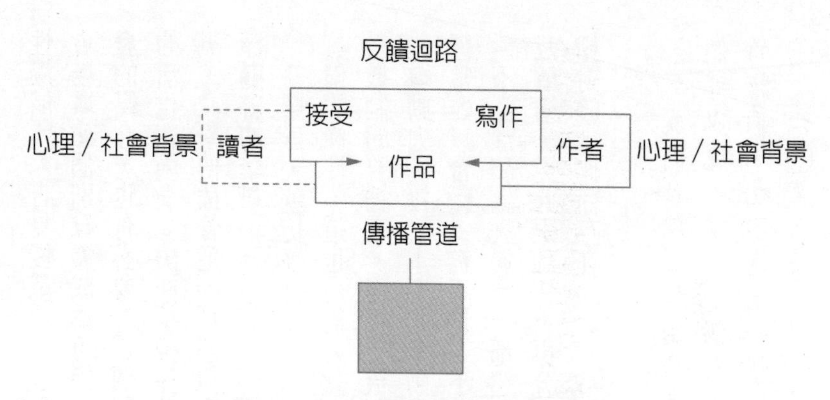

圖1-5 文學傳播的系統性生態圖

傳播等人爲互動環境的指稱。它跟外在更大範圍的生態關係，則有政治、經濟、宗教、酷異、哲學和文化等關聯性可以述說（周慶華，二〇一一a：二〇八至二四九）。再來是系統性。這會被關注的原因主要是它反映了現實中的整體/綜合的觀念，尤其是現代化大生產和工程技術的越發複雜，使得諸如投入產出問題、策略性競爭問題、工廠經營管理問題、工時定額問題、隨機服務問題以及管理組織和管理職能的相互關係問題等，已經無法不從系統的新認識論立場去對待（顏澤賢，一九九三：一五至一六）；而創作/接受/傳播既然也在整體環境中存在，它們的趨同性就不可避免要被排上連帶關注的行程。最後是傳播管道。傳播管道在通義上，就是媒介。而媒介被認爲不只是報紙、廣播、海報、雜誌、電話和電腦等各種資訊設備的累加，它還得是「將我們在社會經驗世界中的技術面和意義面同時媒合中介；透過技術和意義的中介，個別的媒體裝置和編制才成爲可能，技術也才能和意義、論述、解釋等相接觸，而成爲指向社會實踐的結構性場域」(吉見俊哉，二〇〇九：二至三)。換句話說，媒介所得著重的是什麼樣的社會場域使個別媒體成為可能，而不是各種媒體的功能。而同樣地，文學傳播所利用或開發的媒介，也有必要在這個關鍵點上追問它究竟是如何可能的(包括反向促成文學生產的活化在內)。因此，捉住傳播管道，就等於掌握到了整個運作環境的脈動。由此可見，文學傳播管道的經理似乎比創作本身更複雜了；而當中傳播學和經濟學則又是它最深關聯的學科。

第三，就接受來說，一樣要顧及當一個讀者是如何可能的或要成為一個讀者所得具備的條件，這也是需要認知管控的對象。在相對上，它會單純一些，可以直接通到接受機制的管控上。而接受機制，依理也可以再區分接受本身的驅動力和接受者(讀者)的驅動力。接受本身的驅動力，是要把實際的文學作品還原為潛在的文學素質。但這卻經常難以合轍：它不是「不及」，就是「太過」；或者根本「南轅北轍」化了。當中的「不及」和「太過」，都還在逆向活動的範圍；而「南轅北轍」的情況，則等於是在自我解構，從此跟創作不再分屬文學活動的兩極。縱是如此，語言成規還是可以使得接受相對於創作而存在：

> 我們自以為控制語言的，實際上無時不是在受著語言的控制……所以我們可以說，沒有一個人不是他的語言的囚犯。就是想入非非，充滿極端幻想的語詞，也不過是一個囚犯帶著他滿身枷鎖在跳舞而已。(徐道鄰，一九八〇：六〇至六一)

這裡所說的用在接受領域，就是它無法擺脫是在對「文學」的接受；而這一對文學的接受，就註定了接受是一個逆向式的活動（不然它就不要自稱是在接受文學）。至於它的「不及」、「太過」或「南轅北轍」等情況，那不是該逆向活動的罪過，而是接受者無法重返寫作的情境而又自以爲是所造成的。此外，接受者別有考慮而刻意改變接受的方向，這也會出現上述那些情況，終而影響到接受和創作不在「一路雙向」的範圍。至於接受者的驅動力，它最根本或最終極的同樣是要歸諸一個價值意識。換句話說，接受者所以會採取行動來接受文學，是因爲他也認同了一種接受文學觀念（或多種接受文學觀念）；而他所認同的接受文學觀念，又根源於他對接受文學觀念的高度價值的肯定。此外，在創作方面有所謂的「影響焦慮」從中在促使創作本身內蘊「不斷超越」或「另闢蹊徑」的欲求〔卜倫（H. Bloom），一九九八：一七至一八〕；而相同地，在接受方面也會有一個普遍性的晉身「文人圈」欲求的規律在主導著該機制的運作：

> 每個社會群體都有它的文化需求以及屬於它的文學……這就是我們所稱的「文人圈」：聚集了絕大多數的作家們；而且也吸收了從作家到大學文史研究員，從出版商到文學批評家等文學活動所有的參與人士。這些「搞」文學的人全都是文人，因而他們的文學活動又是在一個內部封閉的交流圈中流轉運作。（埃斯皮卡，一九九〇：九一至九三）

由於晉身文人圈的「通行證」是要懂得一套文學概念及其相關配件，以致文學會被「期待升級」，而接受者也會被「自我檢肅」不斷優質化，從而在某種程度上創作和接受又再度地回過頭來交集著。明顯可見，在文學接受的經理上所會牽涉的學科，跟文學創作的經理所會牽涉的學科情況相當；而它所多出來「到接受階段終於底定」可條理的，則是詮釋學和價值學等學科。

上述心理學、美學、政治學、社會學、歷史學、文化學、傳播學、經濟學、詮釋學和價值學等，橫跨人文學和社會科學等領域，是文學經理學所以能夠成立的理論資源（雖然後續所論不會也不便一一點明屬於哪種學科）。這也使得文學從藉意象或事件傳意的形上發端，到置入現實的權力場域及其傳播接受情境，轉衍了學科本身「紛繁多姿」的面貌。因此，所謂的文學經理學，也就在這一「特殊塑形」和「必要通達」的過程中扮演了重要的角色。

第三節　可期待的文學經理學的遠景

因為文學的產出得經過一個自我屈就的歷程而開始面對世俗化的折衝簡擇，以及在傳播上和讀者端也會對文學有多樣化的需求等，所以文學經理一事也就必要成為我們對文學的新認知。而為文學經理說出一番道理或建構一門可以全面理解文學和運用文學的文學經理學，也就緣於它的必須被重視而獲致了有力的保障。這麼一來，前節所提到的「重視後又要如何給出有價值的意見」，一樣地得在本論述的開始為它先略誌數語（詳細情況可留到後面各章節再予以交代）。

這總提是「可期待的文學經理學的遠景」說明，分提則會再針對文學經理學本身的重要性加以論述。由於文學經理學本身的重要性準備以專章來討論，所以這裡就暫且只就建構一門文學經理學的新學科究竟有什麼遠景可以期待稍作展衍，以便顯示後面所要「給出有價值的意見」的不爲虛發。前節說過，文學經理學這門新學科有「文學經理學是一個後設添加的課題」、「文學經理學不妨分布在創作、接受和傳播管道等環節的後設論述上顯能」和「文學經理學經由後設論述無法迴避要讓它成爲一門跨學科的學科」等特性，透過這樣的設定一門由文學繁衍或平行發展的新學科就眞的要「於焉成形」了。這是自我要求的基本準則：秀給人看所謂文學經理學的樣子。

文學經理學的樣子，實際上是一個理論建構的規模。而相對於量化或質性的實務檢證來說，講究演繹道理的理論建構會更具優先性（也就是先有理論建構，接著才會有據爲印證或否證所建構理論的實務檢證）。因此，在這裡所要展現的就是準備建構一套有關文學經理學的理論體系。這套理論體系，依「理論建構，講究創新。大致上從概念的設定開始，經由命題的建立到命題的演繹及其相關條件的配置等程序而完成一套具體系且有創意的論說」（周慶華，二〇〇四b：三二九）這樣的原則或需求，它就可以從概念設定（有概念才能指稱）到命題建立（有命題才可以進行解釋）到命題演繹（有演繹才算完成論說）而先形成一個具概括作用的架構，如圖1-6所示。

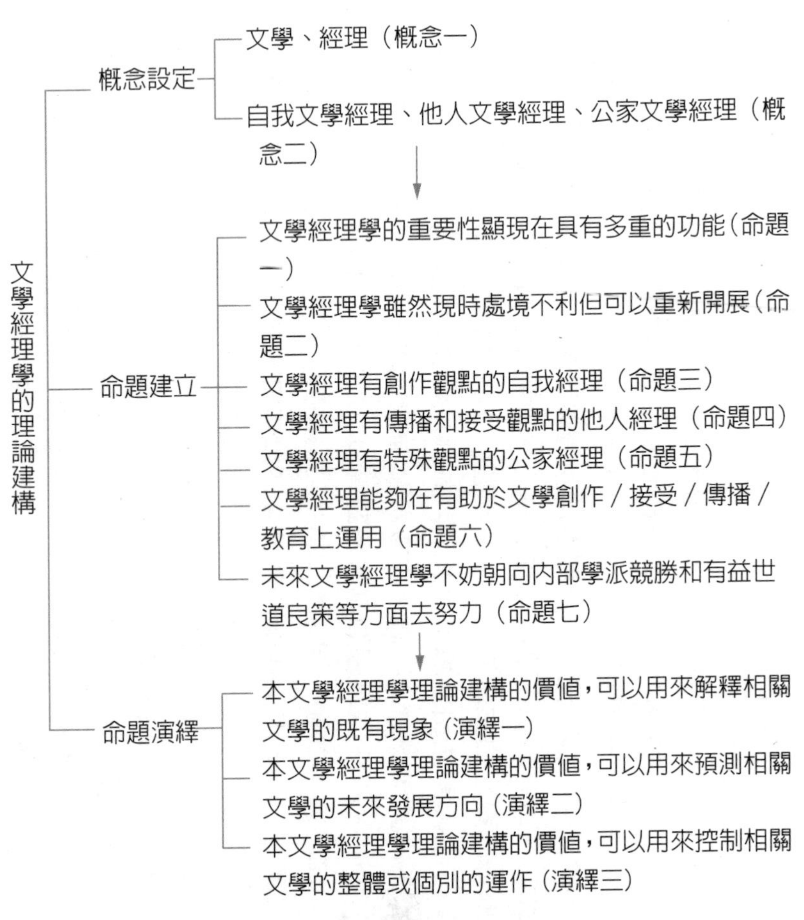

圖1-6　文學經理學的理論建構圖

圖中的兩個層次概念，是主題和分題所用到的，有了它們才能有所指稱並建立命題；而所建立的七個命題，則是依須且環衛所條理出來的，它們是整個理論建構的優先性論點，將要藉它們來開啓相關的論述；至於三個命題演繹，是自我評估所建構理論的價值所在。當中在概念設定、命題建立和命題演繹之間畫箭頭，表示彼此有前後的關聯；並且最終併此來顯示整體理論建構的抽繹樣貌。

根據上述這樣的理論規模，所謂「究竟有什麼遠景可以期待」，也就可以有一番說詞。首先是它足以用來解釋相關文學的既有現象。過去有關文學觀念的爭論常流於無謂，就是不知道所有文學觀念的發生都是特定經理下的結果；而這從文學經理學的角度來看，幾乎都可以得著有效的解釋。好比第一節所提到的表現論、反映論和自我指涉論的相互對立，在相當程度上除了忽略自我實踐可能的難度，還有對於尋求認同方面的高度陌生。姑且以下列幾個例子來做說明：

春

安西冬衛

一隻蝴蝶向著韃靼海峽飛去了（岩上，二〇〇七：二九引）

算命師

史托席（S. Stosic）

「我看到很大的災禍。」吉普賽女人凝視著水晶球說。

「你知不知道……會發生什麼事？」男人緊張地小聲問。

……吉普賽女人舉起槍，微笑。（莫斯（S. Moss）等編，二〇〇一：一八六）

深淵 瘂弦

……

孩子們常在你髮茨間迷失
春天最初的激流，藏在你荒蕪的瞳孔背後
一部分歲月呼喊著。肉體展開黑夜的節慶。
在有毒的月光中，在血的三角洲，
所有的靈魂蛇立起來，撲向一個垂在十字架上的
憔悴的額頭。（瘂弦，一九八一：二三九）

第一個例子以「蝴蝶飄飛過海峽」的意象隱喻「春天又不經意地歸來而讓人驚喜」的意義，很可能會被表現論所收編；第二個例子以「吉普賽女人設局誆騙」的事件象徵「現實人心險惡」的主題，很可能會被反映論所羅致；第三個例子以層層反熟悉化的語言（包括孩子在你髮茨間迷失、春天的激流藏在你荒蕪的瞳孔背後、歲月呼喊、肉體展開節慶、有毒的月光、血的三角洲和靈魂蛇立等）自我暗示奇絕，很可能會被自我指涉論所採納。這麼一來，上述三種文學觀念似乎就可以各自高奏凱歌而繼續往前去指稱它們

所能圈劃的對象了。但又不然！我們會發現可能被收編的〈春〉詩裡，也在「反映」一個有關遊客在韃靼海峽玩賞的場景；而可能被羅致的〈算命師〉極短篇小說中，也在「表現」作者對騙子深惡痛絕的感覺；而可能被採納的〈深淵〉詩內，也在「反映」現實人生一些普遍深藏的無可奈何的情愫和「表現」作者勇於探向自我或他人潛意識的雅興，這又如何能孤立地看待？可見上述三種文學觀念，除非從此棄守，不然各自堅持下去，引證必定觸處罅隙！而依據這一點，又可以推及原先三種文學觀念中，反映論不見容於表現論，而自我指涉論又棄反映論和表現論於不顧，彼此對立的結果雖然使文學內部顯現出「多音交響」的現象（這是順著既有文學場域所見情況而說的，不關第一節所力辯的該文學觀念能否有效地區別於非文學），但整體上卻是「莫知所向」（周慶華，二〇一一a：二四至二五）！像這種文學觀念限定（及其彼此的爭論）的極度可鬆動性，更關聯到限定者無視於「文學情境」的存在，畢竟任何一種觀念要尋求認同很難避開該情境的制約。正如埃斯卡皮《文學社會學》一書所指出的：

所有文學活動都是以作家、書籍及讀者三方面的參與為前提。總括來說，就是作者、作品及大眾藉著一套兼有藝術、商業、工技各項特質而又極其繁複的傳播操作，將一些身分明確的個人和一些通常無從得知身分的特定集群串連起來。（埃斯卡皮，一九九〇：三至四）

這將文學作品視作一種由作者生產/作品配銷/讀者消費等產業鏈的社會活動，不論是否比新舊馬克思主義所指出的社會環境／意識形態及其流亞郭德曼（L. Goldmann）所指出的世界觀或集體意識〔泰爾朋（G. Therborn），一九九〇；伊凡絲（M. Evans），一九九〇；瑞威（N. L. Review）編，一九九四〕等更貼近「現實所需」，它都暗示了所有文學觀念的實踐不可能免去應時、應機、甚至應人等條件的制約；而這從「文學必要經理」的文學經理學的立場予以解釋，就可以讓它還原到所有文學觀念的實踐都預設了接受認同和相關的傳播通路等具體情境的估量上。換句話說，倘若沒有經過文學經理，那麼要生產什麼樣的文學作品以及要透過哪一種傳播形式到達讀者手裡等，就無法想像它的可能性；而這經由文學經理學，正好能夠給予最適切的解釋。

其次是它足以用來預測相關文學的未來發展方向。文學的創作、接受和傳播等究竟會朝哪個途徑發展，始終成了有心人關注的課題，但他們所能預測的卻都不離社會環境（如政經的變動）、傳播形態（如網路科技）和時代風尚（如學派的激盪）等變數〔波斯納，二〇〇二；海布倫（J. Heilbrun）等，二〇〇八；歐陽友權，二〇〇五；封德屏編，二〇〇八〕，這些變數又常互為因果（也就是這些變數彼此可以相互解釋），在某種程度上形同沒有說什麼。而這從「一切都在經理中」的文學經理學的角度來推測，會更為有效。也就是說，文學的創作、接受和傳播等共構了一個生態環境（詳見前節），而所有的文學經理都不可能略去這個生態的任何一個面向，以致要預測文學的發展就得看是怎麼經理而使相關的生態產生變化。好比我們想預測未來會產生些什麼文學作品，就看有什麼誘因可以成為經理的對象。如底下兩個高度對比的寫作案例（一個坐困愁城，不知如何下筆；一個振筆如飛，前路明朗）：

那年冬天，我前往明尼蘇達……我打了一通免付費電話給丹妮拉：「嗨，寫作進行得如何？」「娜妲莉，喔，我的天，我整個早上坐在這裡試著想要寫點什麼。我在窗前擺了書桌，放上乾淨的稿紙和一支筆。現在我要怎麼辦？」我告訴她讓手動起來開始寫。（高柏（N. Goldberg），二〇〇九：一七九）

我的思緒飄蕩開來，一九七八……我讀了《幕府將軍》。於是我開始寫：妮爾坐在門廊前的鞦韆上讀《幕府將軍》。從那一幕開始，我進入了事件的核心。我把故事的時間擺在夏季，因爲我寫作時是夏天，就讓小說裡的天氣和寫作當時的天氣一樣吧！（同上，一八三）

這並不是表面所呈現的行不行寫作那麼簡單，而是跟所處環境迥然不同有關。前者完全不知道爲誰而寫以及寫了可以在哪裡發表和能夠掙到多少錢；而後者則很清楚她寫的東西可以出版和知道在什麼地方申請補助（高柏，二〇〇九：二〇九），以致寫作的「動力」和「靈感」源源不絕。可見創作一事得進入傳播環境跟系統性的生態軋在一起，才眞正地開始（周慶華，二〇一一a：一八七至一八八）。這樣只要誰能擁有直向的誘因，他就會強化經理而努力創作超常的作品。例如瘂弦主編《聯合報》副刊時，曾於一九八五年至一九八六年間開闢了一個「一篇小說大家評」專欄，邀請一些新銳小說家不設限地實驗創新短篇小說，刊載後再徵求讀者撰文評論，終於激勵出了黃凡（如何測量水溝的寬度〉、張大春〈走路人〉和蔡源煌〈錯誤〉等臺灣首見的後設小說（瘂弦主編，一九八七），這就是文學生態在自我經理和他人經理的前提下共同營造的新氣象。今後如果還要問將來會有什麼新作品產生，那麼它就得看大家是怎麼在經理文學的。這麼一來，文學經理學的「預測」功能就會發生。又好比我們想要預測傳播情境的未來變化，就看整個傳播機制是怎樣在需索它所選擇的對象。而這不妨藉底下三個例子來推想：

在公眾的想像中，寫作是種很浪漫的職業……然而，這只是個神話……一般而言，大部分作家像其他人一樣，也要帶著午餐去上班，並且在他們的鄰居入睡的時候，兼職寫作。（漢彌爾頓（J. M. Hamilton），二〇〇一：三一至三二）

史蒂芬・金在解釋他使用巴克曼筆名創作小說時，總是含糊其詞，最終他還是承認了，因為出版社認為他的名字「在市場上已經飽和了」。（同上，三七五）

辛普森案件之後，出版了一堆書……有人開玩笑說，辛普森案件的陪審團所面臨的真正難題是：到底是要選藍燈書屋？還是選雙日出版社？（同上，一一五）

傳播機制所期望的作者，就像第一個例子所示能勤奮創作且不斷要有新的作品產出；同時正如第二個例子所徵候的對於作者使用同一個名字很容易出現報酬遞減的現象，也得嚴密管控；還有從第三個例子可知得隨時敦促作者掌握具時效性的議題，快速成稿，以便搶得出版獲利的先機。因此，只要用心經理，文學傳播一事的未來樣態就可以勾勒完成，從而使得文學經理學在此一面向的預測上再度發揮功效。

再次是它足以用來控制相關文學的整體或個別的運作。既然文學的創作、接受和傳播等無不需要經理，那麼文學經理學的建構自然可以回過頭來控制文學整體或個別的運作。就以經理讀者的品味為例（不論是讀者自我經理還是作者或傳播機制代為經理），有位文學出版人所常發的這類感慨：

出版業的難題是市場小、利潤薄，而整個關鍵所在，還是在於中年人不熱中看書。（隱地，一九九四：四）

我們的出版業幾乎是青少年園地。一旦書籍內容脫離年輕人的興趣範圍，出版一本書就變成一種冒險，結果中年人找不到適合自己閱讀的書，而適合中年人看的書出版人也遲遲不敢動手。（隱地，二〇一二：九一）

這把中年人群族排除在喜歡閱讀的人口之外，或許有某些經驗基礎（包括他自己寫給中年人看的書不再叫座在內），但他似乎忽略了中年人的閱讀品味也需要經理；尤其是在

「市場的存在不只爲了賺取利潤。亞當．史密斯或許因爲資本主義可以提高生產力而擁抱市場，但這只是其中一小部分。市場同樣也鼓勵個人層面的選擇和參與，它讓我們可以與眾不同，而不只是成爲溫和大眾的其中一份子，等待施捨」（高汀（S. Godin），二〇一二：五六）的前提下，所可能日漸增多的怪咖（奇異人士）已經在伺機發展特殊的嗜好（韋斯曼（R. Wiseman），二〇〇八），如果只是一味地出版而不能相準他們的需求，那麼面臨市場慘淡就是註定的命運。反過來說，中年人所養成的閱讀品味經過經理後，理當也會回饋給作者和傳播機制而生產和提供相應的作品。雖然這在當今社會所見的徵象並不明顯，但不保證一旦發生了就不會引發廣大的仿效風潮；文學經理學在這裡仍然有它的作用，可以在整個過程以「見識」控制閱讀品味的伸展。

文學經理學的建立，可以用來解釋相關文學的既有現象、預測相關文學的未來發展方向和控制相關文學的整體或個別的運作等，這是它所能期待的遠景，也是整個理論體系的價值所在。換句話說，倘若有人要問「爲什麼要建構文學經理學這種理論」，那麼這裡就可以把上述的遠景/價值說取來回答。此外，還能進一步追問的是，如果沒有這一套文學經理學的理論又會如何？這裡也可以這樣回答：那從此大家將會依然無法有效地來解釋文學的既有現象、預測文學的未來發展方向和控制文學的整體或個別的運作等。因此，在學科可據爲解釋/預測/控制事物的普遍功能（周慶華，二〇一〇a：代序五至六）的認知上，文學經理學最後也就因爲有這些遠景/價值，所以它就不爲聊備一格而是正要取得更新世人觀念的獨特效果。

第二章　文學經理學的重要性

第一節 從不知道文學經理到知道文學經理歷程的提示

確立可期待的文學經理學的遠景，已經在第一層次上為文學經理學這門新學科給出有價值的意見了，接著要在第二層次上更事繁衍而另外再給出有價值的意見（其餘的就從這裡延伸或分化出去詳盡展露）。後者準備以整章來談文學經理學的重要性，分別從「從不知道文學經理到知道文學經理歷程的提示」、「規模出了所需要了解的文學經理的範圍」和「可以提供文學經理可長可久的理論基礎和實踐途徑」等三方面來包裹或董理文學經理學的特殊功能。也就是說，可期待的文學經理學的遠景，在落實的過程中會從不同的面向顯現它的效用，而「從不知道文學經理到知道文學經理歷程的提示」、「規模出了所需要了解的文學經理的範圍」和「可以提供文學經理可長可久的理論基礎和實踐途徑」等正是這一可條理的踐履向度。現在就先從「從不知道文學經理到知道文學經理歷程的提示」談起。

文學經理學在這一部分所顯示的重要性，並不是說所有的文學關係人（包括作者、讀者和傳播者等）都不知道文學經理這件事，而是說有效的文學創作／接受／傳播等應該要妥為經理，卻被大家所忽略，以致整個文學生態經常顯得沒有章法，更別談什麼突破或再上層樓；而文學經理學就可以在這個層面優為提示，寄望一切都能有所改善。

歷史上有兩個例子看似背後有過文學經理，實則並未上道；一個是晉代的左思，他的為人「貌寢，口訥，而辭藻壯麗。不好交遊，惟以閒居為事」（房玄齡等，一九七九：二三七六）；一個也是晉代的陶潛，他的為人「少懷高尚，博學善屬文，穎脫不羈，任眞自得，爲鄉鄰之所貴」（同上，二四六〇）。《晉書》敘及他們的經歷，各有際遇：

（左思）造〈齊都賦〉，一年乃成。復欲賦三都，會妹芬入宮，移家京師，乃詣著作郎張載訪岷邛之事。遂構思十年，門庭藩溷皆著筆紙……及賦成，時人未之重。思自以其作不謝班、張，恐以人廢言，安定皇甫謐有高譽，思造而示之。謐稱善，爲其賦序……於是豪貴之家競相傳寫，洛陽爲之紙貴。（房玄齡等，一九七九：二三七六至二三七七）

（陶潛）以親老家貧……執事者聞之，以爲彭澤令……義熙二年，解印去縣，乃賦〈歸去來〉……未嘗有喜慍之色，惟遇酒則飲，時或無酒，亦雅詠不輟。（同上，二四六一至二四六三）

綜觀二人，一個耽於一賦（指〈三都賦〉），且歷經求售當時的名士權貴予以美言，才爲文壇所重，並於南梁時被蕭統收錄在《文選》行世；一個不慕榮利，僅以文章自娛，大概隨寫隨棄，但也有人專事收集，至今流傳有《陶淵明集》。由此可見，左思的文學生命並沒有延伸性（不知道如何讓自己處於創作的絕佳狀態），而陶潛的文學生命則有如隨風飄蕩（不在意使自己成爲專業的寫手），整個過程彷彿都有所計量，但卻不是文學經理的典範。換句話說，一個善於文學經理的人，不但創作要有「續航力」（不然就別走上文學這條路），而且也要知道「所創作何事」（可以發揮什麼影響力）；否則只是「隨意爲之」或「倖得見賞」，無法給文學人啓發什麼。

依照《經理人的一天：明茲伯格談管理》一書的講法，任何組織裡的管理者所面對的管理工作，都可以用樂團的指揮來比擬；但樂團的指揮卻有三種形態，分別爲杜拉克（P. F. Drucker）、卡爾森（S. Carlson）和塞爾斯（L. Sayles）所形容的：

> 我們可以把管理者比喻爲交響樂隊的指揮……不過，指揮的手上有作曲家的樂譜，他只是詮釋者，管理者則身兼作曲家和指揮的雙重角色。（明茲伯格（H. Mintzberg），二〇一一：五三）
>
> 在我們做研究以前，我一直把執行長想成獨自站在指揮臺上的樂團指揮。如今，我在某些方面比較想把他們視爲木偶劇裡的木偶，有數百人拉著提線，迫使他做出特定的動作。（同上，五四）
>
> 管理者如同交響樂隊的指揮……不過，每位樂隊成員各有各的困難，負責舞臺擺設的人員在搬動譜架，室內空調過熱或過冷導致觀眾抱怨連連，樂器問題頻傳，音樂會的贊助商又無理地堅持要更換曲目。（同上，五四）

明茲伯格認爲：「如果說管理工作像是指揮樂團，根據我觀察溫尼伯交響樂團的托維一天，那麼應該不是指正式表演的精采形象。因爲正式表演時，一切都排練過了，樂手和觀眾都呈現最佳狀態。管理者比較像是排練時的指揮，那時什麼事情都可能出狀況，必須迅速更正」（明茲伯格，二〇一一：五四至五五），這是相當有啓發性的。所謂的文學經理，也是類似這種情況，得把每一個細節認眞地加以掌控，最後才有優質的文學作品被產出、傳揚和領受。而對這個文學經理的「過程」還不夠清楚的人，文學經理學就可以從中予以提醒，並且還能給予多方的指引。

就以文學創作來說，身爲一個作者在從事文學創作時，無不深受「內在的綜合的心理驅動力」、「外在的橫面的社會驅動力」和「外在的縱面的歷史文化驅動力」等等的制約（詳見前章第二節），以致他的文學經理也就得在該內外情境中試煉發展。因此，倘若說文學經理也像交響樂團的指揮那樣必須一再的排練而直到可以精采的演出爲止，那麼身爲一個作者可就不容易了，他要有辦法掌握審美創意的訣竅、知道自我權力意志伸展的方向、相準所要影響的對象和能夠觀外製造差異逞能等，如圖2-1所示。

從圖中可以知道，凡是文學創作機制範圍的，都是文學經理的對象。而就嚴格意義上來說，文學經理要有成效，一定是整體

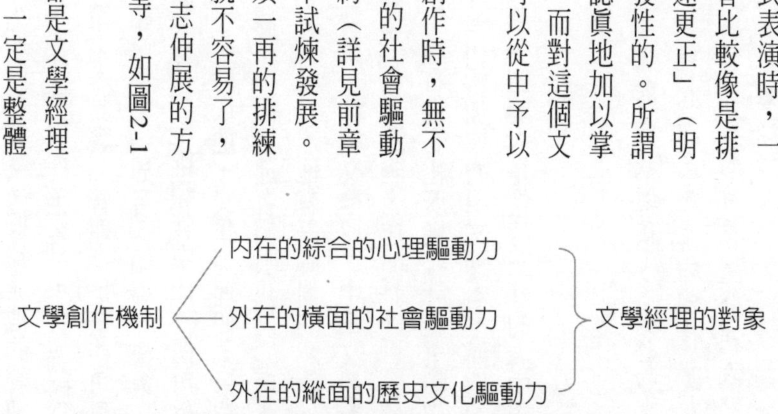

圖2-1　文學創作機制和文學經理關係圖

性的經理（而不是一次經理一個面向或專就某一特定面向經理）。好比其他的管理領域，有人認爲管理是掌控，有人認爲管理是行動，有人認爲管理是交易，有人認爲管理是思考，有人認爲管理是領導，有人認爲管理是決策……其實「管理不是這些角色中的任何一個，而是所有角色的總和。管理是掌控、行動、交易、思考、領導、決策，以及其他種種。管理不是這些角色的簡單相加，而是融合爲一。排除其中任一個角色，管理工作就不算完整」（明茲伯格，二〇一一：六七）。同樣地，文學經理如果只鎖定特定面向而忽略其他面向，不僅沒有拓寬文學經理的觀點，而且還會侷限我們的理解。這裡就有一個鮮活的例子：國內曾經超人氣的散文作家林清玄，他有著輝煌的紀錄，包括曾獲國家文藝獎、中山文藝獎、金鼎獎、吳三連文藝獎、時報文學獎、中華文學獎、中央日報文學獎、吳魯芹散文獎、作協文學獎等十數次文學大獎；作品有一百多種；一九八八年被出版界推選爲年度風雲人物，一九九二年金石堂文化廣場統計爲全國作家排行榜第一名；作品多次被選入臺灣、中國大陸、香港和新加坡的中文課本。而他的出道，僅因得到世界新聞專科學校的「翠谷文學獎」首獎，頒獎人是當時正紅的《中國時報》人間副刊的主編高信疆：

頒獎完後，他坐在小劇場的臺階和我聊天，立刻向我邀稿……我馬上整理那一段時間寫的文章，寄給人間。隔了兩天，就收到高先生的回信，說他會斟酌採用。一個星期之後，我寫的一篇小說〈替退人的目屎〉登在人間，引起許多討論，非常轟動。（林清玄，二〇一二：九七）

林清玄成名後，各報刊雜誌邀稿不斷；後來他又很順利地進入中國時報社工作。這一因緣際會爬上高枝，據他自己的回顧：

> 在我學校畢業到入伍期間，遇到了許多貴人：人間的高信疆先生、皇冠的平鑫濤先生、《中華日報》的蔡文甫先生、《聯合報》的駱學良先生、《中央日報》的夏鐵肩先生、《新生報》的劉靜娟女士……感念他們的慧眼，使我在二十幾歲的時候就確立了自己的方向。（林清玄，二〇一二：九八）

得著上述這些編輯人的賞識，使得林清玄後來出書幾乎不費吹灰之力（如蔡文甫創辦的九歌出版社，就出版了他甚多的書）。而另一個特殊的際遇，是他認識了作家曹又方，再給他引薦：「她應圓神出版社的簡志忠邀請回國工作，有一天打電話給我，約我在僑福大廈一樓見面，說：『給你介紹一個很棒的朋友。』……來的正是簡志忠，大家一起談到對文學、對出版的抱負，使我很感動……從此，開始了我和圓神的二十幾年因緣，志忠也成爲我最要好的朋友。」（林清玄，二〇一二：一一八）林清玄的書大量在圓神出版，自然不在話下了。顯然林清玄很用心經營他的人脈（權力關係），而他也很清楚只有透過勤快地創作（甚至盡力去爭取文學獎的榮銜來維持他的光環），才能把握住別人所給他的嶄露頭角的機會。只不過這一少年得志「太過風光」，反而讓他疏忽了其他文學面向的經理，包括審美技藝的提升和跨文化系統差異的敏感因應（轉創作特殊且有新意的作品）等。換句話說，他在創作上固然有續航力，但並沒有經過多少「大風大浪」的考驗，以致顯不出前後作品有什麼面貌的不同；他的一百多本著作，看來除了閒淡風格幾乎是千篇一律，還有對於時代文風（如現代／後現代／網路時代等多元美感的變化）也全然無涉或不受衝擊，可以說短少一份可以更新文學類型或文學技巧的文化理想。因此，從文學經理學的角度來看，這仍未窮盡文學經理的能事，還不足以作爲典範。

再以文學傳播和接受來說，前章第二節提過的文學傳播的系統性生態，它的實質運作來自於：由於作者的亟於成名／謀利，促使相關傳播白熱化；而傳播媒體擁有者的「文學產業化」需求，也使得相關傳播博通化；還有仲介者／經紀人／中盤商等的介入操作，更帶動相關傳播競爭化。此外，讀者多方回饋系統的「激盪」作用，也有助於文學傳播的頻率增加。它們都在系統中運作；雖然時而混沌，時而複雜，但都不脫一個種種關聯條件相繫著的系統（周慶華，二〇一一 a：一八六）。而單就文學傳播來說，它也跟其他傳播一樣，有非組織化傳播和組織化傳播兩種在進行著的傳播形態。前者，包括㈠對象爲個人或個人的集合（對個人或多人傳播），使用基本傳播技術，媒介爲口說語或書面語；㈡對象爲個人或個人的集合，使用複雜傳播技術，媒介爲電話、錄音、錄影、電報、閉路電視、磁片、光碟和網際網路等。後者，包括㈠組織體對大眾進行傳播（對象爲大眾），使用複雜傳播技術，媒介爲報紙、雜誌、廣播、電影、電視、書籍、錄音、錄影、磁片、光碟和網際網路等；㈡組織體對許多個人傳播（對象爲許多個人），使用複雜傳播技術，媒介爲新聞、direct mail信函、email、資料室和圖書館等

（方蘭生，一九八八：二七九；周慶華，二〇〇二：三五一）。還有在具體的傳播過程中，會出現其他的變數（如潛意識發作和非語言傳播行爲等）介入，而使得傳播過程更形複雜（可以理出許多的傳播模式）（李茂政，一九八六：三三至五六；周慶華，二〇〇二：三五一至三五二）。此外，傳播媒體如果又像法蘭克福學派所說的淪爲意識形態國家機器的一環（史威渥德（A. Swingewood），一九九三：一二四至一二五），那麼它所影響於傳播行爲的「扭曲變形」或「突躍奔競」的情況，就更加難以形容了。這些都是在文學傳播的實際運作中可以感知到的，它們雖然不至於會牽繫該系統性生態的「存亡」，但少了它們，還眞不知道此中所有的「流動式規模」到底是什麼樣子。縱是如此，當今的文學作品能否被接受而予以發表出版，固然會在某種程度上受制於守門關卡（史密斯（D. C. Smith），一九九五：六五至六六），但大多時候都是以「人」爲主要考量。如：

> 作品的出處是文藝的文化和市場所創造出來的……一旦作者的名氣建立起來了，你會發現只要在這個作者名下的所有東西，都算得上具有出處的作品。例如我們撿到了一張購物單，忽然發現：「哇！這是莎士比亞寫的購物單！」這些就是對「重要」與否的諷刺。（歐蘇利文（T. O'Sullivan）等，一九九七：二八）

就是在說這種情況。還有像報紙副刊這一向是容受文學作品的「大本營」，也會因爲它的轉型為文化副刊，而壓縮了文學作品的發表空間（林淇瀁，二〇〇一：六九至七〇），以致作者的「生存」機會很難依一己的努力就可以拓展出去。換句話說，文學的發表出版就在文學傳播的網狀組織裡受多方的牽制；作者倘若有幸像「史克里布納出版社給史蒂芬．金的《一袋白骨》付了兩百萬美元的前期款，還在合約中寫明將來賣書的利潤，必須分給他百分之五十五」（漢彌爾頓，二〇一〇：一〇五）那樣受到高度的「寵愛」，那麼他也是在整個網絡裡被集團估算出可以「謀得暴利」的一顆棋子，任何個別人都無法宣稱有本事獨立操縱這一切。因此，傳播機制眞正在處理的是「人」，而不是「文學」；這也使得文學在傳播這個環節並未獲致妥善的經理。還有讀者的文學經理，這也可以從回饋情況大略了解它所欠缺的東西。我們知道，文學回饋和文學生產分享同樣的傳播管道（只不過它是「迴向」傳播），但因為它的回饋可以擴及戲劇、廣播、電影和電視等媒體的運用，所以在整體上要比文學生產多元化。尤其是現今最新潮且大量的「知識生產工具」部落格（梅田望夫，二〇〇七：一三一至一六一），它未必都有文學生產，但能給的文學回饋一定不會少。此外，消費廣告的人日多，導致「結構性變化攪得媒體一片沸騰，迫使業者極力追求推動內容和廣告的平臺……為搶先創新腳步，行銷人使盡渾身解數；而策劃和購買媒體的人，也因而成為業界搖滾巨星和主宰」（佛克林（D. Verklin）等，二〇〇八：一七），這也迫使文學回饋系統逐漸要夾帶進廣告而改變文學接受的方式。由於文學生態所布建的接受迴路，僅僅只是「機會」，因此當實際的文學回饋發生時，那就很可能出現「潛回饋／弱回饋」和「明回饋／強回饋」的非均等現象：

作者們辛勤工作，他們寫作、修改、增刪他們的詞句……但作者們無從得知也無法控制究竟是什麼因素，使得一本書能夠躋身出版社那些無聊的排行榜之中；還是慘一點的，從印刷機出來就進了碎紙機。這個因素就是運氣，各式各樣的運氣。（漢彌爾頓，二〇一〇：二三七）

這既然是「運氣」使然，那麼文學回饋系統的多元化就成了一種準「壓迫性」機器，隨時都在操縱作者進入它的「必要給你期待」的折騰中。而這種折騰，所加諸作者身上的壓力以及最後要轉成別爲尋求機會的渴望後，無形中又會刺激而開啓新的傳播管道，使得整個回饋系統越來越趨向無限化。就像名人的褒揚這種回饋：

林肯喜歡〈死亡〉這首詩歌，如果不是他這樣做，現在恐怕沒有人會記得那個蘇格蘭詩人諾克斯……雷根給了克蘭西一個好評價，迅速提高了他的名聲。而在柯林頓說他讀了懸疑小說家莫斯里的作家，並邀請他到白宮作客，此後莫斯里的小說的銷量就直線上升。（漢彌爾頓，二〇一〇：二四七至二四八）

它所被額外期待的「加持作用」這種回饋，就跟其他傳播媒體結合而讓整體系統自我擴編。而擴編後的系統，相關的回饋方式就越發難以捉摸。這種越發難以捉摸的情況，另有一個指標也可以想見：就是上個世紀末「閱讀大眾興起」，成了主導文學書市的主要因素，使得文學傳播系統中一向不受重視的回饋有了較大的改變，但讀者透過不購買行爲所表現的「負回饋」，卻又對出版商構成極大的壓力（中國古典文學研究會主編，一九九五：九一）；而這實際上並沒有降低出版商的出書意願，原因是書不是消費性商品淘汰率高：

> 一種書你最多只買一次，不會額外買同一本……（而）你在書店總是問最近有何新書，而不是問最近有何舊書……結果就是所有書店，不管是實體的還是虛擬的，統統都要重視新書，都要給新書最好的位置、最明顯的陳列、擺在動線坪效最高的地方。（陳穎青，二〇〇七：三一至三二）

這種「矛盾」現象，造成退書率居高不下（出版商最後是靠「以書養書」來刺激買氣），也直接影響到回饋系統不如預期那麼順暢。換句話說，當讀者的文學熱情不能反映在出版品的購買上（而只願站在書店翻閱或看看專家的推介），相關的傳播生態就會出現另一種自我「消耗戰力」的持久戰；而這似乎不是個別人所能滲透的，也不是任何一個初涉入這個環境的人所可以「籲天改變」的。很明顯地，讀者普遍都還沒找到或形塑合適的文學經理的方式，以致無法回饋給作者和傳播機制準確或有效地「投其所好」。這麼一來，如果讀者對文學眞的有感應，善於甄辨優質的文學作品而加以購置領受，並給予適當的回饋，那麼在讀者層面的文學經理才算完成。

可見不論從文學創作來說還是從文學傳播和接受來說，一般都還有待文學經理學來

「啓其所不逮」或「匡其所未密」，從而促使大家擺脫矇然於文學經理的或顯或隱的困境，而朝向能夠確實有效經理文學的途徑邁進。因此，像這種「從不知道文學經理到知道文學經理歷程的提示」，在別的學科所未能而文學經理學能的，就是文學經理學的重要性所在。

第二節 規模出了所需要了解的文學經理的範圍

文學經理學可以發揮「從不知道文學經理到知道文學經理歷程的提示」功能而顯出它的重要性，那麼這個提示功能又可以怎麼「分布著談」才能更爲可靠，也就是文學經理學得再力拚而連帶出奇的地方。因此，在這方面文學經理學所能給人「規模出了所需要了解的文學經理的範圍」的印象，自然就成了它可以自顯特殊能耐的另一重要性所在，想必大家都會對它有所期待。

依照一般企業對品牌等的經理，有所謂某些必須「首尾兼顧」的向度：「首先，品牌經理和產品經理都必須對目標客群的相關知識和關聯，有深入而貼近的掌握……其次，你要能創造一個眞正和別人不同的故事，讓消費者感覺你的品牌是滿足目標客戶需求的最佳選擇……最後，永遠信守你的品牌承諾。這意味著，當有錯發生時，就承認它並且勇於改正」（哥喬斯（L. Gorchels），二〇一二：二〇），這引來說文學經理也可以相仿。也就是說，文學經理也得掌握「爲誰」、「營造吸引力」和「永保精進」等要項，才有好的品管和可期待影響力的發生。而這一點，也正是文學經理學所得告知的。

還有通常企業經理人所做的工作，包括「制定和規劃目標」、「激勵和整合人力」、「協調和控制活動」、「培養和指涉人才」、「累積和應用知識」、「積聚和分配資源」、「建立和培養關係」和「平衡和迎合股東需求」等，以及典型的管理流程有「策略性規劃」、「資本預算」、「專案管理」、「雇用和升遷」、「訓練和發展」、「內部溝通」、「知識管理」、「定期業務檢討」和「績效評鑑和獎勵」等（哈默爾（G. Hamel）等，二〇〇七：二二至二四），這在文學傳播的層面也特別相應（其餘的多少也可以把它當作準則），必須強列爲經理的範圍。只不過文學傳播如前面所述不能遺忘傳播「文學」的初衷（詳見前章第三節），理當還要有額外的付出。因此，上述這些企業管理的工作和流程，也就只能比照而不宜全然服膺；否則文學傳播就跟其他行業沒有兩樣了。

此外，有關企業管理已經發展出了「最大化管理」（管理者負責一切的規劃、統籌、協調、命令和掌控等）、「參與型管理」（管理高層把某些權力下放給其他的管理者）、「分擔型管理」（一份管理工作由幾個人共同分擔）、「分配型管理」（把某些管理職責分散得更廣）、「支援型管理」（非管理者擔負更多的管理職責）和「最小化管理」（個人自我管理）等多種管理方式（明茲伯格，二〇一一：一七七至一八五），這也同樣可以在文學傳播環境顯影醱酵，而展現出文學傳播的「繁複姿采」。但正如上面所說的，文學傳播仍然要守住是在「傳播文學」的質性，才不會淪落到跟其他企業管理「唯利是圖」沒有差別的遺憾境地。這樣連事涉多端的文學傳播的經理都得到了定位，那麼包括其他在內的文學經理也就可以由文學經理學來爲它們劃出疆界。

這個疆界，因爲有「文學經理」總領頭銜，所以可以把分衍的創作、接受和傳播等所需經理的諸多層面融攝在一起，而以「自我文學經理」、「他人文學經理」和「公家文學經理」等來概括這一套文學經理學的核心內涵（其餘爲配備內涵）。又因爲上述三類文學經理彼此互有通貫（也就是自我文學經理也得視他人文學經理和公家文學經理等而來決定或調整方向；而他人文學經理則又在相當程度上以呼應自我文學經理和配合公家文學經理等多角互動爲運作模式；至於公家文學經理則必須緣於公權力和私權力的妥協而形成決策且見諸行動，以致三類文學經理無不緊相牽連），所以會以相交集的關係存在著，如圖2-2所示。

由於三類文學經理各有重點訴求，如自我文學經理是「創作觀點的文學經理」，以「自我完構和自我推銷的模式」和「晉身爲呼應神祕天才創新的行列」等爲迫切性前提；他人文學經理是「傳播和接受觀

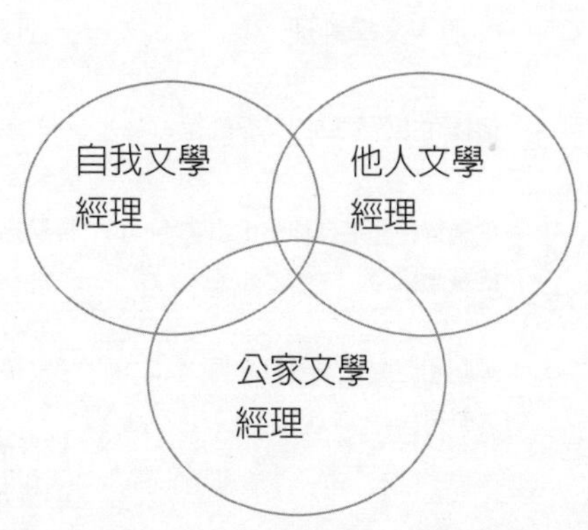

圖2-2　自我／他人／公家文學經理關係圖

點的文學經理」，以「企業營利和推動神聖化事業的贏面拔河」和「認同和促成文學淑世的恆久堅持」等爲必要性作爲；公家文學經理是「一種特殊觀點的文學經理」，以「經費挹注和創作風氣的引導」、「美好創作環境的營造」和「返身檢肅幫助文學審美發展的成效」等爲優先性使命（詳見第四、五、六章），所以在它們互爲關聯後細目的牽繫就得略作更動，如圖2-3所示。

整套文學經理學，就以上述這一圖式爲範圍；而這在後面相關章節中，會做詳盡的交代（雖然各章節在立論時未必會一一點出彼此的「交涉處」）。現在就以所論這一「規模出了所需要了解的文學經理的範圍」來爲自己標識，先行顯示它的重要性。

我們知道，文學作品從無到有，而從有又經由傳播爲讀者所領受，這一過程是「必然有」，但那很可能只是「作品」現象，不一定有「文學」或「優質的文學」在那裡面，因此「確是文學創作」的經理就成了一項被漠視的急務。而這

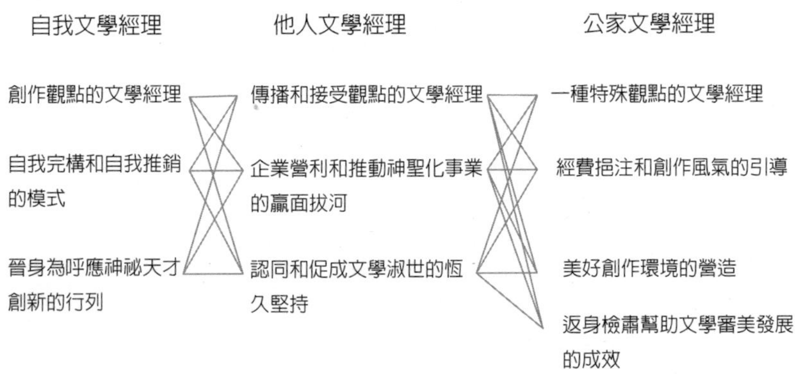

自我文學經理
創作觀點的文學經理
自我完構和自我推銷的模式
晉身為呼應神祕天才創新的行列

他人文學經理
傳播和接受觀點的文學經理
企業營利和推動神聖化事業的贏面拔河
認同和促成文學淑世的恆久堅持

公家文學經理
一種特殊觀點的文學經理
經費挹注和創作風氣的引導
美好創作環境的營造
返身檢肅幫助文學審美發展的成效

圖2-3　自我／他人／公家文學經理細目關聯圖

也就是前面一再籲請文學經理還得深受重視的苦心孤詣所在。換句話說，生產作品很多人都可以做得到，但創作文學作品就非眞有見識或眞有能力的人不可了；而從文學經理學的立場來說，這種見識或能力正是要透過文學經理來鍛鍊養成（少了文學經理，只好無限期地等待「天賜良緣」或「偶發變數」予以促成）。因此，文學經理學能細爲規模文學經理的範圍，而讓文學人知所進趨，不啻顯示了它有莫大的作用。換句話說，沒有文學經理學，就不知道有這麼多事項及其繁衍需要經理；而這些事項及其繁衍雖然都是範限而來（既有「事實」不會太多），但在沒有更好的說詞出來前，它的可依循性自然毋須懷疑。

現在爲了後面相關章節張論方便，不妨就稍作舉例，以資證明本文學經理學在規模大家所需了解文學經理的範圍上的順當性。在現代派的作者中有兩個人都曾博得良好的聲譽，但他們的自我文學經理和他人文學經理等卻有遲速和優劣的差別。第一個人是卡夫卡（F. Kafka），有人考察了他的文學生命歷程：

> 卡夫卡並沒能在生前享受盛名……生前出版過的唯一作品是由四篇短篇小說組成的《飢餓藝術家》……他交代摯友布羅德把這些東西全部燒掉。所幸在經過一番內心掙扎後，布羅德決定拒絕卡夫卡的遺命……由布羅德整理出版的《審判》和《城堡》讀者目眩神迷，書評者紛紛以最高級的形容詞加以褒揚……〔蓋伊（P. Gay），二〇〇九：二三六至二三七〕

這跟其他人的說法略有出入，如「早已洞察卡夫卡文學才華的知己布羅德，學生時代就出版了處女作，試著要用自己在文壇上的地位，把處於孤立的卡夫卡介紹給世人……在萊比錫，卡夫卡被介紹給出版商認識，因而出版了處女作《觀察》，以後作品就陸續出版」（卡夫卡，二○○六：前言八），可以研判卡夫卡生前出版的著作就不只《飢餓藝術家》一部而已。雖然如此，論者直指愛護卡夫卡而使他的作品「死裡逃生」功勞最大的布羅德，則是一點也不假，因爲連最後的卡夫卡著作全集也是布羅德編纂的。而從這裡我們知道，卡夫卡創作了一些精采的作品，如〈蛻變〉（又譯〈變形記〉）一篇小說就被讚美爲「這可能是全世界最著名的作品；光是這篇作品，就足以使卡夫卡的名字絕對不會從世界文學史中被抹銷掉」（同上，一二），但他的名氣卻是在死後才傳開來。這顯示了卡夫卡在自我文學經理上缺乏「自我推銷」方面的經理；而他在他人文學經理上有幸獲得友人的珍惜董理，讓他的文名有機會傳揚，但這時他也只是被利用者，已經無法看到他自己的作品在傳播和接受過程中是如何地起作用，形同沒有經過這一段「穿透」去關聯他人文學經理的歷程（如圖2-2和圖2-3所示的）。倘若他生前就善於經理這一切，那麼博得「名利」的情況可能就會大不相同。

第二個人是艾略特（T. S. Eliot），他被視爲是「詩人中的詩人」（蓋伊，二○○九：二四二）。他從年輕起就不是沒沒無名的詩人，他的頭兩部詩集《普魯弗洛克及其他》、《詩作》，都得到讀者不少的共鳴。此外，在艾略特第一部詩集出版的二十六年後，於一九四八年獲得諾貝爾文學獎，它被認爲「這是一個有信號意義的榮譽，顯示出諾貝爾獎評審委員會有所突破，開始願意對現代主義敞開胸懷……表揚他深奧晦澀和堅決不落窠臼的組詩《荒原》」（同上，二四二）。而後人對於他的文學生命的溯源是這樣的：

> 艾略特家境富裕……他從學生時代就想當詩人，卻苦於找不到楷模。他多年後回憶說：「我需要的那種詩歌，那種可以教我用自己聲音說話的詩歌，在英語世界裡根本找不到。我要到後來才在法國人中間找到。」……寫作《荒原》的時候，艾略特以無比熟練的方式使用了各種他新習得的技巧。（蓋伊，二〇〇九：二四四至二四七）

至於他的得獎作品，所受的讚譽略如「《荒原》猶如是一趟文學的特技表演：在韻律詩和自由詩之間出入自如，交替使用長句和短句；既能模仿女工說話的口吻，也能模仿紳士的說話口吻；既使用了通俗的英語，又不時插入些法文、德文和義大利文字詞。更不在話下的是旁徵博引」（蓋伊，二〇〇九：二四七）。雖然也遭遇到了一些訾議，包括看不出《荒原》的五個不同部分有什麼內在統一性、不時在詩中植入一些陰森的沉思式詩句（如「我要讓你看一掬塵土包含的恐懼」、「我要用這些碎片撐起我的廢墟」、「四月是最殘忍的一個月」等）、用了一些冷僻的影射和一些東方文字、有些突如其來不知所云的插入語（如「請快些時間到了」）等「對讀者來說形同是一個現代主義夢魘」的數落（同上，二四七至二四八），但整體上他除了創作力避陳俗有新意，而且還積極於尋找出版機會和遇到有力人士（他的大學同事）爲他推薦等，在自我文學經理和他人文學經理上可說雙雙告捷，名利兼收。這比起卡夫卡，顯然是懂得自我推銷多了，無異可以自成一個「文學經理有成」的典範。

文學經理學所規模的自我文學經理、他人文學經理和公家文學經理等文學經理的範圍，所各自強調的「創作觀點的文學經理／自我完構和自我推銷的模式／晉身爲呼應神祕天才創新的行列」、「傳播和接受觀點的文學經理／企業營利和推動神聖化事業的贏面拔河／認同和促成文學淑世的恆久堅持」和「一種特殊觀點的文學經理／經費挹注和創作風氣的引導／美好創作環境的營造／返身檢肅幫助文學審美發展的成效」等，都是每一個文學人所該了解且得試著去實踐的。而任何一相對獨立的文學經理，對不論是自我還是他人或是公家來說，都是嚴酷的考驗：通得過考驗的人（或單位），就可以在文學領地優游自在或盡情馳騁；而通不過考驗的人，只好繼續等待成爲文學領地的主人。而基於有必要先行點出所得有的這一文學經理的知見，無妨再將各自文學經理細項的分合畫圖來表示，並略作說明，如圖2-4。

文學經理從有「創作」開始，才進入實質的行動層次，而「自我文學經理」的限定自然得歸屬給它；否則傳播機制和讀者等也會來爭執「我們也是在自我文學經理」，同時公家單位大概也不會承認它是在「別作文學經理」。因此，創作觀點的文學經理就統轄了自我文學經理的各個層面；而傳播和接受觀點的文學經理及一種特殊觀點的文學經理也依次分別去統轄他人文學經理和公家文學經理的各個層面。這麼一來，既分立又統合的三類文學經理（至於各自內部細項的分合，就可以比照外部的分合去理解，這就不必多說了），就顯示了整套文學經理學的規劃得宜且能見諸實效。

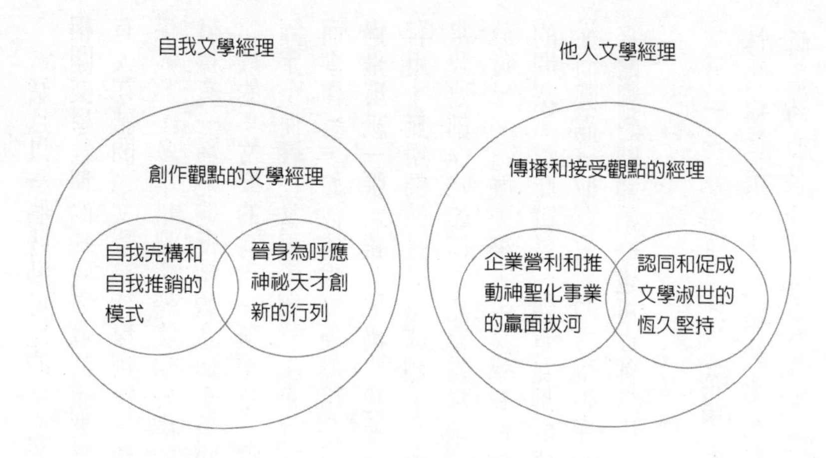

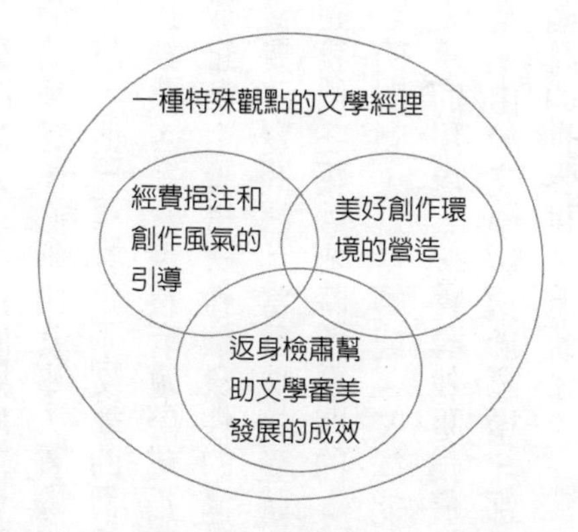

圖2-4 三類文學經理的各自細項關係圖

姑且以一個普遍可能的「文學疑慮」和一個公家所能扮演角色的強化爲例，來印證相關文學經理的知見具備的重要性。前者（指一個普遍可能的「文學疑慮」），是說常有人在詰問「文學有什麼用」。會詰問這個問題的人（不論是作者還是讀者或是其他關係人），多半是沒嚐過文學好處的人，不然他就不應該對文學這麼沒信心。因此，這時就得有一種能夠反轉觀念而重新趨向文學的欲力，上述的疑慮才會自動解消。而情況是這樣的：文學的有用、無用是一個後驗的事實，必須由當事人實際去接受或創作後才能判定；而就在當事人願意去接受或創作時，他已經肯定了文學的價值（值得接受或爲它而創作），如何能說文學無用？這好比鈔票，在它還沒有實際成爲交易的媒介時，也不過是廢紙一張（雖然偶爾它也會讓人從它身上獲得一種抽象性的滿足）。因此，文學的有用、無用顯然是個假問題，我們理當要改變問法：當我要接受時如何才能獲得更多或當我要創作時如何才能寫得精采（一如我們在花鈔票時所要問的：怎樣使一分錢買到一分貨）。這麼一來，「文學有什麼用」的問題，就得轉成「文學能怎麼用」，才是高明的問法。這時就是一邊有見地的肯定文學的用處，一邊尋找更爲發揮文學用處的辦法，從而圓滿一個有效率的文學經理的方案。由於文學相通於藝術，都具有審美功能，所以它的聯想翩翩始終也可以創造出一個隔離的世界供人賞玩：

一切藝術天才的基礎在於是否能以一種新奇而特殊的方法去構思人性，以藝術天才創造的幸福世界來取代我們日常生活中的卑微世界，以一種新穎的曲折能力在其周圍造成一股氣氛；而根據想像的抉擇，將它所表達

的意象加以解釋，改變而後再加以組合。〔姜森（R. V. Johnson），一九八〇：三六引溫克爾曼語〕

這也就是前章第一節所強調文學在「傳達知識」和「進行規範」以外最獨特的「可以審美」的緣故；而它的善於構設意象和經營事件等，能夠予人昇華美感而解脫生命，則又是它優於其他藝術的地方。因此，所有的文學人都得這般地堅定對文學的信念；而非文學人也不妨試著以這種相應的眼光來親近文學，才有助於文學神聖性的維護而帶給自己或他人眞實的審美享受。

後者（指一個公家所能扮演角色的強化），是說公家要經理文學，理應是要爲文學的神聖啓迪帶來「加碼」促成的作用；否則只是徒然浪費人力、物力和財力而對文學的推廣無所助益。正如國內在國民黨執政時期，於一九九九年初由文建會委託《聯合報》副刊評選「臺灣文學經典」。該次評選經過初選、複選和決選三個階段：初選由《聯合報》副刊聘請的七位委員（包括王德威、何寄澎、李瑞騰、向陽、彭小妍、鍾明德和蘇偉貞等），就《聯合報》副刊所提供涵蓋新詩、小說、散文、戲劇和評論等文類的書單中，圈選出一百五十三本書參加複選；複選由《聯合報》副刊邀請九十一位票選委員（票選委員大多是大專院校教授現代文學及相關課程的教師，少數爲媒體的編輯和比較活躍的評論工作者），就一百五十三本書中不限文類的圈出三十本心目中的「臺灣文學經典」，經過統計一共選出五十四本參加決選；決選則由七位委員圈選出三十本定案。這三十本，包括㈠小說類：白先勇《臺北人》、黃春明《鑼》、陳映眞《將軍族》、七等生《我愛黑眼珠》、張愛玲《半生緣》、王文興《家變》、李昂《殺夫》、王禎和《嫁粧一牛車》、吳濁流《亞細亞的孤兒》和姜貴《旋風》等十本；㈡新詩類：鄭愁予《鄭愁予詩集》、余光中《與永恆拔河》、瘂弦《深淵》、周夢蝶《孤獨國》、洛夫《魔歌》、楊牧《傳說》和商禽《夢或者黎明及其他》等七本；㈢散文類：楊牧《搜索者》、梁實秋《雅舍小品》、王鼎鈞《開放的人生》、陳之藩《劍河倒影》、陳冠學《田園之秋》、琦君《煙愁》和簡媜《女兒紅》等七本；㈣戲劇類：姚一葦《姚一葦戲劇六種》、賴聲川等《那一夜，我們說相聲》和張曉風《曉風戲劇集》等三本；㈤評論類：夏志清《中國現代小說史》、葉石濤《臺灣文學史綱》和王夢鷗《文藝美學》等三本（陳義芝主編，一九九九：五一〇至五二七）。這份書單才剛出爐，立刻引發文學界和學術界針對諸如經典性、評選機制，甚至統獨立場等問題的爭論。當中還有臺灣筆會、笠詩刊等數個藝文團體召開一場「搶救臺灣文學」記者會，表達不滿的心聲；同時，也有立法委員（如黃爾璇）以「政府不應介入文學價值的判斷」爲理由，向行政院提出質詢。此後有關臺灣文學經典的「持續性效應」還引來一批大學研究生自辦刊物參與「再論辯」的行列（楊宗翰主編，二〇〇二）。雖然此次評選臺灣文學經典的關鍵人物《聯合報》副刊主任陳義芝一再地聲稱，將來還會有二編、三編的臺灣文學經典（陳義芝主編，一九九九：序七、五一五），但反對陣營似乎都不領情，而揚言要重新來評選臺灣文學經典。這依觀察：

上述所謂的二編、三編和重新評選臺灣文學經典等情事，並沒有人去完成，以致有關的承諾就形同兒戲……而整體上看來，這又是一場充滿火藥味的「神聖化的鬥爭」……而彼此似乎都不知道這只是一場意識形態／權力的爭鬥，而根本不關什麼臺灣文學經典（臺灣文學經典只不過是一個「可利用的憑藉」而已）。（周慶華等，二〇〇四：二二三至二二四）

顯然從這裡可以看出當時文建會經理文學的盲目性：一方面不了解在國內統獨意識形態相抗衡的的激化中，基本上不可能讓這種評選順利進行（即使再投注經費而繼續二編、三編或更多編臺灣文學經典的評選，仍然會有人不滿撻伐）；二方面不清楚評選「臺灣文學經典」並不能提升文學的位階，如果眞要評選也得評選「文學經典」，才能促進文學審美的發展。正因爲文建會經理文學的方向抓不穩，所以無意中成了公家文學經理的不良示範，頗有大家可以再集思廣益而「取法乎上」的空間。

第三節　可以提供文學經理可長可久的理論基礎和實踐途徑

就「從不知道文學經理到知道文學經理歷程的提示」和「規模出了所需要了解的文學經理的範圍」兩點來說，已經可以充分顯示文學經理學的重要性了，倘若要再給個加碼式的配備，那麼這無異就是「可以提供文學經理可長可久的理論基礎和實踐途徑」。

所謂「可以提供文學經理可長可久的理論基礎和實踐途徑」，也可以說是「從不知道文學經理到知道文學經理歷程的提示」和「規模出了所需要了解的文學經理的範圍」的總攝，但基於論述「分層負責」的前提，它仍然得在儘可能的範圍內鍛鑄出新的議題，以便能夠完成章節部署所需「承上啓下」的任務。換句話說，「從不知道文學經理到知道文學經理歷程的提示」和「規模出了所需要了解的文學經理的範圍」等節次所說還有不盡意或未完的部分，就得由「可以提供文學經理可長可久的理論基礎和實踐途徑」節次來紹述，而自然連結到後面章節所要論述的課題。

不論文學經理學如何提示了文學經理有多重要，以及極盡可能的規模出了文學經理的分布區域，都還需要告訴大家「這些又究竟是怎麼可能的」，而這就無法離開以「可以提供文學經理可長可久的理論基礎和實踐途徑」的說明予以解答。也就是說，只有從可以提供文學經理可長可久的「理論基礎」和「實踐途徑」兩方面來最後確立文學經理學的重要性，這一整體的論述才能盛稱完密而可以自成一種理論的典範。因此，它在優先次序上就必須揭示，文學經理學是在什麼樣的處境中要做像我所論述這樣全新的開展。而這就有「誰稀罕文學經理學」、「文學經理學的過度企業化成分」和「喪失理想性的文學經理學的片面膠著」等具體的處境，以及「重新出發的文學經理學的向度」的接續考量（詳見第三章），如圖2-5所示。

當中「誰稀罕文學經理學」，已經蘊涵了「文學經理學的過度企業化成分」和「喪失理想性的文學經理學的片面膠著」等；而「文學經理學的過度企業化成分」和「喪失理想性的文學經理學的片面膠著」等又彼此交纏爲用，所以它們要以相交集的情況存

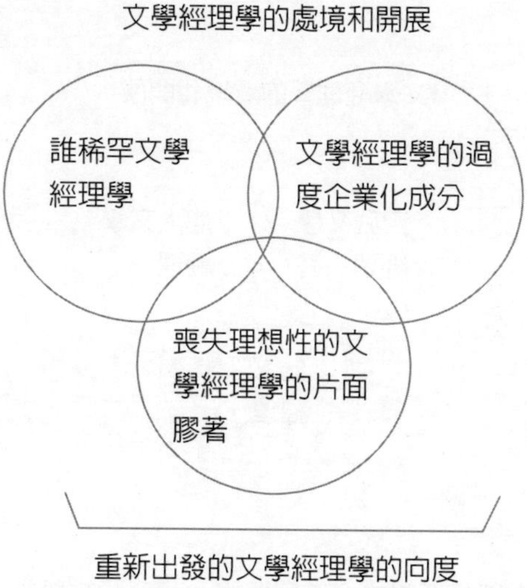

文學經理學的處境和開展

誰稀罕文學經理學

文學經理學的過度企業化成分

喪失理想性的文學經理學的片面膠著

重新出發的文學經理學的向度

圖2-5　文學經理學的處境和開展圖

在。至於「重新出發的文學經理學的向度」，則是要面對上述三者的「不利處境」而要予以指點出路的，所以它帶有「總括啟新」的意味。而由這樣的梳理，又知道「文學經理學的處境和開展」是「自我文學經理」、「他人文學經理」和「公家文學經理」等的現實前提，以致它們的關係就可以如圖2-6所示。

換句話說，要在檢討完「誰稀罕文學經理學」、「文學經理學的過度企業化成分」和「喪失理想性的文學經理學的片面膠著」等文學經理學的處境，以及發出「重新出發的文學經理學的向度」的文學經理學的開展信息後，「自我文學經理」、「他人文學經理」和「公家文學經理」等策略規劃才有得據理布論，所以「文學經理學的處境和開展」就在近距離上包

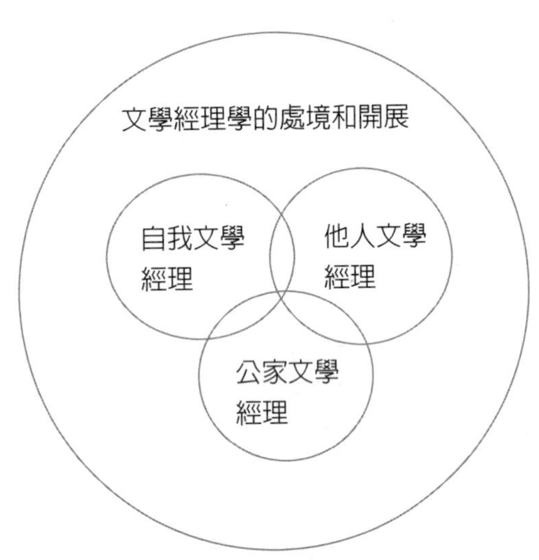

圖2-6　「文學經理學的處境和開展」和三類文學經理的關係圖

裏了「自我文學經理」、「他人文學經理」和「公家文學經理」等。

其次，它必須告訴人所謂提供文學經理的理論基礎和實踐途徑到底是怎麼可能的。在文學經理的理論基礎方面，它的可能性是源自所論都合於邏輯規律（可以檢證），以及所論也都自成一種規範性的知識體系（可以試爲信賴）。前者（指邏輯規律），是說理必須遵守的法則。我們知道，邏輯是一種講究論證和推理的思維形式：

> 當人們構作述句（命題）時，他們可能提出了用來支持那些述句的證據，也可能沒有……邏輯分析所關切的是結論和用來支持這結論的證據二者之間的關係。而當人們推理時，他們所做的是種推論。這些推論可以被形變爲一個個的論證，而邏輯工具

可以應用於所成的這些論證之上。（梭蒙（W. C. Salmon），一九八七：一）

這就是被普遍遵循的邏輯限定。它所繁衍出來的學問，已經自成一門邏輯學或論理學；而它所滲入各學科去擔負「穿針引線」和「後設察覺」等任務的，又不知如何地「居功厥偉」（周慶華，二〇〇四a：一〇八）。這在文學經理學領域，由理論所確立下來的相關的樣式，也得自我顯現一種邏輯規律，才能堅固它在知識世界的地位。而這種邏輯規律是由一個特定點開始（在本脈絡就是對文學經理的重新認知），然後逐步擴散到環繞著這個特定點的周邊配備，形成一個有如網絡結構的體系。換句話說，邏輯是有關理論建構的（反過來說理論建構是有邏輯性的），它的顯明化會讓這套文學經理學更爲堅實和可看。而事實上，本脈絡所構設的概念設定、命題建立和命題演繹等內涵（詳見前章第三節及後面各章節的布論），不但理路綿密，而且還首尾兼顧，可說充分體現了能任由他人檢證的堅實的邏輯規律。後者（指規範性的知識體系），是所有知識形態的新認知。我們知道，一般所說的知識，都強調它是一個自然存有（有別於心理存有、社會存有和藝術存有等）。這個自然存有，可以透過合理支持而使它成爲眞的信念（朱建民，二〇〇三：一三五至一三七）。這種信念，無異表徵了主體對客體的意識的佔有（趙雅博，一九七九：七二至七五）。雖然如此，是否眞有自然存有作爲客體來保證知識的存在性，卻成了懷疑論和知識論兩個領域中人相互爭辯的對象。當中持知識論立場的人，不外有底下兩種態度在對待懷疑論者的懷疑論調：

> 知識論……主要是要對付各種懷疑論的挑戰……例如紀元前五世紀末西西里島的希臘哲學家郭賈士，他主張：㈠沒有什麼東西存在；㈡即使有什麼東西存在，我們也沒有辦法認識；㈢即使能夠認識，我們也沒有辦法傳達給別人。這種論調叫做絕對懷疑論，我們可以忽視。（黃慶明，一九九一：四）

> 懷疑論者認爲我們在知識上是沒有且不能有任何實在確信……但這裡我們已經看出了：在反面中，或者在默默中，懷疑論最少是承認一個眞理的……有一個判斷不停止，那就是最少有一個確信存在。夠了，懷疑論的主張乃是自我矛盾、自我毀滅。（趙雅博，一九七九：二五四至二五五）

前則的「不予理會」，如同是在數落懷疑論者「瘋言瘋語」（縱使它只針對絕對懷疑論而未針對相對懷疑論）；後則的「極力反駁」，也有不屑跟懷疑論一般見識的意味。這究竟有沒有護住知識的客觀存在地位？據我看還是沒有！理由是知識論在提出一個證成知識的程序時，還得有另一個證成來保證；依此類推，勢必導致知識的證成的無限延後困境。它的解決辦法，不是用這種方式跟懷疑論「蠻幹」，而是從根本上回返對知識是「人所創設」的自覺上來因應。也就是說，一切知識的存在都是人所創設的；它的權宜安置符碼或斷言長短，可以預存假設而爲他人所檢證認同，卻無法要求它有什麼絕對性或客觀性作爲辨認的標記（周慶華，二〇〇四a：一二〇至一二二）。就緣於這一新認知，文學經理學作爲一種知識體系，也是來自我的創設範限，它的接受期約最多只具有相互主觀性，而不可能具有絕對性或客觀性。因此，它最後的可試爲信賴，是由我自認爲精到且縝密的論述所保障的；除非有更好的論述來取代它，不然它就可以被借鑑無虞。至於在文學經理的實踐途徑方面，由於整套文學經理學合於邏輯規律而可以被檢證，而所論也已自成一種可以被試爲接受的精細的規範性知識體系，所以它在應驗爲具體情境也就不難看到所應有的高度成效。換句話說，我的這套文學經理學既然有把握是「空前」的了，那麼它要在具體情境實踐也是可以施行無礙的。而從所規模的自我文學經理／他人文學經理／公家文學經理等範疇來說，已經條列清楚，趨向明著（詳見第四、五、六章），大家想要延伸再做深入的發揮，仍然是行得通的。此外，實施途徑還涉及一個「返身自肅」的問題：透過質性的探討而將既有文學經理的現象用來印證理論，它也無不可以展現實效。也就是說，如果有人比照一般質性研究的作法對現實中相關的文學經理進行取樣，那麼我的這套文學經理學最終也能夠讓他驗證成功，原因就在自我文學經理／他人文學經理／公家文學經理這三類及其細項可以統包他所會處理到的課題。

再次，它必須保證可長可久性。文學經理學可以提供文學經理的理論基礎和實踐途徑，也許是方便一時的，也許是爲圖恆久的。這裡顯然是但取後者而拋棄前者（不然就不必這麼費力來論述），以致如何保證它的長久性也就得有理由開列。我們知道，一般科學實驗有三種變數：一是保持不變的變數（不變項）；二是操縱的變數（自變項）；三是應該改變的變數（依變項）。這是說，在做實驗時，有的變數要保持不變（如時空條件、儀器設備、材料質量和流程設定等）；有的變數要操縱（如材料輸入、啓動程序和過程管控等）；有的變數要自然改變（如實驗結果爲所預期或不爲所預期）。相仿的，我所構設的文學經理學，也因爲可以充分提供文學經理的理論基礎和實踐途徑（不變項），所以大家依例試著去做（自變項），就會看到成效（依變項）。因此，只要沒有意外的變數介入（好比在科學實驗中發生地震或人爲肆意破壞之類），它不論多久理當都是可以信賴的。換句話說，倘若不是文學環境或人力操控出現了絕大的改變，而造成我這套文學經理學的失效，那麼它都有普遍被參照而依循不輟的功能和價值。

這裡無妨舉兩個例子，來印證上面所說的可供文學經理的理論基礎和實踐途徑：第一個例子是有位宗教人士，早年已是文藝青年，投稿許多報章雜誌都屢獲賞識採用，唯獨一直攻不進《中國時報》人間副刊的版面。他後來的回憶是這麼說的：

> 我寄《中國時報》的稿件，在遺失了所有的期望之後……又附寄一根火柴棒……稿件沒有被化成灰燼，仍然退回，連火柴棒……也許編者先生早已習慣用卑微的目光和一些憎惡，甚至鄙笑來看待我那幼稚的稿件。（盧勝彥，二〇一二：三一至三二）

這種怨怪，顯然是欠缺一項自覺，也就是不知道自己的作品寫得不夠好（也許還有不了解該副刊的屬性或政治立場而胡亂投稿的因素在），才會所投被全退。就這一部分來說，他在自我文學經理方面是做到了善於「自我推銷」（連厚顏跟編輯賭氣都做了），但有關「自我完構」（詳見第四章第二節）的經理卻交了白卷。換句話說，人家是大報，品質管控甚嚴，你的作品不入流或無甚可觀，自然要被拒絕於門外了。而由這一點反證，只要了解如何全面性地自我文學經理，也就沒有類似上述那種不「稱心如意」的事；而所謂文學經理學「可以提供文學經理的理論基礎」，從這裡不啻可以窺見一斑。至於如果能夠反轉來強化「自我完構」（精異品質）的能力，重新出發再去投石問路，難保不會大爲改變命運，那麼這就等於我所構設的文學經理學「可以提供文學經理的實踐途徑」得到了應驗。

第二個例子是有關暢銷書的問題。據研究，暢銷書排行榜「早已成爲我們日常生活的一部分，難以想像所有的出版社、作家、讀者和書店若是沒有它，日子會變成怎麼樣」（柯達（M. Korda），二〇〇三：一五）；而要擠進暢銷書排行榜的作品，必須有一些特殊的條件：

在多數社會觀察家和文學評論家的眼中……暢銷書排行榜比較支持廣受歡迎的「說故事高手」……公眾人物比無名小卒更容易上榜；年年都出書的高產量作家，比慢工出細活或初出茅廬的作者佔優勢；以熱門的醫藥科技、社會現狀或自我成長爲題材的作者，比畢生鑽研較「嚴肅認眞」主題的作者更受重視；而臉皮有如銅牆鐵壁、擅於自我推銷的草包，比害羞笨拙、外貌平凡的老實人更有機會出頭。（柯達，二〇〇三：一五）

這裡所開列的善於說故事、公眾人物、量產、選對熱題材和自我推銷成功等條件，就是一本文學書能否成爲暢銷書的必備條件。但像這種屬於傳播和接受觀點的文學經理，卻僅限於「企業營利」（再分沾）的考量，而無法對推動「神聖化事業」有多大的貢獻，終究也不能成爲他人文學經理的美談。而也由這一點反證，倘若這類文學經理能夠做到「認同和促成文學淑世的恆久堅持」（詳見第四章第三節），那麼它無異就充分地從我這套文學經理學找到了理論基礎和實踐途徑。

第三章　文學經理學的處境和開展

第一節　誰稀罕文學經理學

正如前章所論述的，文學經理學可以從「從不知道文學經理到知道文學經理歷程的提示」、「規模出了所需要了解的文學經理的範圍」和「可以提供文學經理可長可久的理論基礎和實踐途徑」等層面來顯示它的重要性；而這種重要性的未被普遍重視，就是當前文學經理學的處境，它包括了「誰稀罕文學經理學」、「文學經理學的過度企業化成分」和「喪失理想性的文學經理學的片面膠著」等正在進行的不上道作爲。因此，最後要釐出「重新出發的文學經理學的向度」，才能接續推出具體的文學經理的方案，以爲時用而扭轉風氣。

所以會這樣說，並不代表從來都沒有文學經理學的事實，而是要指出既有的文學經理學不但盡屬零碎化，而且還過度偏向（當然也未用過「文學經理學」的名稱），導致大家沒有可以依循的範型。這當中的關鍵，在於文學經理學的全面建構，應該包攬「營利的經理」和「非營利的經理」等；而這兩種取向，又得顯出「預入世俗運作」和「返身維護自我神聖性」兼顧的見地，彼此相互呼應而爲整體理論的軸心，如圖3-1所示：

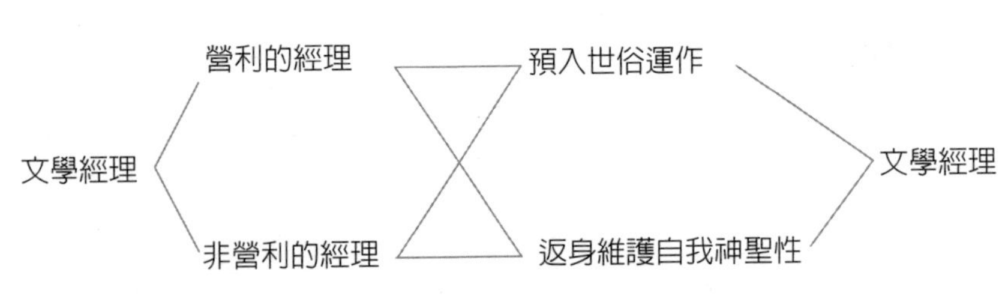

圖3-1　文學經理學的理論軸心圖

這既可以自我完足文學經理學的理論性，又可以據爲檢視市面上一些相關的零碎化理論，讓它們一一地現出所論的非正當性。換句話說，文學經理學所暢論的文學經理，如果不能在「預入世俗運作」後「返身維護自我神聖性」，那麼它們都不算是妥當或優質的文學經理，而該暢論立即成了「枉費心機」或「徒勞無功」。因此，先檢討一下文學經理學在現今的處境，總有再「別爲開闢議題」的便利性。而這不妨從「誰稀罕文學經理學」這一前提暗示談起。

誰稀罕文學經理學，是一個半否定性的命題，它意味著：沒有很多人會稀罕文學經理學；即使還有少數人會稀罕文學經理學，他們也都欠缺有效的認知，終究無助於文學經理學的重新完構化。在這種情況下，「誰稀罕文學經理學」就得看成是一個發現的過程，最終是要導出文學經理學的新建構。倘若以一般性的創作/接受/傳播等流程來看，文學人對文學經理學的意識可說相當不足。如：

美國驚悚作家史蒂芬．金成名的前八年經常遭到退稿，畢業後任教高中，爲貼補家用，還到洗衣店打工……他的處女作《魔女嘉莉》上市前，雙日出版社只給他兩千五百美金；一年後，此書大賣，平裝本的稿費則漲到四十萬美金。（辜振豐，二〇一二：四）

《哈利波特》作者羅琳……第一集完稿後，遭到九家出版社拒絕，其中包括潑柯林斯、企鵝等大型公司，最後由百花里出版社推出上市。目前，

百花里依靠羅琳這顆「金雞蛋」，更開始和英國的大出版社平起平坐！（同上，四至五）

上述兩位作者的起步雖然都有過顚躓經驗，但畢竟很快地有了出版成名的機會，且海削讀者口袋的錢。他們看似很會自我文學經理（自我推銷兼部分自我完構）而頗有文學經理學的觀念，但實際上他們卻不怎麼在意文學經理學。理由有二：第一，他們所完構的僅限於可以討好讀者的「驚悚小說」和「奇幻小說」，並未在名利雙收後有進一步的轉折昇華而寫出更有異質性且精采的作品（神聖性的提升），以致他們的作品風格「多本如一本」，可稱道處並不多；第二，他們成名後就一直坐收豐厚的版稅，根本不必再花心思去闖蕩出版界，形同所該持續自我文學經理的一轉變成他人代爲文學經理，從此荒疏於思考如何留一點機會給別人而同登「諧和極境」的更高層次的文學經理。這是說他們只是運氣特別好，可以在不確定書市競爭的環境中「脫穎而出」；而相對地，其他也許更高明的作者卻短少這種機緣。因此，有人所觀察到的現象，就可以用來反證作爲一個暢銷作家未必是擅長自我文學經理所致：

美國作家馬克吐溫開過出版社，對於編務和書市瞭若指掌。他指出，編輯偶爾會拿到很暢銷的書稿，但事先根本無法預測，所以身爲編輯就像哥倫布，本來要航向印度，卻到了中美洲。其實，很多暢銷作家又何嘗不然！（辜振豐，二〇一二：二）

一本新書賣不賣的原因當然有很多，外在社會環境的複雜變化是我們所無法預期的……像二〇〇〇年諾貝爾文學獎得主高行健的書，一直長期由聯經出版，銷售情況並不佳。但因爲得獎，就一夕之間從冷門書翻上暢銷排行榜。（王乾任，二〇〇四：一〇〇）

基於這個前提，上述那兩位超人氣的作者就難以稱許他們也是會稀罕文學經理學。又如：

（《哈利波特》）這是一部幻想文學，它奠基於遠古的「巫」的傳說，把巫婆、掃帚、巫藥、巫術……等納入故事，但也可以說是作者將「巫」的種種工具化，作爲媒介，「巫」只是誘引劑，她創造了新的說故事的方法……《哈利波特》有很多的特色。（周浩正，二〇〇六：三八至三九）

潘人木惜墨如金，《漣漪表妹》一出版就得《文藝創作》月刊社徵文的二獎，雖是「反共小說」，卻以眞正的沉痛寫抗戰時期青年的憤怒和狂熱，……過了三十年再寫《馬蘭的故事》，以精鍊的文字寫鄉土風光……故事雖不濃烈，全書卻是藝術之作。（齊邦媛，二〇〇九：五〇八）

這以讀者接受的立場發言，一個直許《哈利波特》創新說故事的方法；一個稱讚潘人木的小說善於寫實，似乎很能代人從事文學經理而稀罕了文學經理學。其實不然！《哈利波特》的特殊性究竟要擺在什麼位置去衡量（論者所提那些，還缺少文學價值的架構予以定位），而潘人木小說的寫實成分到底又如何具有高度的文學價值等，全未被計慮，致使論者所有意無意推銷的《哈利波特》和潘人木的小說仍然顯不出它們獨特的神聖性。換句話說，兩位論者尚嫌素樸的文學接受觀念，隨意提及不妨，倘若要說到可以把《哈利波特》和潘人木的小說推至某一文學的高度，那麼這裡面還得有更細密的文學經理才能勝任。因此，它們也無異不曾稀罕過文學經理學。又如：

很多編輯也是愛書人，一旦認識後，不妨多聊聊天，或許寫稿的機會就出現。但這有先決條件，你已經有所準備……幾年前，跟一家出版社總編輯聊天，她談起本來支持一位年輕作家，寫了一本之後，頗受讀者的青睞，但第二本卻寫不出來，害她經常接到讀者的抱怨電話。（辜振豐，二〇一二：二八至三二）

某天你不經意地把一個作家退稿，理由不是他的東西寫得不好，而是：一來他還沒得過任何重要文學獎項；二來他也不是有賣點的名人……沒想到，多年以後，被你退稿的那傢伙突然得了「金X獎」、「X報文學獎」……甚至到最後成爲「諾貝爾獎得主」，你心裡會有何感想？（柏納

（A. Bernard）編，二〇〇六：譯序一五〕

這是仿出版社傳播的立場發言，一個頗爲能慧眼識英雄的編輯叫屈；一個反向爲可能的編輯料事不準而感嘆，彼此應該都能說中當今出版生態的「心事」，也似乎很知道代人從事文學經理的困難而間接稀罕了文學經理學。其實也不然！出版傳播爲前景賭運氣，本來就無從確定後果；而更可議的是，內裡所包藏的一逕謀利心態，總爲識者所不取。所謂「比如講著作、出版，我們自己出版界要反省了，現在的書出版，走的完全是商業路線。一個出版商，只考慮這本書的市場如何，銷路多少，賺錢多少，沒有考慮後果；結果是越熱鬧越花俏越好，變成『譁眾取寵』。這四個字還是好聽的，換一句話說，是有害於社會」（南懷瑾講述，二〇〇七：四〇八至四〇九），無非就是在訾議這件事。再說我們只看到他們所關心的都是「人」（作者），而全然沒有對「作品」（文學）本身有過反省，顯然再怎麼努力都只能在「原地打轉」，絲毫也無助於「文學升級」所該有的使命的達成。因此，這裡可以判斷如果出版傳播所在意的只是可以幫忙賺錢的作者，那麼它離稀罕文學經理學恐怕還有很長一段距離。此外，還有如國內公權力在臺灣各地建造了或書壁嵌石或立碑或鑄銅而成的文學步道，彷彿是公家文學經理的另一成果展示，而給了某些人有類似一位論者所說的這般的感受：

在漫步裡，文學和建築的語言迎面一直來一直來，雖然有可能是複雜難懂，也可能是殘篇斷簡，誤解、錯讀，甚至一片空白，而這些全在我的閱

讀中攏合了……因為是「我」，文學和建築竟如此和諧地相逢了。（沃克漫青，二〇〇三：三九）

這似乎是完全肯定文學步道的美感功能（論者書中尚提及一些私設的文學步道），而間接證成公家也知道稀罕文學經理學。但從文學經理學必須要能促進文學發展的角度來看，那種認知很明顯卻又無法讓人苟同，因為文學步道的極簡截取文學作品的布置方式，幾乎無從帶給讀者或遊客深沉的感動；除非它也能仿漢唐石經，將經典的文學作品整部刻出陳列，供人長時間地流連玩味，比較審美價值，不然僅面對那丁點作品賞鑑如同蜻蜓點水，永遠不可能留下深刻印象。另外，還有不可思議的是，居然有像布置在臺北市中山南路自由廣場（原中正紀念堂）邊人行道上的文學作者名錄及其作品，任由行人踩踏和鴿糞撒遍，豈不反過來令人心疼文學的「慘絕」遭遇？可見在這方面，公家只是急就章，胡亂附庸風雅，完全看不出眞能稀罕文學經理學。

就因為理當自我文學經理／他人文學經理／公家文學經理的都還莫名方向或契入不深，所以文學經理學所被稀罕的狀況就盡是不堪聞問。這除了影響到文學的神聖化事業始終得不到更多關愛的眼神，而且還連累到文學應該「日臻乎上」的升級進程被嚴重地耽誤（詳見第四章）。更何況這裡還有一個如圖2-2所說的三類文學經理互涉的思維得積極去因應的問題，尚未被大家所重視。也就是說，稀罕文學經理學固然有助於個別類型文學經理的順利進行，但對於三類文學經理得一起考慮而完成更宏觀的文學使命那種情況，卻還完全「付之闕如」。

大家都知道，東西方古典小說和戲劇的極致表現，是到了《紅樓夢》的時代和莎士比亞（W. Shakespeare）戲劇的時代，但《紅樓夢》從面世起就失落了作者，導致後人揣測紛紛，甚至大開論爭擂臺（潘重規，一九七四；皮述民，二〇〇二；劉夢溪，二〇〇七）；而莎士比亞戲劇雖然「名花有主」，但它是在莎士比亞過世後才被結集，並且至今依舊沒有發現任何原稿流傳下來（方平等譯，二〇〇〇b：導論一三二），以致引發眾人的議論不止（包括懷疑是否有莎士比亞這個人或那些戲劇根本不是莎士比亞創作的在內）。這在文學經理史上是一個有趣的對比：就《紅樓夢》來說，好像有人唯恐它的作者名字曝光；而就莎士比亞戲劇來說，好像有人唯恐它的作者名字不曝光。前者，我曾以《紅樓夢》作者是被「謀殺」的角度做了一番推測：

> 就整體來設想，《紅樓夢》作者除了會因外在壓力而隱去姓名，也可能會因內在壓力（自我設限）而隱去姓名。還可能會因傳書者或傳抄者刻意地壓抑而姓名不彰……這樣謀殺《紅樓夢》作者的兇手，就不止是二百多年來紅學家爭論《紅樓夢》作者所隱含的那些對象，而是遍及各領域的人（包括作者自己、讀者、「出版者」、「檢查者」等等）。（周慶華，二〇〇〇：六〇）

除了這種血淋淋的利益爭奪戰，當然還有可能是基於「石頭是真的原始作者，傳述者（後人所謂《紅樓夢》的作者）不敢掠美」、「作者發現自己才盡於此，無意再起『藏之名山，傳諸其人』的念頭」和「故意『愚弄』讀者」等因素，而使得作者在《紅樓夢》書成後自行退場（周慶華，二〇〇七：一〇八），只是那已全然不可考了。至於後者，我個人還沒有探討過；但以莎士比亞生前已經大有名氣（他在當時的劇場是很受歡迎的作者和有力的投資人）的現象來看，他會被利用或爲他人劇作的總作者而牟利致富，在西方十七世紀資本主義逐漸成形的社會是沒有不可能的。

這樣我們會發現，莎士比亞戲劇被嵌入了資本主義的邏輯結構而受到他人文學經理和公家文學經理的青睞（前者爲讀者和傳播機制幫助它推廣；後者爲政府部門提供研究補助而促進它揚聲）；而《紅樓夢》直到最近一百年，才由一些新世代的文人深受西方文學研究的刺激轉而開啓本土的紅學研究，相關的「抉微發幽」和「引伸建樹」等至今未歇，也算是他人文學經理和公家文學經理「陪榜」有成了。只不過我們依然得感到遺憾，這裡面要加入的自我文學經理，在相當程度上二者都缺席了，馴致三類文學經理的互涉思維無法展現一個可爲典範的完美結合。換句話說，倘若由自我文學經理主導而他人文學經理和公家文學經理配合，或者由他人文學經理主導而自我文學經理和公家文學經理配合，或者由公家文學經理主導而自我文學經理和他人文學經理配合，那麼它們都會比任何一類文學經理單獨進行要能臻於更高境界或更有成效；但現在我們還無緣見識到這種情況，以致可以說稀罕文學經理學仍是一件需要期待的事。

第二節 文學經理學的過度企業化成分

前節說過，現實中並非沒有文學經理學的存在，只是它們都屬零碎偏向，難可成爲文學創作/接受/傳播的依據，更別說還能藉爲推動文學的發展了。而這總說一句，是沒有什麼人在稀罕文學經理學，才會這般地延宕相關理論的紮實建構（否則早就有人像我這麼賣力於建設文學經理學了）。正因爲大家不怎麼在意文學經理學，所以僅見的一些片段言論也就跟著高明不起來。本節所要接著指出的文學經理學一個具體的處境，就是「文學經理學的過度企業化成分」。

這是在說現今的情況，一些零碎的文學經理學都有過度企業化的成分，致使再怎麼地「應需調整」，所論一概偏向而直奔險境。好比已經成爲藝術重要一環的戲劇，它就被硬生生地強派入經濟鏈中。理由是不論它的價值有多高，都會被認爲是由整個經濟體系的個人或機構所運作製造，因此無法逃脫物質世界的限制：

> 例如明尼亞波里斯市的格思里劇院要招募演員或電工，無疑地它就是和整體的勞工市場競爭，也必須達到市場或工會所提出的要求……當聯邦或州立政府透過藝術代辦處補助格思里劇院……政府本身則向納稅人徵稅以增加收入，而納稅人要對抗的是將自己所得花在滿足個人需求的欲望。（海布倫等，二〇〇八：一五）

顯然馬克思唯物主義在這裡派上了用場。但這種論調並未考慮文學（或藝術）為什麼一定要營利，而要營利的為什麼非得無止盡不可？反過來說，把文學帶上營利的途徑而企業化後究竟又為了什麼？答案全在「未知之天」！

其實，文學企業化中有關獲利的產業思維，都來自西方人的宗教信念，非西方社會中人只不過是盲目地被捲進去「隨人浮沉」罷了。而這不妨從產業談起：產業，基本上是一種重複性的製造業，如「音樂、出版、電視、電影、軟體、玩具、影音……當中的準則很清楚：是否做成多件拷貝？如果是，就可算產業」（郝金斯（J. Howkis），二〇一〇：五〇）；而它的大規模重複性生產的觀念，就直接源於西方的資本主義。資本主義後來把文化創造物一併收編後，就逐漸發展出了「文化企業」的形態。換句話說，文化企業有要把文化的象徵資本（強調經濟和美感的雙軌價值）產業化的趨向。稍早（約一九六〇年代）它被稱為文化工業，特點有：㈠文化的產生越來越類似現代大工業的生產過程；㈡文化的產生和現代科學技術的結合越來越緊密；㈢文化的主體越來越不是作為文化消費者的廣大人民群眾（陳學明，一九九六：一九至二一）。後來「升級」被稱為文化創意產業：

在世界各國裡面，文化創意產業發展最早，文化政策中對文創產業架構最完整、績效成果很好的，首推英國……將創意產業定義為：「起源於個體創意、技巧及才能的產業，透過知識產權的生成和利用，而有潛力創造財富和就業機會。」（周德禎主編，二〇一一：六）

這種產業首創於英國的，涵蓋的類別遍及廣告、建築、藝術和骨董市場、工藝、設計、流行設計和時尚、電影和錄影帶、休閒軟體遊戲、音樂、表演藝術、出版、軟體和電腦服務業、電視和廣播等等（夏學理主編，二〇〇八：七）。而風氣所及，鼓吹文化創意或發展文化產業的，就都依違在這些範疇中（海默哈夫（D. Hesmondhaldh），二〇〇六；考夫（R. Gaves），二〇〇七；瑞伊（P. H. Ray）等，二〇〇八）。最後終於由聯合國教科文組織給文化產業所做的「結合創造、生產和商品化的方式，具有無形資產和文化概念的特性，基本上受到著作權的保障，而以產品的或是服務的形式呈現」這一界義（夏學理主編，二〇〇八：一八）定了調。而不論它是否加上「創意」二字，所普遍進入刺激生產和消費的產業鏈且分由庶民共享的命運，已經難以改易：

> 隨著時代轉移，社會歷久積累的藝術、文化已然不再是宮廷貴族之類的有閒階級去欣賞和獨佔的事……它是一種創造、生成、轉化的動態過程，不但受到社會脈絡和社會關係的影響，同時也創造生成新的社會脈絡和社會關係，進而刺激生產和消費的循環。這就是文化創意產業被提出來的主因。（李天鐸編著，二〇一一：二一）

在這種情況下，文學活動也不免變成一種經濟資產而被歸爲文化創意產業的範疇。

既然文學產業已經成了經濟鏈的一環，那麼它的相關背景又是否可以理解？換句話說，文學產業的事實是誰造成的，也得有一番考索說明，才能進一步評估這種產業的理當去處。而這最直接可以連結的，無不以資本主義的邏輯爲首要考量。正是因爲資本主義所蘊涵自由市場的催化劑，文學產業這個區塊才被開發；也正因爲資本主義中搶致富先機的內在驅力使然，文學產業的可利用性才持續被信守，終而導致文學產業在文化、教育和娛樂等領域發生經濟的效用。

至於又爲何有資本主義的興起？這就得歸諸西方創造觀型文化中的原罪和救贖觀念的終極作用。由於西方人的一神信仰所在意「犯罪墮落」的不可避免（秦家懿等，一九九三：一一六至一一七；高師寧等編，一九九六：二八七），以致設方想法以尋求救贖也就成了終身的職志所在（曾仰如，一九九三：四五至六四；林天民，一九九四：六）；而這一尋求救贖的途徑，就不僅是尋常的懺悔、禱告一類的方案所能代替，它還得藉由現世的成就以爲憑藉，從而在榮耀造物主或媲美造物主的氛圍中自我想像完成了獲得救贖而重返造物主身邊的行動。而因爲救贖路各人所想到的不一樣，所以在試圖洗罪的過程中也就「表現紛繁」了。而這可以圖3-2表示（周慶華，二〇一二a：一四一）。

從圖3-2可知，西方基督教獨立自希伯來宗教（猶太教）爲廣招徠信徒而新加入「原罪」的觀念（形諸他們所信奉的新約《聖經》）後，由於「原罪」的強爲訂定，所以導致必須尋求救贖（以便重回天堂）而出現明顯的「塵世急迫感」。這種急迫感的「積重難返」，就是到了十六世紀宗教改革後新教徒（並一起「刺激」帶動舊教徒）的相關反應的「適量」表現：新教徒脫離天主教教會後所強調的「因信稱義」觀念，逐漸演變成要以在塵世累積財富和創造發明（包含哲學、科學、文學、藝術等等的建樹翻新）來榮耀上帝或當作特能仰體上帝造人「賜給他無窮潛能」的旨意而不免會躁

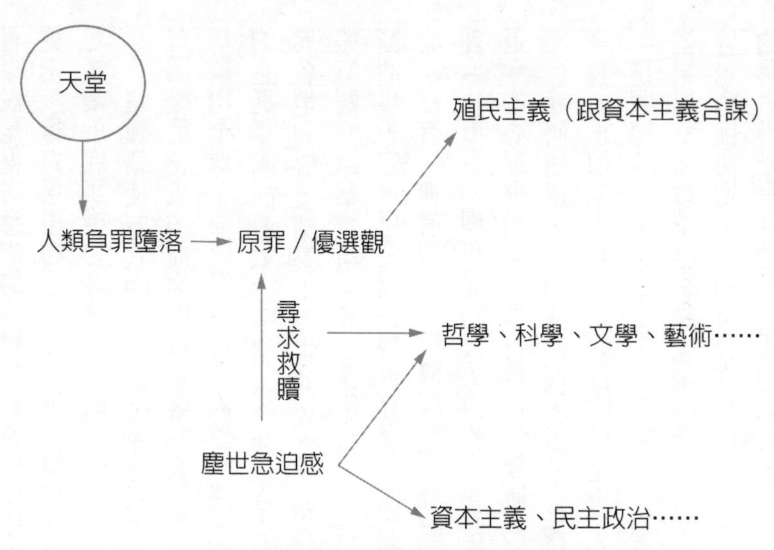

圖3-2 原罪／救贖和文學產業的關係

急蹙迫；尤其在資本主義和殖民主義隨著矯爲成形後，更見這種「過度的煩憂」。文學產業就是在這種背景下一起被逼出來的；相關的資本主義邏輯，牢牢地主宰著該產業的運作。當然，這並不代表資本主義出現以前沒有文學產業的現象，而是說資本主義出現後文學產業才開始進入「資本投入→生產→行銷→獲利」的大規模經濟活動範圍，成爲總體經濟的一個重要環節（周慶華，二〇一一c：二五九至二六一）。

根據上述，文學產業既然受制於資本主義邏輯，那麼它內在爲獲利的機制就是一個統合「謀取利益」、「樹立權威」和「行使教化」（詳見第一章第二節）的強版權力意志。換句話說，謀取利益涉及利益的多沾或多得（相對地別人就少沾或少得），可以說是權力意志的「變相」發用；樹立權威則無異是該權力意志的遂行；而行使教化更是該權力意志的恆久性效應。而這在資本主義邏輯的鼓舞下，會更勤於表現，以致文學產業就成了權力共同藉使的對象。

這種藉使方式的利益極大化考量，勢必透過集團的操作來完成。這個集團背後的首腦是造物主，而集團以企業名義行世的總裁則是造物主在人間的代理。因此，當這一切經由全球化而成爲「普世價值」時，我們才看清文學產業已經難以脫離一個更大範圍的企業集團的壟罩。所謂「全球化是歐洲文化經由移民、殖民和文化模仿而擴張到世界各地的直接結果；而它伸入文化和政治領域的支脈在本質上也跟資本主義的發展形態有關」（華特斯（M. Waters），二〇〇〇：五），正說明了文學產業不再是一地一國的事，它早已企圖在塵世實現大同的夢想。至於非西方社會原來不時興資本主義生活的（沒有一神信仰及其相關原罪／救贖觀念的緣故），如今也都被迫尾隨或自我退卻去迎合，導致一個可能的沒來由的文學產業的迷茫感與日俱增，那就得有另一種「急流勇退」的心理準備；否則持續步人後塵的結果，一定會不知「伊於胡底」而以浩嘆收場！

我們知道，「創造」爲人的在世存有，這是西方創造觀型文化所揭發或所設定的宗旨。正如「人類受造的目的，是爲了創造；唯有創造，人類才能以榮耀回報造物主」（魏明德（B. Vermander），二〇〇六：一五）這段話所強調的，西方人已經把它奉爲圭臬，當作救贖路上最光采的一件事。因此，整體文學產業的研發及其集團成員的納編等，也就決定了他們自我文化優勢的必然性。相對地，要跟他們競爭的團體，所能掌握的籌碼僅僅是「他們所不想做的事」（包括原料的張羅和工廠的生產等費時又高汙染的代工業），而一旦被牽制住了，想擺脫就比登天還難！因此，文學產業的全球布局，不啻就是上帝代理人和奴工的「合作無間」所促成的；當中的文化凌駕和文化被凌駕的「傾斜」關係，恐怕還會繼續下去。可見文學產業的全球化，不論是歐洲帶頭還是美國領銜或是如今局部轉移到其他國家（赫爾德（D. Held）等，二〇〇五；伊茲拉萊維奇（E. Izraelewicz），二〇〇六；塞斯（A. Chaze），二〇〇七；史旭瑞特（T. Schirato）等，二〇〇九；賈克（M. Jacques），二〇一〇；羅特（L. Rohter），二〇一一〕，都不能免除上述這一屈從於資本主義邏輯的競爭存在優勢的大作戰風險。

但不管如何，一旦文學產業也要持續下去，在地球這一封閉系統內，它的耗能所一起導致的能趨疲（entropy，熵，不可再生能量趨於飽和）而使地球陷於一片死寂的危機，勢必會促使它臨近極限以及預告一些有形無形的困境。這些困境，歸結起來不外有下列諸端：首先是無知的困境。文學產業的遠景絕不在它要多麼地輝煌，因為那只會參與高度耗能而提早自我終結；但至今仍有很多人還頗無知地沉浸在一片「定會看好」的虛擬世界裡（海默哈夫，二〇〇六；考夫，二〇〇七；瑞伊等，二〇〇八；夏學理主編，二〇〇八；徐斯勤等主編，二〇〇九；江奔東，二〇〇九；李錫東，二〇〇九；李天鐸編著，二〇一一；周德禎主編，二〇一一；覃冠豪，二〇一三）。且看文學產業最大宗的出版業在法蘭克福書展的一幕：

「百樂酒店」是書展期間人氣最旺的深夜「酒」店之一。大老闆、小編輯、經紀人、作者、繪手、攝影師、美術指導、公關、製作主管、行銷人員、業務經理、印刷廠、組稿中心、貴族氣派的出版大老、長袖善舞的小暴發户……隨蒸騰的熱流在機棚般的大廳直衝上高高的屋椽。〔戴維斯（C. Davis），二〇一〇：三至四〕

像這樣盡出人力鋪張的「玩法」，試問地球有限的資源可以再供應它揮霍幾次？這是高嚷文化創意產業「向前衝刺」者無知的一面，它的美夢幻想很快就會轉成噩夢一場！因此，從都只會期待榮景而必顯闇昧無知的情況來看，收斂或整飭才是文學產業的遠景所繫；否則越陷越深而無法脫困，就是它的末路。

其次是有知卻搞錯了方向的困境。這緣於有些企業知道自己得有「社會責任」和爲顧及「綠色環保」而興起改革的風潮，遠比前者的蠻幹顯然多了覺察能力；但它卻僅是「以管理學的方式將各式各樣的『社會人』融入企業組織中」（不再執著於利益和利潤）（李世暉，二〇〇八）而非收手以降低能趨疲的壓力，以及改以電子書發行（段詩潔，二〇〇九；陳穎青，二〇一〇）而忽略了相關軟體的生產和廣爲行銷所益加耗費的問題。因此，文學產業在這一波興革中並未眞正找到紓困的途徑；反而是它的「搞錯方向」更讓人深感惋惜！

再次是能趨疲的嚴重性困境。前二者的困境是無形的，它們在大家不知不覺中逐漸要面臨文學產業無以爲繼的窘況，就正好接到這裡有形的能趨疲接近臨界點的危機困境！西方人的天堂夢想，始終無能解決他們的子孫要「如何過活」和靈體如果沒有去處而得不斷地輪迴轉世卻很「艱困營生」等難題；而其他社會中人凜於全球化的威力也盲目跟著耗用有限資源而形同自掘墳墓的，他們在兩界來去的空間已經變得越發凝澀，但也一樣因爲隨人騎虎難下而得在不久的未來讓出生存權。就在「自度的榮耀/媲美上帝事無從延續」、「集體漸臨毀滅感覺後不知走向」和「在毀滅邊緣掙扎的內容轉換無能」等一連串的症候，更加增添能趨疲的威脅力度，使得這一最稱嚴重的困境在人們的眼前漫漶開來；而文學產業再被看好的一些創意表現，也因此要成爲明日黃花。

顯然現前文學產業所要面對的困境是空前的；它從無知於因應能趨疲危機或有知於因應能趨疲卻搞錯方向到必須實際遭逢能趨疲危機的考驗，已經使得它再也沒有緩衝餘地可以討價還價了（周慶華，二〇一一c：二六一至二七〇）。但很遺憾的是，當今所看得到相關的（零碎）文學經理學，無不以企業化爲張本在暢論文學的「生存之道」：

> 一般來說，買書的人並不是被一本小說的文學價值所吸引；他們要的是一個能陪伴他們搭乘飛機的好故事，那種一開始就能吸引他們，然後很快地讓他們投入其中不斷翻頁的故事……精確地評估市場，就像賽馬場上用內線消息招徠顧客的人一樣。〔金（S. King），二〇一一：一八三〕

> 從那時（一九七〇年代）開始，現代化的管理技巧便遍布整個出版產業……現在這個產業有了順利推展業務所需的財務參數標準。出版人現在可以用他們的成績爲基準，跟其他人做出比較，藉此判斷他們是否走在正軌上。〔渥爾（T. Woll），二〇〇五：三二〕

文創產在時效要求精準、利潤要求高成長、公益上行銷品牌、在企業上應用一本萬利的方法，研發新產品和人才培養，文創產的標的必然明確燦爛。（黃光男，二〇一一：二三一）

這不但把進層的文學升級或美感深化問題一概加以漠視，並且還將就在眼前會危及一切事物存在的能趨疲困境完全視若無睹，眞不知道這種文學企業化的倡議如何地可以讓人樂觀。正因爲所能見到的（零碎）文學經理學都是這般地強調文學企業化的重要，所以這裡依它的內容論析，才會說文學經理學在當今的一個具體處境是「文學經理學的過度企業化成分」。也就是說，當今所見的一些零碎的文學經理學，都以文學企業化爲鼓勵重點，而見識不到它應該在文學如何優質化以及正視能趨疲的危機上貢獻意見，以致讓後續即將要帶出的有效的文學經理學有不得不出來「取而代之」的正當性，畢竟現狀是「這般不堪」而有識者豈能沒有「規諫之忱」？

第三節　喪失理想性的文學經理學的片面膠著

前述的「規諫之忱」，還得展現在另一個文學經理學的具體處境：「喪失理想性的文學經理學的片面膠著」。這是說當今所見相關文學經理學的片段言論，除了有過度倡議文學企業化的成分，而且更嚴重的是喪失了對優質化文學的理想性的把握和堅持，以致談來談去只能片面膠著在不關緊要的層面，而看不出那般的經理法可以給文學帶來什麼升轉的運勢。又因爲該零碎的文學經理學都少了宏闊的視野，使得文學的神聖性高揚不起來，所以此地的「喪失理想性的文學經理學的片面膠著」就跟前節的「文學經理學的過度企業化成分」構成一體的兩面；只不過「喪失理想性的文學經理學的片面膠著」有非企業化所可涉及的東西，因此現在才要單獨來談論（否則已經是一體的兩面又何必多此一舉）。

如果說文學企業化也能顧及文學的神聖性，那麼它只是片面的陷落，該文學經理學的倡導仍有些微可取的地方；但實際的情況卻不是這樣，不僅應有的神聖性尚未得到有效的意識，連企業化本身也都早已淪落到純粹「唯利是圖」的地步，讓人絲毫也感受不到那是在經理文學。而這不妨從底下這段描述來反觀：

> 產業鏈內的關鍵人士，聯手打造「貴族圈」的候選資格。從代理商到出版社到通路採購及PM（產品經理），他們在每年二萬種店銷書中，決定哪些書可以進入貴族圈，給予行銷挹注……它們的起跑點遠遠領先別書之前。（陳穎青，二〇〇七：一九八）

這裡面自然也包含文學書在內，而文學書被產業鏈中人這般的主導，顯見背後用來支持的文學經理學已經無視於「文學」的存在（只當它是一般的商品）。這麼一來，一般包括產品、價格、促銷和通路等環節的行銷策略，也就徹頭徹尾地在凌駕一切：「『產品』聚集了一組可以滿足顧客的特色。『促銷』則從單方表述變成雙向對話；從社群媒體的快速成長來看，這點格外重要。『通路』現在更覺知到你的顧客在購買產品時的便利性。而產品的定位如果操作得當，對顧客來說將成爲清楚易懂的優勢。」（哥喬斯，二〇一二：三四一）試問在這個前提下我們還能思考什麼文學性？就因爲文學性在這一波企業化的風潮中汩沒了，所以可見的（零碎）文學經理學也幾乎是徒讓該有的優質化文學的理想性喪失殆盡。

有人觀察到「這些年，臺灣的出版報導越來越只注目新書，而不理會老的好書。書出版後，在書店架上的生命很短，一般讀者看不到它，就很難接觸到，以致於運氣好而走紅的就長紅，被輕忽的就長冷。洪範書店創辦人葉步榮曾呼籲應多介紹老書，爾雅出版社創辦人隱地一再撰文也有相同的看法。可惜文字閱讀失勢，傳媒衰微，重視商業利益的結果，導致違背時尚的作法更難行得通」（陳義芝，二〇一二：六九），其實不只是文學舊書，有些特立獨行的文學新書也一樣命運。換句話說，只要文學企業化存在，相關的文學創新就不可能被高度行銷（因爲它難懂或有違普羅大眾喜歡淺易的口味）；而不可能被高度行銷的具創意的文學，當然就不會成爲文學經理學關注的對象，馴致文學經理學這門學問還沒建立成形就先呈衰頹的態勢（高華不起來就形同自我衰頹）。

上引的產業鏈運作，實際上還常連創作這個環節一起包裹（也就是先找作者寫特定的文學書，然後採取上述的行銷手法），使得創作、接受和傳播等都輒進了一個瘋狂追逐利潤的漩渦中（通常那些受邀的撰稿者，只能書寫被授意的作品，根本無暇去鍛鑄文思而力求創新），背後「促其成形」的文學經理學（不論顯隱）幾乎不在意什麼文學的神聖性或優質化文學的理想性。反觀個別談論創作的文學經理學又如何？它理當最有可能逆向操作而鼓舞大家朝基進創新道路前進的，但事實上卻也常以「猶豫」收場。不信且看：

不過，有沒有典型的創作者？我想沒有……我們可以肯定，凡有絲毫價值的創作，全都很難完成。我想不出有哪個例子，可以用「輕而易舉」來精確描述，其實這連約略相符都談不上。〔約翰遜（P. Johnson），二〇〇八：一五〕

作家就是為這個對象而寫：為了讀者……為了存在於棕色貓頭鷹和上帝之間某處的，理想中的讀者。而這個理想讀者可能是任何人，因為閱讀永遠跟寫作一樣個別獨特。〔愛特伍（M. Atwood），二〇一〇：一九八〕

你每天持續地努力，或許得到的是一堆漫無章法的文字。就算如此也無妨。馮內果曾說：「當我寫作時，感覺自己就像個無手無腳的人，嘴裡咬著一支蠟筆。」所以不妨放手去寫……完美主義是理想主義的僵化版，而雜亂是藝術家眞正的朋友。〔拉莫特（A. Lamott），二〇〇九：六六〕

這不論是懷疑創作典範的存在，還是勸諫盡力去迎合讀者，或是數落完美主義的冥頑不靈，都不確定創作還可以自我優質化。這倘若不是還有經濟市場的顧慮在「搔撓神經」，那麼就是不知道文學還能往哪個「理想境地」前進。因此，可以說除了少數作者創新成功而不妨引為例證（那裡面自有個案的隱藏式的文學經理學在起作用），其餘可見的文學經理學則全然未能規模一條優質化文學的理想途徑。

所以一再強調當今所見的（零碎）文學經理學有喪失理想性的片面膠著處境（而必須重新出發），主要是文學經理學所要促成的文學經理並不容易，如果不力求進境，那麼它又跟無所謂文學經理有什麼不同？因此，前面所指出的「當今所見相關文學經理學的片段言論，除了有過度倡議文學企業化成分，而且更嚴重的是喪失了對優質化文學的理想性的把握和堅持」，也就是基於這個緣故而可能的。而既然要力求進境，那麼從照顧文學性到優質化文化的理想性定調就不可避免。它的公式可以如圖3-3所示這麼簡單。

但它實際要從事理論的建構卻又非同小可（不然也早就有人會意識到而形諸文字了），以致還留有相當大的空間讓繼起者來框列發揮。而這則可以文學史上一個觀念的進展來比配：它就是南梁蕭統所編的《文選》的一次有效的文學經理。

《文選》是中國現存最早的一部文學總集（在此書以前，已有杜預《善文》、李充《翰林》、摯虞《文章流別集》和劉義慶《集林》

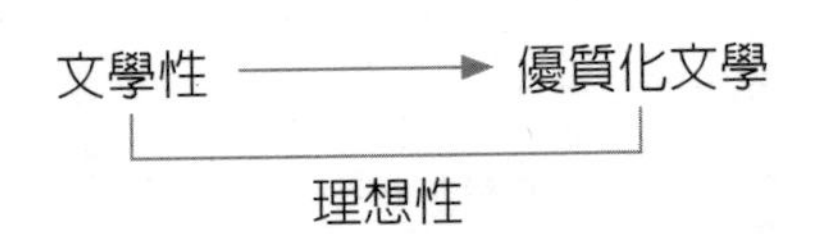

圖3-3　文學經理學的理想性內容

等，但都已亡佚），它保存了姬漢以下七代一百三十餘家優秀的文學作品，也在文學史上樹立了一個難以動搖的標竿。就前者來說，唐宋以來，《文選》一書，已廣爲文士所賞愛，屢有奉爲圭臬的傳聞：

> 唐人有以《文選》教子……也有視《文選》和經傳並重……宋人更有視讀《文選》爲晉身的階梯……這雖緣於唐宋以辭賦取士，使《文選》成爲文士必讀的書籍，但《文選》本身如無精采的作品，恐怕也不會有這麼高的身價。（周慶華，一九九六：二三五至二三六）

更因研究者日眾，而發展出涵蓋註釋、辭章、廣續、讎校和評論等不同派別的「文選學」（駱鴻凱，一九八〇；林聰明，一九八六；游志誠，一九九六），可以說是學界的一件盛事。而就後者來說，蕭統所標榜「事出於沉思，義歸乎翰藻」的選文旨趣，被認爲兩漢以降，文學逐漸脫離經術而獨立後，它的涵義已到了極端，後世再也沒有獨創的見解（王夢鷗，一九七六：三），也可以說是文學觀念演進中非常重要的里程碑。據蕭統在《文選．序》中所說的，他的選文有所取、有所不取：

> 若夫姬公之籍，孔父之書，與日月俱懸，鬼神爭奧，孝敬之準式，人倫之師友，豈可重以芟夷，加之翦截。《老》《莊》之作，《管》《孟》之流，蓋以立意爲宗，不以能文爲本，今之所撰，又以略諸……若其讚論之綜

緝辭采，序述之錯比文華，事出於沉思，義歸乎翰藻，故與夫篇什，雜而集之。（李善等，一九七九：序三）

這既然以「事出於沉思，義歸乎翰藻」（文章取事必須經過愼重的選擇、安排和組織，而它所要表達的意義則藉由華美的詞藻來呈現）爲選文的標準，那麼有些文章就不夠資格入選：第一是經書的篇章，據蕭統說經書「與日月俱懸，鬼神爭奧，孝敬之準式，人倫之師友」，不可「重以芟夷，加之翦截」，這應是門面話，實際上大部分經書不合「義歸乎翰藻」的要求；第二是《老》《莊》《管》《孟》的作品，這些「以立意爲宗，不以能文爲本」，也就是不合「義歸乎翰藻」的條件；第三是賢人、忠臣、謀夫和辯士的言說，這些「事美一時，語流千載」，「雖傳之簡牘，而事異篇章」，不選的理由也跟前者類似；第四是史書，它們「所以褒貶是非，紀別異同」，也是不合「義歸乎翰藻」的規範。總的來說，蕭統所要求的文章（大部分爲文學作品），只有四個字：文質彬彬。就整個外在環境來看，從魏晉開始，文學觀念突然大爲解放，有的崇尚綺錯浮豔，有的標榜質直清藻，並沒有定見；而當中有一折衷派的意見，也在醞釀成形：

這大概要從陸機數起，陸機〈文賦〉論文章體制說：「詩緣情而綺靡；賦體物而瀏亮；碑披文以相質；誄纏綿而悽愴……」這已透露了文義和言辭互相配合得當，是各種文體的共同要求……類似的意見，也出現在范曄的文章裡。……後來劉勰的論說，都在這方面著意……我們看蕭統所提倡的

「事出於沉思，義歸乎翰藻」，儼然是范曄、劉勰等人的同調。（周慶華，一九九六：二四六至二四七）

雖然如此，蕭統透過選文實踐了他的文學觀，遠比其他但見於論述的人要有力且能影響深遠。而嚴格地說，《文選》不是七代的文學，而是一個觀念的文學；也就是說它是用一個觀念來統攝七代中合此觀念的文學，所以它不必面面顧到而盡採天下的遺文。縱使爾後文學本身在變（如古體五言詩逐漸變為律詩；兩漢魏晉大賦、宋齊俳賦逐漸變為律賦；魏晉駢文逐漸變為四六體等），文學理論也在變（如有的主張法古而轉為守舊；有的崇尚靡麗而勇於趨新等），但《文選》所經理成的這一折衷意見卻有難以被動搖的態勢，已經在文學史上光芒長耀，迄今都還未見任何一部文學選集可以跟它相比。

就以晚近一些文學大系的編選為例，如《中國現代文學大系》（巨人版）、《當代中國新文學大系》（天視版）、《中華現代文學大系》（九歌版）、《新世代小說大系》（希代版）、《臺灣新世代詩人大系》（書林版）和《當代臺灣文學評論大系》（正中版）等，都有大氣派兼相互別苗頭的味道，但整體看來它們除了無法比照《文選》的作法試為「開創一代的文學」，而且連國人創作已經多所仿效西方各學派的文學觀念也不知道如何從中規模一條文學的新路來（相關進趨的討論，詳見第四章），以致徒有編選的美名，而無實質的經理成效。換句話說，那些文學大系大概只有被典藏的價值，此外很難想像它們也可以發揮像《文選》那樣深入人心的作用。

再看看西方的情況，恐怕也是經理無效的多。好比一本題為《文學地圖》的專書，它以「近似小說的世界文學史」自居，希望能夠提供一份劃時代的文學旅遊指南。所謂「文學本身便可以視爲地圖集，是宇宙的想像地圖，正如梅爾維爾在《雷德本》中所述：『在某種意義下，幾乎所有的文學作品都是旅遊指南。』這本《文學地圖》的目標，是要帶給讀者這種活潑、生動的觀念……它著眼於文學中顯在或隱藏的地圖，無論是過去的或現在的、現實的或想像的。作家和作品及地方和景物之間，存在密切的連結，而在小說的脈絡或文學的盛世中，我們可以捕捉到某個城鎮或地區風貌」〔布萊德貝里（M. Bradbury），二〇〇七：三至四〕，就是它的宗旨所在。但我們看它所帶出區分的八部分內容（包括第一部中世紀和文藝復興、第二部理性時代、第三部浪漫主義、第四部工業主義和帝國時代、第五部寫實主義的時代、第六部現代世界、第七部第二次世界大戰之後和第八部今日的世界等），其實也沒有有效地概括一部世界文學史（至少遠東的中國就不曾提及）。也就是說，我們看完全書，仍然缺乏相關文學的演變趨勢一類知識上的收穫；遑論還能激起大家思考「文學何去何從」問題的雅興。

類似地，像一向維護「一個統整連貫的書寫文化」甚力的卜倫，他所撰寫的《西方正典》一書，也顯不出文學必要進趨的經理特性；更何況他個人的愛憎還貫串在整部著作中，而影響到制高點式的評價難以實現。換句話說，他雖然知道「正典」（經典）並無統一性或穩定性的結構，而僅僅是「在眾多相互搏鬥以求存留下去的文本當中做選擇」的一個結果，但他卻忍不住要尊奉莎士比亞的作品爲西方正典的核心，並以它作爲評判標準而考量它和其他作家作品的關係〔包括一些影響莎士比亞的作家如喬賽（G. Chaucer）和蒙田（M. Montaigne）等的作品，以及受莎士比亞影響的作家如米爾頓（J. Milton）、約翰生（S. Johnson）、歌德（J. Goethe）、易卜生（H. Ibsen）、喬伊斯（J. Joyce）和貝克特（S. Beckett）等的作品，甚至企圖拒斥莎士比亞的作家如托爾斯泰（L. Tolstoy）和佛洛依德（S. Freud）等的作品」；同時對於多元文化論和女性主義、馬克思主義、拉岡學派、新歷史主義、解構主義和符號學派等嘗試瓦解傳統正典地位的學說就詆稱它們爲「憎恨學派」或「啦啦隊員」（殊不知它們也正在樹立新的正典）（卜倫，一九九八）。這就無法在相對上公允地看待其他有創意的作品，而一併累及對文學究竟要朝哪個方向前進這一更高階問題的遲滯思考。這些都是喪失理想性的文學經理學在背後支配的結果，致使所論文學經理的意見始終顯不出精緻的章法來。

綜觀現有的（零碎）文學經理學所以會喪失理想性，有一個共同的現象，就是隨便「抓著文學」就談，而顧不及文學的來龍去脈，以及人類經理文學可以到什麼程度等更進層的後設課題，以致有關如何優質化文學和順勢爲文學尋找必要的出路等終極思維迄今都難見成形。而這就不得不有全新的規劃來濟急，以便爲文學經理學這門新學科確立應有的位置。

第四節　重新出發的文學經理學的向度

假使一定要把文學作品類比於商品，那麼它就是一個可供領賞品味的審美性商品，而不是一般純供使用消費的商品。它跟一般純供使用消費的商品的差別，在於它是精神上的供應品（也就是它不是物質不能拿來吃穿或居乘）；而這種供應品，除了可以被尋繹意義而獲得知識或規範上的滿足，最重要的是它還可以被比較玩賞而獲得審美上的滿足。審美上的滿足是無價的，而世俗的利益（賺錢）考量，就多只是一般物品的計慮，跟審美無涉。因此，如果說文學經理不往審美價值的提升去努力，那麼它就不是在經理文學，而相關的文學經理學也無從相稱。

經過前兩節的討論，既然已經知道當今文學經理學的處境在於內蘊過度企業化成分和喪失理想性的片面膠著等，那麼重新出發而別爲創設一套道地有效的文學經理學，也就迫在眉睫而有特殊的時代意義和價值。換句話說，文學的存在早已是事實，而如何才能促成它的進展，就得有高明的文學經理學來指引出路；而以現代人心普遍轉向接受其他聲光影視的刺激來看，文學的可以深度審美和解脫生命或療癒心靈等功能，更需要文學經理學予以揭發播散，才有助於人間社會的優雅化或淳善化。因此，強爲召喚一套可以全備用爲參鏡的文學經理學，也就正是時候。

有位編輯人提到：「目前出版業不振的理由，大致可以分爲兩個：一個是媒體的多樣化，就像電車中閱讀光景的改變所象徵的，書的獨佔優勢瓦解了，但這並不等於消滅；另一個是非文學作家佐野眞一《是誰殺了『書』》中所說的，是圍繞著書籍的環境水準惡化了。出版社的編輯、行銷、經銷商、書店……各有各的問題，使得閱讀的愉悅空間嚴重惡化。單從編輯的觀點來看，不論是趣味性還是文化價值，書的水準都在下降。當然也不能忘記提供原稿的作者的劣化。」（鷲尾賢也，二〇〇五：二二二）這所指出的編輯、行銷和作者等所完成的書（當也包括文學書在內）水準都在下降劣化，顯然跟有效文學經理學的匱乏有關；而文學經理學倘若不能警覺從中加以提振，那麼這種文學經理學有就等於無，連帶地也會影響到社會中人對相關論述更加地疏忽。

這在本脈絡自然是做了最好的準備，把文學經理學不利的處境排除後，就是一個新局面的開始。而根據圖2-2、圖2-3、圖2-4所示，本脈絡已經理出了重新出發的文學經理學的向度，就等著一一地論列完成。雖然該向度包含了自我文學經理、他人文學經理和公家文學經理等（詳見第四、五、六章），但其實它們都得環繞在「優質化文學」的經理上，彼此的交集才有一個不可移易的紐帶可談。換句話說，不論是自我文學經理還是他人文學經理或是公家文學經理，它們一旦上路了，最終的檢驗標準一定是有沒有經理出「優質化文學」來。而這優質化文學又永遠有向前進的「持續經理」要求，於是它就勢必是「前進式光譜」的，如圖3-4所示。

在這個前提下，文學經理學所要完構的，就是提示所有的文學經理都不能怠忽於這個使命（否則只能依違在俗世權益場，不免可惜）。而爲了有助於後面各章的布論，不妨分別舉例來充當引子（後面各章就如實論去，不再另加開場白）。

首先，在自我文學經理方面，它是特就具關鍵性的創作觀點的文學經理而說的，有「自我完構和自我推銷的模式」和「晉身爲呼應神祕天

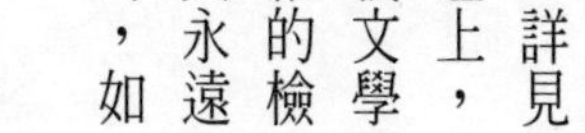

→
優質化文學

圖3-4　優質化文學光譜

才創新的行列」等兩面性。這兩面性比較起來，又以「自我完構和自我推銷的模式」中的「自我完構的模式」爲核心。也就是說，創作出優質的文學作品才是重點，其餘都只能附麗或連帶成就；不然反過來就會橫遭許多「有欠如意」的考驗。如大多數作者都有接過退稿信的經驗，那些退稿信有的還寫得很不客氣：

這作者沒救了——看心理醫生也沒用。（柏納編，二〇〇六：四五）

一部滑稽又古怪的作品，寫得狗屁不通……它只是寫來唬人的，而且沒有掌握諷刺文學的要領以及不變的本質。（同上，二三一）

上述是分別針對巴拉德（J. G. Ballard）《超速性追緝》和維斯特（O. Wister）《汪特利之龍》等而說的，它們遭拒後換別家出版，事後都得到了好評。而從這一點，可以看出兩項信息：第一，那些原被退稿的作者如果不是自信已經「完構」了，那麼他們的作品也不可能最後得到了賞識而有出版機會；所以他們鍥而不捨地洽商其他出版社，就是「隨後」自我推銷成功。第二，作品被出版社編輯退稿，未必是像一位論者所推測的那樣：「首先，編輯的高度一致性顯示了編輯並非全然訴諸個人的好惡鑑賞，自覺或不自覺，他的考量取捨基本上是社會性的……其次，退稿理由，不論是商業考量或道德防衛，也同樣顯示出這樣的社會性特質……犯錯的笨編輯身後，永遠有一個更大、更笨、更穩定的錯誤母體，那就是包括你我在內的這個社會自身」（柏納編，二〇〇六：唐諾導讀二二一），它也許不是擔心讀者看不懂或書違反了某些禁忌，而是作者的名氣不夠響亮或跟編輯沒有任何淵源；否則人家都「求之不得」了，怎麼還忍心給你退稿？因此，只要作品夠優質，遲早會找到你的東家；偶爾（或經常）被退稿，大可不必放在心上。反過來說，倘若被退稿就灰心喪氣，那麼最後連再提筆寫作的勇氣可能都沒了。這也是前面所說會橫遭許多「有欠如意」考驗的一種情況。此外，大概就是牟利的欲望很難滿足。雖然作者創作經常是爲了稻粱謀，正如底下這段話所暗示的：

> 契訶夫所以開始寫作，完全是爲了賺錢養他那貧窮的一家……莎士比亞大部分作品都是爲了舞臺演出而寫，內容當然不免投觀眾所好。狄更斯一開始寫作，就辭了原本的工作，只靠搖筆桿過活……但這些作家的優劣都完全不能以金錢因素來斷定。（愛特伍，二〇一〇：一〇七）

但試問世上有幾人幸運地可以常享豐厚的稿酬或版稅？在這一方面，文學人固然不必像一位論者所說的「現在已經不是文人煮字療飢的時代了，誰家還缺少斗酒隻雞？我們愛的是稿費版稅嗎？賣一本書能賺多少錢，賣一臺冰箱賺多少錢，賣一輛汽車賺多少錢，咱們爲什麼不去賣冰箱、汽車？因爲咱們愛的是文學……別辜負了你跟文學的海誓山盟」（王鼎鈞，二〇一二：一一八至一一九）這麼清高，但如果一心一意念著報酬未償，那麼可能還會有更多的「有欠如意」事發生（如積怨憤世、心胸益狹，甚至鋌而走險等，都有可能）。很明顯，自我文學經理還有本末先後的重要問題存在，文學經理學得把它釐清楚。

其次，在他人文學經理方面，它是特就中間環節和終端閱讀的傳播和接受觀點的文學經理而說的，也有「企業營利和推動神聖化事業的贏面拔河」和「認同和促成文學淑世的恆久堅持」等兩面性。這兩面性所環繞的仍然是那優質化文學共同的摶造。換句話說，創作觀點的文學經理，必須有傳播和接受觀點的文學經理來共襄盛舉，才能將優質化文學推出以完成文學淑世的使命。在這個過程中，傳播和接受觀點的他人文學經理，就成了推動文學的神聖化事業和恆久堅持文學淑世理想的最大保障。但由於長期以來一起成就優質化文學的必要作爲遭到了漠視，所以它也得在這一波重新出發的文學經理學的向度內受到重視。只不過很遺憾地，一般的文學傳播和接受都不大理會這件事。先以文學傳播裡特大宗的出版爲例，它固然要涉及編輯、印務、業務和行銷等行政事務，而當中又以編輯和行銷二項特別繁瑣（前者任務眾多，後者企劃面廣）：

在書籍製作上，編輯日常的工作內容可以說無所不包，從邀稿、催稿、處理來稿到審稿、開發新書稿；進入製作流程中，則要催稿、校對、編排、審定、關心美工、封面設計、處理校樣、製版、印刷……文稿即將完成時則要開始預估數量、邀請專人撰寫推薦序、導讀等等。（王乾任，二〇〇四：一二五）

（一個適當的行銷計劃，應該包括）行銷預算；第一年和第二年的銷售目標；爲這本書特定的行銷目標；該書的行銷策略；該書的公開策略（宣傳釋出樣書給評論家、檢討廣告文案的規劃、公開發表等等）；作者問卷；書展……特殊通路；其他計劃。（渥爾，二〇〇五：二四六至二四七）

但我們所看到的實況是，裡面的企業化運作井井有條，而「文學性」卻被消磨了（很少會被凸顯）。有時還會出現更糟的情況，（以國內爲例）就是出版社的抄襲歪風：

甲出版社出版心理學、文學、管理學……賺了錢，乙出版社如法炮製。丙出版社的一部書大暢銷，其他出版社找尋類似的書，也一窩蜂上市，大家一同努力，非把市場做爛方休……最後只有在價格上做競爭，不停地削價，進行價格破壞。（周浩正，二〇〇六：一二五至一二六）

這時誰還會在意一本文學書的命運？更別說前面那一共同促進優質化文學成形的使命了。再以文學接受爲例，通常人閱讀文學不大可能像某些論者所說的只爲自己享用（洪材章等主編，一九九二；曾祥芹等主編，一九九二；韓雪屏，二〇〇〇），他還會爲進入「文人圈」而做準備（詳見第一章第二節），甚至在有本事時試圖藉爲領導風尚或轉創作逞能（周慶華，二〇〇三：二〇一至二〇三）。在文學批評史上有所謂「創意的背叛」和「誤讀」或「誤解」等說詞，約略就是指這種現象。前者是指文學作品被後代甚至當代的讀者所誤解而無意中成就了一種「再造之功」；這種具有創意的背叛，最顯著的兩個例子就是斯威夫特（J. Swift）的《格列弗遊記》和狄福（D. Defoe）的《魯賓遜漂流記》：

《格列弗遊記》原本是一個憤世嫉俗、極盡諷刺能事的作品……《魯賓遜漂流記》則是替當時新興的殖民主義宣揚布道。這兩部作品如今是以什麼面貌存續下來……竟全拜兒童文學圈所賜，成了獎勵小孩的贈書佳品……兒童少年們在這兩本書裡尋求的，主要是情節奇特或異國情調的冒險經歷。（埃斯卡皮，一九九〇：一三八）

後者是指每一位大作家的創新都是先經由對前行者反叛性的「誤讀」或「誤解」而來的；這種對前人影響的反動，在同一傳統的作家中最爲嚴重。就以詩領域爲例，它的嚴重程度到讓有些批評家認爲「詩的影響已經成了一種憂鬱症或焦慮原則」；但焦慮反倒激起詩人的獨創性，而發展出許多抗拒方式以爲解脫（卜倫，一九九〇；一九九二）。縱是如此，這些似乎也還沒有關聯到怎麼回饋給作者而一道往優質化文學的途徑昇華。即使是有一些自居「高明讀者」的書評家，他們往往也是欠缺對整體文學運作曠觀的經驗，所論只是爲應付報章雜誌的邀約，根本無力開創新的風氣；更何況他們還常有「胡亂」或「任意」下指導棋的習氣，而引發讀者的反感：

書評家是自從地球出現豬這種動物以來，最無恥討人厭的蠢豬。豬鼻子到處蹭來蹭去，齁齁作響，叫人看了就想吐；牙癢了，就把人家的作品啃得稀巴爛。他們是人渣，活該得到超級深奧的皮膚醫學期刊裡那種嚇死人的爛瘡，才算是老天有眼。（赫利（S. Hely），二〇一一：一四六）

就算有些書評家有點慈眉善目，看似可以跟作者「共商大計」了，但其實是隨時都在透顯他們的眞面目，因爲他們「總是露出一副自以爲在普渡眾生的蠢蛋臉。你也許會看到書評家說：『期待這位作家的下部著作。』語調中規中矩，一本正經，就像個二流鋼琴老師塞給你一顆不知放了幾百年的草莓糖，要你多練習」（赫利，二〇一一：一四六）。這樣又如何能夠寄望他們給出可爲軌範的他人文學經理？因此，這裡才要將傳播和接受觀點的文學經理列爲重新出發的文學經理學的一個向度，準備好好地把它典制化。

再次，在公家文學經理方面，它是專就一種可以擴大效應的特殊觀點的文學經理而說的，也有「經費挹注和創作風氣的引導」、「美好創作環境的營造」和「返身檢肅幫助文學審美發展的成效」等三面性。這三面性在終極上更是要爲那優質化文學進行激勵和獎賞，而讓前兩項的文學經理多得一份助緣。這也是爲「應該如此」而理出的項目，而不是可見的公家文學經理都已經做到了這個地步。我們知道，自古以來，公家的文學經理主要以資助文學人爲大宗：

國家補助經費，長久以來有兩種方式：一種是定期或不定期的發給津貼；另一種則是賜封官銜，比如英國的「桂冠詩人」或法國的「御用史官」，這類閒差都可以視爲國家補助，十九世紀諸多法國作家都是賴此維生。（埃斯卡皮，一九九〇：五七）

這是西方的情況；中國傳統有文學侍從的官職，大抵也是同類性質。此外，還有「一些間接贊助者在文學市場上推波助瀾，提供了作家們原本沒得指望的收入。比方政府機關爲了充實所屬各個圖書館或宣傳部門，就往往大量訂購某部作品。最常見又最經濟實惠的作法則是設置文學獎：文學獎的價值只在於名義上的肯定，卻能保證作品暢銷，作者的收入也就大增。某些文學獎，像諾貝爾文學獎就同時還頒贈大筆贈款」（埃斯卡皮，一九九〇：五七），這也是一種公家文學經理的形式。晚近隨著經濟的發達和文化企業化的高揚，公家多還願意撥出一些經費設置藝文空間（如文學館、故事館、文學資料館、藝文中心和文學步道等）、成立文學獎、補助文學出版，甚至提供作家年金等，以便合而顯示整體的「經濟實力」。這因爲有固定的資金可以挹注，所以逐漸常態化，對於活絡文學氣氛多少有些幫助。不過，在領受公家經理文學的用心之餘，我們卻不得不爲優質化文學「進展有限」而深感憂慮！主要原因在於這種經理都僅止於「被動發掘」，而無法「主動帶領」，以致提供「緬懷過往」的資源多，實際上策勵「基進開新」的成效幾乎沒有；到頭來但見經費盲目或浮濫地投注，丁點提升文學質素的成分都還盡付闕如。因此，這仍不是值得稱道的公家文學經理，相關的文學經理學依然得勉力爲它規模出路。

由此可見，從自我文學經理到他人文學經理和公家文學經理等，都有勞更具效力的論述來爲它們擘劃前景。而上述有關各自的側重點及其必要開展的細項等，也因爲有優質化文學的嚮往在紐結而彼此實質地關聯在一起，一套可以催生文學新變兼促成文學淑世的新文學經理學終於要誕生了。

第四章　自我文學經理

第一節　創作觀點的文學經理

前面幾章，為文學經理學的前提及其周邊問題等做了詳盡的交代，接著就要根據它們來鋪展這套文學經理學的實際樣貌。而這率先要談的是自我文學經理部分。這一部分，是專門針對創作一事而立論的。而所以會把創作的經理特別歸給「自我文學經理」，乃是因為創作絕大多數要作者去完成（雖然它也得顧及他人文學經理和公家文學經理等相當程度的制約而彼此有所交集），時間有時會很長久，難度也比較高；以致將它視為是自我文學經理，則有「取其出發義或起始義」的意味。因此，倘若有人質疑「文學的接受者或傳播者，以及公部門的文學活動承辦者，也都是在自我經理文學（經理所要經理的文學），為何只保留文學創作者所從事的才是自我經理文學」，那麼它就可以用上述這個理由來回答。

自我文學經理既然是在經理創作部分，那麼就得先解決它究竟是要經理創作的什麼及其可能的作法等問題。前者（指要經理創作的什麼），會先遇到一個懷疑論者非理性的指控或不真切的認知問題。如：

查理坐在小冰箱旁的地板上，玩著莎翁詩詞拼句的磁鐵，那是上個星期不知道什麼人留在我們房裡的東西……如果你問他為什麼不念費茲傑羅，他會跟你發牢騷說，這沒有意義。對他來說，文學是讀書人的騙術，是專騙大學生的賭博紙牌遊戲：你所看到的都不是最後得到的東西。（柯德威（I.

Caldwell）等，二〇〇六：一二〕

這就是非理性指控的一種情況，指控者只崇尚理性的科學思維，而對於感性的審美思維一概嗤之以鼻（雖然上例是出於一本小說中的片段情節，但現實中有類似見解的人還不少，作者塑造角色當有對應者可以取則）。又如：

> 文學並不是從《貝奧武夫》直到吳爾芙的某些作品所展示的某一或某些內在性質，而是人們把自己聯繫成作品的一些方式……文學根本就沒有什麼「本質」。如果把一篇作品作爲文學閱讀意味著「非實用地」閱讀，那麼任何一篇作品都可以被「詩意地」閱讀。（伊格頓，一九八七：一一）

這就是不真切認知的一種情況，認知者把文學歸諸思想意識的實踐而取消文學的本質說，他完全忽略了人賦予文學價值的能耐以及區別學科的必要獨斷措施（詳見第一章第一節）。因此，對於一個自我文學經理者來說，爲了說服人他的文學經理是必要的，不啻得先對這些懷疑調論有所回應。

我們知道，懷疑文學的存在有什麼意義或對人來說有什麼作用本身，也是需要懷疑的（詳見第二章第三節），這是破解懷疑論的第一步；還有自己領受不到文學的好處，也不能因此就懷疑文學都是騙人的把戲，畢竟仍有很多人正在對文學懷有或深或淺的情感，這是破解懷疑論的第二步；此外，文學是兼容人的理性和感性的產物，一個再自認爲是理性的懷疑論者的人，他也不可能全然沒有情緒反應，而就因爲同樣有情緒反應，所以他自然無法視而不見文學中類似的情感流露（至少也沒有理由反駁那是一種「眞實的存在」），這是破解懷疑論的第三步。依照這樣的析辨，可以研判所有對文學存在性的懷疑都是非理性的指控。

又懷疑文學沒有獨特性（而都是思想意識的實踐）的論說，那也只是看到文學的社會存有部分，而還不足以引爲否定文學的依據。由於文學的設定和指陳，是必要讓它是一種兼具心理存有、社會存有和藝術存有的存有物（否則就不要單獨稱它爲文學），所以它就不可能也因含有其他學科的成分就被剔除於可以獨立成形的範圍。換句話說，文學的心理存有和社會存有（內外在機制）可以判斷它跟其他學科沒有什麼差別，但文學的藝術存有（意象和事件等審美成分）則是它的獨特性所在（詳見第一章第一、二節）。正如一位論者所說的「文學是一種可以引起某種關注的言語行爲，或者叫文本的活動。它跟其他種類的言語行爲不同，比如跟告知信息、跟提出問題或者做出承諾的言語行爲都不同」（卡勒，一九九八：二九）。也就是說，文學是把所使用的語言加以額外加工而以「表演呈現」的方式展現，以致該語言始終處於「特別凸出」的地位。尤其是詩，它的意象和韻律組織，可以供人品賞玩味不盡。例子如霍普金斯（G. M. Hopkins）〈一座蘇格蘭小城〉的開頭：

這條棕色的小溪像駿馬的鬃毛，
一路歡叫，奔騰而下，

起起伏伏，泛起層層浪花，
沿著河床流向下游的湖泊，它的家。

This darksome burn ,horseback brown,
His rollrock highroad roaring down,
In coop and in comb the fleece of his foam
Flutes and low to the lake falls home.（卡勒，一九九八：三一）

這「對於語言風格的突出，比如『burn ... brown ... rollrock ... road roaring』這些字的押韻；還有那些不常見的字的組合，比如『rollrock』，都清楚地表明我們面對的語言是爲了把讀者的興趣吸引到語言結構本身而組織排列起來的」（卡勒，一九九八：三一）。依此推衍開來，另有事件所蘊涵的情節、人物及其相關敘述技巧等所引人入勝的美感特徵，又更加可觀。這不能隨便以一句文學沒有獨特性就輕易加以抹煞！如果一定要這麼做，那麼我們也必須指出那是不眞切的認知。

排除了懷疑論者非理性的指控或不眞切的認知，有關所要經理文學的創作也就更有正當性；而創作既然是特別相應文學的藝術存有而存在的，那麼所要經理的就不離整個構思到完成的歷程。這個歷程，最重要的是能獨闢蹊徑地寫出精采的作品，然後如所預期或等待機會而將該作品推銷出去（詳見本章第二節），並且繼續創新而晉身爲天才或奇才一族（詳見本章第三節）。後二者已經是另一個課題（詳後），但因爲它們是跟創作連帶存在的，所以在談論上也得把它們「關聯」在一起。

至於後者（指經理創作可能的作法），同樣也會先遇到一個創作沒有共通動機或沒有一定規則說的挑戰。這是說倘若同意了創作沒有共通動機或沒有一定規則說，那麼經理創作就成了多餘；反過來如果要談論經理創作的課題，那麼就得針對創作沒有共通動機或沒有一定規則說給予一番不能苟同的訾議，相關的意見才能「伸展無礙」。如有人從許多作家的言論中歸結出了一份「何以要寫作」的清單：爲了紀錄現實世界；爲了在過去被完全遺忘前將它留住；爲了挖掘已經被遺忘的過去；爲了滿足報復的慾望；因爲我知道要是不一直寫我就會死；因爲寫作就是冒險，而唯有藉由冒險我們才能知道自己活著；爲了在混亂中建立秩序；爲了寓教於樂；爲了讓自己高興；爲了表達自我；爲了創造出完美的藝術品；爲了懲惡揚善，或者正好相反；爲了反映自然；爲了反映讀者；爲了描繪社會及其惡；爲了表達大眾未獲表達的生活；爲了替至今未有名字的事物命名；爲了護衛人性精神、正直和榮譽；爲了對死亡做鬼臉；爲了賺錢，讓我的小孩有鞋穿；爲了賺錢，讓我能看不起那些曾經看不起我的人；爲了給那些混蛋好看；因爲創作是人性；因爲創作是神般的舉動；因爲我討厭有份差事；爲了說出一個新字；爲了做出一項新事物；爲了創造出國家意識，或者國家良心；爲了替我學生時代的差勁成績辯護；爲了替我對自我及生命的觀點辯護；因爲我倘若不眞的寫些東西就不能成爲「作家」；爲了讓我這人顯得比實際上有趣；爲了贏得美女的心；爲了贏得俊男的心；爲了改正我悲慘童年中那些不完美處；爲了跟我的父母作對；爲了編織一個引人入勝的故事；爲了娛樂並取悅讀者；爲了娛樂並取悅自己；爲了消磨時間，儘管就算不寫作時間也照樣會過去；對文字痴迷；強迫性多語症；因爲我被一股不受自己控制的力量驅使；

因爲我著了魔；因爲天使叫我寫；因爲我墜入繆思女神的懷抱；因爲繆思使我懷孕，我必須生下一本書；因爲我孕育書本代替小孩；爲了服事藝術；爲了服事集體潛意識；爲了服事歷史；爲了對凡人辯護上帝的行事；爲了發洩反社會的舉動，要是在現實生活中這麼做會受到懲罰；爲了精通一項技藝，好衍生出文本；爲了顛覆已有建制；爲了顯示存有的一切都正確；爲了實驗新的感知模式；爲了創造出一處休閒的起居室，讓讀者進去享受；因爲這故事控制住我，不肯放我走；爲了了解讀者、了解自己；爲了應付我的抑鬱；爲了死後留名；爲了護衛弱勢團體或受壓迫的階級；爲了替那些無法替自己說話的人說話；爲了揭露駭人聽聞的罪惡或暴行；爲了見證我倖存的那些可怖事件；爲了替死亡發言；爲了讚揚繁複無比的生命；爲了讚頌宇宙；爲了帶來希望和救贖的可能；爲了回報一些別人曾給予我的事物（愛特伍，二〇一〇：一九至二一）。在這份清單後面，她做了一個結論：

顯然要尋找一批共通動機是徒勞無功的：在這裡找不到所謂的必要條件，也就是「倘若沒有它，寫作就不成其寫作」的核心。（愛特伍，二〇一〇：二一）

這等於不認同經理創作是一件可能的事。但我們看她所羅列的各種創作動機，其實都可以在本脈絡所指出的內外在機制及其美感經營中予以定位（即使有因著魔或被神遣而創作，該魔或神的驅使本身也不出這種範圍）；而這些內外在機制及其美感經營的抽繹就是它的通則，我們只要掌握這些通則，就可以開啓創作經理的門徑。因此，大家大可不必受到這些「駁雜言論」的攪亂而亂了方寸。又如有人直指創作沒有什麼固定的方法，但勸你「手應當不停地寫」、「不要刪除」、「別擔心拼錯字、標點符號和文法」、「放鬆控制」、「別思考，別想著要合於邏輯」和「直搗要害」等（高柏，二〇〇二：三三至三四），理由是：

學習寫作並非一道線性過程，沒有什麼從A到B至C的邏輯方式可以讓人變成好作家。關於寫作，並沒有一個簡單明瞭的眞理就足以解答所有的疑惑，世上有許多關於寫作的眞理存在。（高柏，二〇〇二：二六）

這也等於不承認條理化經理創作是必要的。但我們看她所鼓勵大家「把自己所見所感寫出來就好了」一類見解，卻素樸得很；實際上並沒有一種高水準的創作可以這麼隨興或輕易寫成（所以它才要經理）。因此，這類意見所會構成的挑戰效果，嚴格地說是很有限的；有心想經理創作的人，無妨視而不見，從此不再被矇蔽了去。

不必在意創作沒有共通動機或沒有一定規則說的挑戰後，有關經理創作可能的作法也就可以讓它「悠然浮現」。而這在本脈絡因爲有全盤的規劃（詳見本章第二節），所以會比其他零星可見的類似意見可觀許多。由於相關的討論將會於隨後進行，以致這裡只要先點出一個屬於所以要這樣經理創作的遠景「配置問題」。

前面說過，文學是以「意象」或「事件」間接表意爲基底（詳見第一章第一節）；

而朝更精湛技藝的優質化方向開展，則爲創作經理的宗旨所在（詳見前章第二、三節）。因此，它所要配置的，就是這樣優質化的創作經理「所爲何事」的理由說明。倘若說文學是爲了供人審美及其生命解脫所需（詳見第一章第一節），那麼持續優質化則是考慮人的審美及其生命解脫的變異問題（也就是避免報酬遞減而失去文學的魅力）；而這從整體的文化功能來說，創作經理不啻可以齊爲「發展文化」著想。換句話說，創作經理的已經存在或將要存在的典範性，也都形成了塑造一個歷史傳統的重要憑藉。如果說歷史傳統是指從過去延續到現在的事物或指一條世代相傳的事物變體鏈（按：前者可以算是「傳統」一詞最基本的意涵，它包括一個社會在特定時刻所繼承的建築、紀念碑、景觀、雕塑、繪畫、音樂、書籍、工具以及保存在人們記憶和語言中的所有象徵建構；而後者則可以算是「傳統」一詞較特殊的意涵，它圍繞一個或幾個被接受和延續的主題諸如宗教信仰、哲學思想、藝術風格和社會制度等而形成的一系列變體）（希爾斯〔E. Shils〕，一九九二；沈清松編，一九九五），那麼創作經理就是確保這種歷史傳統可以被一再彰顯的一大資源；它無疑地也具有構成一個社會創造、再創造的文化密碼和給人類生存帶來秩序及意義等功能。而就文化規模的建立來看，也的確需要一些具有典範性的東西作爲基礎，才可能宏偉格局而期待它發展無礙。而根據孔恩（T. S. Kuhn）的說法，典範是指常態科學所遵守的範式：「我所謂的『典範』，指的是公認的科學成就，在某一段時間內它們對於科學家社群來說是研究工作所要解決的問題和解答的範例。」（孔恩，一九八九：三八）雖然這種典範可以被「革命」取代，但所出現的新典範又是另一個秩序化局面的開始（周慶華，二〇一二a：二四一至二四二）。所謂的創作經理，最終就是要在這一更新文化視野上定位，希冀能夠爲任何一個時代的審美心靈提供最具借鑑價值的文學座標（不然缺乏此一文化理想而徒有權力意志，就沒有多大意義）。

第二節　自我完構和自我推銷的模式

創作觀點的文化經理，既然是爲文化理想而終極考慮的，那麼它的展開也就有某些高標的向度可以設想。這在古今中外應該都有成功的例子能夠「舉以爲證」，但在面對未來還有更複雜的需求等著的前提下，那些個別的成功的例子就會有點「不濟事」起來，而得重新來規模經理創作的前景。換句話說，這裡的創作觀點的文學經理是綜合策劃未來的，它不能停留在現有個案經理現象的純粹指陳上（否則那些個案經理早已存在了，又何必多此一舉條陳來展示「後覺之見」呢）。

第一章第二節所提到的創作的內外在機制，固然可以如此廣涵，但如果要找出最優位的部分來總綰細項，那麼內在機制裡的權力意志就足夠充當。這是作者所能意識的最重要的變數（至於外在機制裡的歷史文化，在作者尚未完全自覺的情況下，它可能是最具制約力的變數；但當作者能夠完全自覺了，那它就會變成「一個選項」而仍舊爲權力意志所統轄），已經有行爲心理學的命題可以跟它相互呼應。也就是說，行爲心理學的一個命題「如果做某件事得到鼓勵，那麼做這件事的次數就會增加」（張春興，一九八九：四五三至四五四），我們藉它來論斷創作經理，就會得出這樣的演繹形式：

> 一種鼓勵對個人的價值越高，那他採取行動取得此一鼓勵的可能越大。
>
> 在某一情況下，創作經理者認爲創作經理有很大的價值。
>
> 所以他會採取行動來從事創作經理。

這是仿照荷曼斯（G. C. Homans）討論一個不掠奪他國土地案例的推論方式（荷曼斯，一九八七：三四至三五）。而所謂「某一情況」，可以填入謀取利益、樹立權威和行使教化等（詳見第一章第二節）。當中謀取利益，涉及利益的多沾或多得（相對地別人就少沾或少得），可以說是該權力意志的「變相」發用；而樹立權威，則無異是該權力意志的「全面」遂行；而行使教化，更是該權力意志的「恆久」性效應（詳見第三章第三節）。換句話說，權力意志可以統攝謀取利益、樹立權威和行使教化等想望，或者乾脆就說它是謀取利益，樹立權威和行使教化等想望中的想望。因此，整個論斷演繹的充實化，就是這樣：

> 一種鼓勵對個人的價值越高，那他採取行動取得此一鼓勵的可能越大。

> 在可以遂行權力意志的情況下，創作經理者認爲創作經理有很大的價値。
>
> 所以他會採取行動來從事創作經理。

此地的權力意志，僅是指影響別人或支配別人的欲望（分著講就是爲了謀取利益、樹立權威和行使教化等），而跟尼采爲成就「超人」的權力意志（尼采，二〇〇〇）略有不同。正是這「俗情不免」的權力意志，使得創作經理不得不屈從於世俗的經濟鏈（不然該影響或支配欲望就無法實現）；只不過它還可以藉由精湛的技藝的優質化經理來穩住自我的神聖性，終而體現爲一種文化理想性，以致整體的創作經理就不致完全「墮落俗流」。正因爲屈從於世俗的經濟鏈不能片面信賴，所以相關的創作經理就顯得特別重要。這麼一來，文化理想的終極考慮和權力意志的終極驅力就得「合而爲一」來完成創作經理（這也就是第一章第二節所說的權力意志兼含文化理想的意思所在），以顯現文學在世存有的必要曲折歷程。

縱是如此，有些偶發性或想像的變數，因爲隨機性和不定臆測的關係而不便納入條理，所以有關創作經理的論列就不會有它們的位置。它們包括作者個人的愛憎、對讀者過度的遐想和不在「表達」範疇內的東西等。如：

> （紀德和范樂希二人一起散步時的對話）紀德說：「我，假如被人妨礙寫作，寧願自殺！」范樂希說：「我，假如被人強制寫作，寧願自殺！」

（莫渝譯著，一九九七：一六四）

> 如果你能把讀者的身影當成飄散在寫作過程中的一抹香水味，你將會成爲一位更好的作家。〔派佛（M. Pipher），二〇〇八：九九至一〇〇引庫瑟語〕

> 美學家克羅齊把流行語言所指的「表現」叫做「外達」……依他看，就藝術本身的完成說，傳達並非絕對必要，必要的是在心裡直覺到一個情感飽和的意象。情感和意象猝然相遇而忻合無間，這種遇合就是直覺，就是表現，也就是藝術。（朱光潛，一九八一：九一至九二）

這些偶發或想像的變數，只能當作一種個別化的主張，而無法給予理尋抽繹使它們能夠相對普遍化（當事人也不可能全仰仗它們來創作）。倘若也要將它們攬進來經理，那麼經理者就得面對「萬一行不通了怎麼辦」的無謂問題的困擾。因此，寧可把這些偶發或想像的變數暫時排除在需要嚴肅處理的創作經理範圍外。

將不便經理和可經理的分開後，就可以針對可經理的部分細爲規劃，使它能「模式」化，以便從事文學創作的人可以根據它來開展文學創作的志業。而這又可以依自我神聖化和不得不屈從世俗經濟鏈的分疏來做討論，暫且區分自我完構的模式和自我推銷的模式兩方面。這兩方面中的自我完構和自我推銷，理應前者先存在而後才有後者；但也有可能是先有後者的誘因而後才去發展前者，彼此可以構成一個辯證的關係，如圖4-1所示。

雖然如此，基於論說的方便以及爲了顯示自我完構的神聖性優先等，還是先就自我完構可以有的模式予以形塑。換句話說，不一定要先建構自我完構的模式後，才再論及自我推銷的模式，但爲了顧慮一個「總該有優先順序」的問題，從自我完構的模式談起總是比較順當。

在自我完構的模式方面，以創作的實現及其優質化的要求來說，它的整體經理方向理當有三部分：第一是對文學的文化位置的深入理解和調適。前面說過，文學是涵蓋心理存有、社會存有和藝術存有的綜合體，當中心理存有和社會存有爲其他學科所共同擁有，只有藝術存有爲文學所專屬體現；而又因其他藝術（包括繪畫、音樂、建築、雕塑和舞蹈等）也同樣體現了藝術存有，所以藝術存有和心理存有及社會存有的交集處就是文學，而這藝術存有本身還得再區別出文學和藝術，彼此的關係可以如圖4-2所示。

這文學和藝術的交集處是它們共通運用的比喻和象徵等技巧；而不交集處，則是文學採用語言媒材且出以意象和事件等，而藝術採用非語言媒材而出以線條、色彩、構圖、節奏、旋律、造形和律動等，彼此雖然可以互通，但仍得分開看待，才能護住各自的特殊性。而這

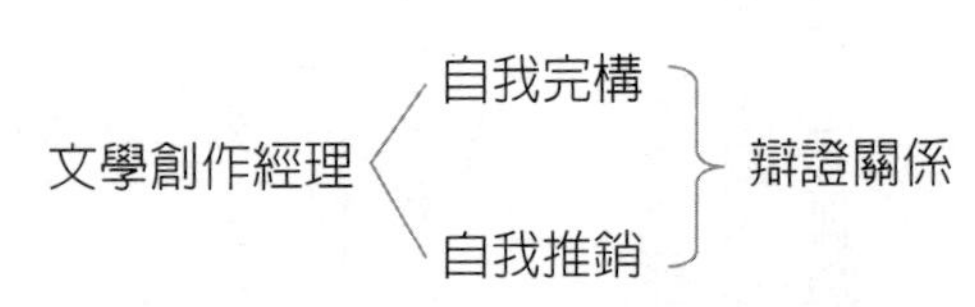

圖4-1　自我完構和自我推銷的關係圖

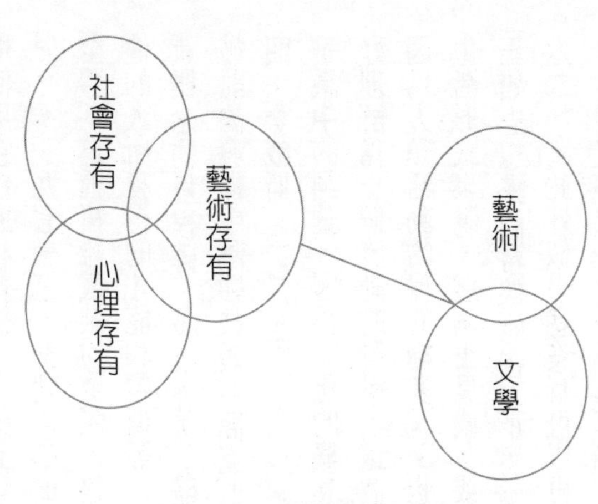

圖4-2 文學和藝術的關係圖

「拉出」文學後，就比較方便且沒有顧慮地將它置於文化的架構中給予進一步的定位（藝術和其他學科也可以比照處理，但在這裡因屬非關緊要，所以一概略過）。

大家知道，文化，就中文來說，所可考的是從《周易》賁卦彖辭「觀乎天文以察時變，關乎人文以化成天下」（孔穎達等，一九八二：六二）截取而來，有人治教化的意思；而《周易》後《說苑．指武》所說的「凡武之興，爲不服也；文化不改，然後加誅」（劉向，一九八八：一九一三）和王融〈三月三日曲水詩序〉所說的「設神理以景俗，敷文化以柔遠」（李善等，一九七九：八六六）以及束皙〈補亡〉詩所說的「文化內輯，武功外悠」（同上，三五五）等，也都是同一個指意。顯然這跟當代來自西方已經具有統稱人類創造表現的文化觀念有所不同。以英文來說，文化的動詞culture，源於動字colere，原爲耕耘種植的意思，相傳是西塞羅（Cicero）率先使用它；也有居住的意思；還有維持、照管、保護、行禮和尊重的意思。而文化的名詞cultura，也是西塞羅開始使用，有耕耘、栽培和修理農作物的意思。後來西塞羅又寓意地使用它爲理智和道德的修習；並有注意、授課和禮敬的意思（趙雅博，一九七五：三）。一九七一年，泰勒（E. B. Tylor）重新爲文化下定義，說文化是一種複雜叢結的全體；這種複雜叢結的全體，包括知識、信仰、藝術、法律、道德和風俗，以及任何其他的人所獲得的才能和習慣等（殷海光，一九七九：三一引）。從此爲西方樹立了一個新概念的里程碑，吸引許多人前來討論發揮；但也因此文化的「新生」概念，就在越被討論發揮中越顯歧義〔簡克斯（C. Jenks），一九九八；巴克（C. Barker），二〇〇四；李威斯（J. Lewis），二〇〇五〕。以致大家得把文化視爲「是一個複雜的且尚處爭議中的詞彙，因爲文化的概念並非再現一個獨立於客體世界的實體。相反地，文化最好理解爲一個流動的符徵，這個符徵可以爲人類的活動產生特定的和多元的論述方式，因爲人類活動的目的極多元。也就是說，文化的概念是一項工具，讓我們用以作爲一種生活形式來說，這個工具或多或少具有用處，而且它的用途和意義也持續地在改變中，正如思想家們希望能在文化的概念中去『探討』出不同的事物」（巴克，二〇〇七：六二），此外似乎就沒有可以再予致思的餘地了。

但又不然！文化仍是一個「人在限定」的概念，只要限定本身沒有自我矛盾、不相干和循環論證等「沒說什麼」的情況，基本上就擁有「合法性」（至於「合理性」，則要看它可被接受度而定），而都可以進駐「定義文化」的行列去被議論。因此，如果我們不滿意先前那些文化定義而要再別取另一種文化定義，也是使得的。而這在本脈絡所考慮的，乃基於「布局」的需要，文化得將它從「旨趣不定」的情境中轉向限定它的用法，而依然保有它不可被取代的可期待値的「作爲一個最高精神的滲透實力」（周慶華，二〇一〇b：六五）。這個限定，不採「文化是整體的生活方式」（巴克，二〇〇七：九七）這類較寬泛的說詞，而是把它當作是人類展現創造力的歷程和結果的整體（而有別於純天然的存在狀態）。如有一個由比利時學者賴醉葉（J. Ladrière）所提出和臺灣學者沈清松所增補的文化定義所說的：

> 文化是一個歷史性的生活團體（也就是其成員在時間中共同成長發展的團體）表現其創造力的歷程和結果的整體，當中包含了終極信仰、觀念系統、規範系統、表現系統和行動系統。（沈清松，一九八六：二四）

這經過我個人多方的評估，遠比其他的文化定義要有「可操作」性而可以優先採納（在這種有得「援用」的情況下，也就不必再重新界定）。而該整體所包含的五個次系統，則爲終極信仰是指一個歷史性的生活團體的成員由於對人生和世界的究竟意義的終極關懷而將自己的生命所投向的最後根基；如希伯來民族和基督教的終極信仰是投向一個有位格的造物主，而漢民族所認定的天、天帝、天神、道、理等等也表現了漢民族的終極信仰。觀念系統是指一個歷史性的生活團體的成員認識自己和世界的方式，並由此而產生一套認知體系和一套延續並發展他們的認知體系的方法；如神話、傳說以及各種程度的知識和各種哲學思想等都是屬於觀念系統，而科學以作爲一種精神、方法和研究成果來說也都是屬於觀念系統的構成因素。規範系統是指一個歷史性的生活團體的成員依據他們的終極信仰和自己對自身及對世界的了解而制定的一套行爲規範，並依據這些規範而產生一套行爲模式；如倫理、道德（及宗教儀軌）等等。表現系統是指一個歷史性的生活團體的成員用一種感性的方式來表現他們的終極信仰、觀念系統和規範系統等，因而產生了各種文學和藝術作品。行動系統是指一個歷史性的生活團體的成員對於自然和人群所採取的開發和管理的全套辦法；如自然技術（開發自然、控制自然和利用自然等的技術）和管理技術（就是社會技術或社會工程，當中包含政治、經濟和社會等三部分：政治涉及權力的構成和分配；經濟涉及生產財和消費財的製造和分配；社會涉及群體的整合、發展和變遷以及社會福利等問題）等（沈清松，一九八六：二四至二九）。

縱是如此，上述的設定並不是沒有問題。如（順著所援引論者的說詞來看）五個次系統既分立又有交涉，要將它們並排卻又嫌彼此略存先後順序，總是不十分容易予以定位；又如表現系統所要表達的除了終極信仰、觀念系統和規範系統等，此外當還有呈現它自身，也就是由技巧安排所形成的一種美感特色，而這都在一個「表現」（將終極信仰、觀念系統和規範系統現出表面來或表達出來）概念下被抹煞或被擱置了（周慶華，一九九七：七四至七五）。雖然如此，這個設定所涵蓋的五個次系統作爲一個解釋所需的概念架構，卻有相當的實用性，所以這裡也就不捨得放棄了。而從相對的立場來說，這比常被提及或被引用的另一種包含理念層、制度層和器物層等的文化設定（汪琪，一九八四；傅佩榮，一九八九；李宗桂，一九九二）或包含精神面和物質面等的文化設定（史美舍（N. J. Smelser），一九九一；黃文山，一九八六；邵玉銘編，一九九四〕，更能說明文化世界的內在機能和運作情況。而它跟不專門標榜「物質進步主義」意義下的文明概念〔湯恩比（A. J. Toynbee），一九八四；史賓格勒（O. Spengler），一九八五；杭亭頓（S. P. Huntington），一九九七〕，是相通的。也就是說，文化和一般廣義的文明沒有分別，彼此可以變換爲用。而這倘若眞要勉爲理出一個「規制」化的系統來，那麼重新把這五個次系統「整編」一下，它們彼此就暫且可以形成一個如圖4-3這樣的關係圖。

當中終極信仰是最優位的，它塑造出了觀念系統，而觀念系統再衍化出了規範系統；至於表現系統和行動系統，則分別上承規範系統／觀念系統／終極信仰等〔按：表現系統和行動系統之間並無「誰承誰」的情況；但它們可以互通（所以用虛線來連接）。如「政治可以藝術化」而「文學也會受政治／經濟／社會影響之類」〕。這看來就「眉目清晰」多了；而隨後所要據以爲論述相關的課題，也因爲它「已經就序」而不難一一取得對應〔周慶華，二〇一二a：八四至八八〕。

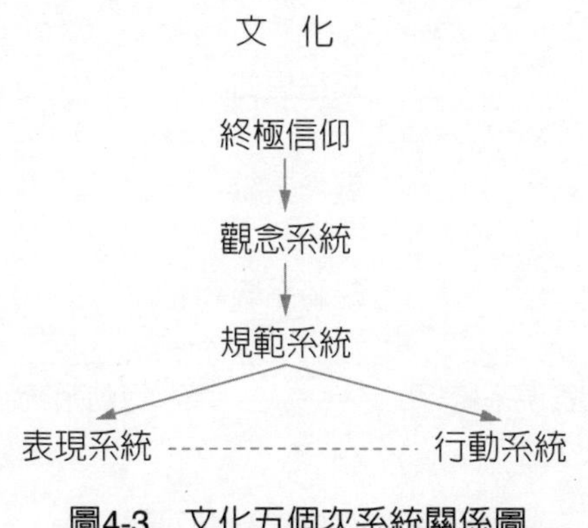

圖4-3 文化五個次系統關係圖

顯然文學的藝術存有是在文化五個次系統的表現系統的位置（上述的舉例解說是針對它所具有的藝術存有這種特殊性），而它所旁伸的行動系統則爲心理存有的所在；至於它所上承的規範系統、觀念系統和終極信仰等，則統爲社會存有的所在（那些終極信仰、觀念系統和規範系統等，都帶集體性而非個別人所能獨佔）。這樣文學的存有性，就可以在文化五個次系統中予以布列，如圖4-4所示。

這也就是前面所說的文學創作的經理會跟許多學科有所交涉（詳見第一章第二節）的原因所在。換句話說，文學和其他學科同爲文化所涵蓋，而他們彼此的關係除去文學以語言爲媒材而有審美特性，其餘的都會或多或少地牽連在一起（詳見圖4-2），以致相關的經理就不得不先對這種情況有深入的理解和調適。當中在深入的理解上，自然是要眞切地掌握文學除了包裝心理存有和社會存有，還得自我逞能而在藝術存有上表現巧妙；而在調適上，則無非是要知道創作經理有

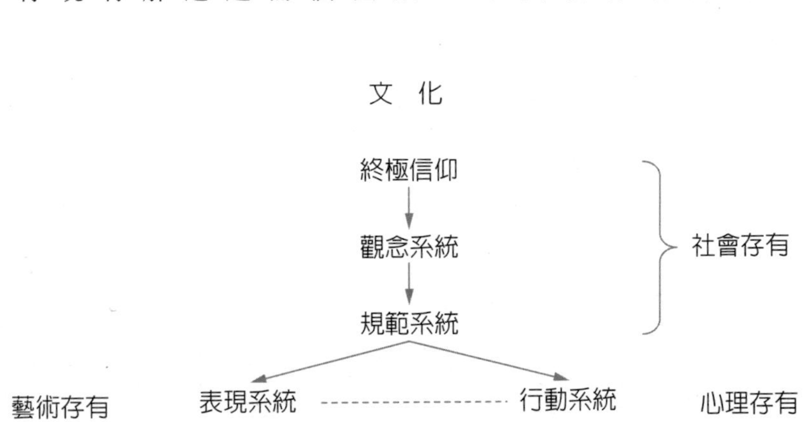

圖4-4 文學的文化位置圖

文化系統的差異（詳見本章第三節），未來是否有相互跨越發展的可能性。

第二是對審美的對象經理得有全盤的認知和對策。上面提到文學「得自我逞能而在藝術存有上表現巧妙」，就是專門關聯這一部分的；而它在文學人長久的經理中固然已經有了不少的成績累積，但整體上還是缺乏一種統合的經理觀。也就是說，個別文學人可以就自己所熟悉或有把握的面向去細爲經理，但對於這種經理究竟是如何可能的，卻未必有能力深透以及轉爲實際創作可用的資源；所以就理論建構的立場，理當把這一部分廣爲徵驗，以便從事創作經理的人可以得著全視野「自我折衝」參鏡的機會。

基於這個前提，可以說所得經理的文學的審美對象，大致上就有文類（意象／事件所寄）、美感和學派等分屬。當中有關文類的經理特別複雜，它既要蘊涵意象／事件的根本性問題來思考，又要設法發展意象／事件以顯示「表現巧妙」的逞能意態。前面說過，文學的形製可以區分爲抒情性文體和敘事性文體（詳見圖1-1），而它的複雜性就從這兩類文體開始。

首先得衡量的是，兩類文體如何比其他學科的說理文體更爲精緻，並且還要自我顯現文學所具備的兩面性，如圖4-5所示。

顯然這遠較其他學科僅涉及眞理本體要難辨許多（周慶華，二〇一一b：一三六）。此外，還有另一層的不得不精緻性：就是抒情性文體和敘事性文體在形式上固然是分立了，但它們在不交集以外恐怕另有一個更大範圍的「莫名物」會進來攪和而導致所思留有罅隙。因此，只好再權宜地使它們在功能上互爲包蘊，如圖4-6所示。

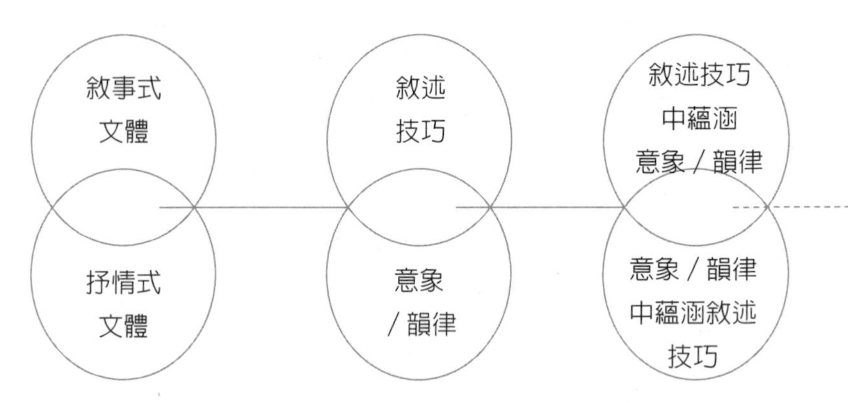

圖4-5　文學的兩面性及其精緻向度圖

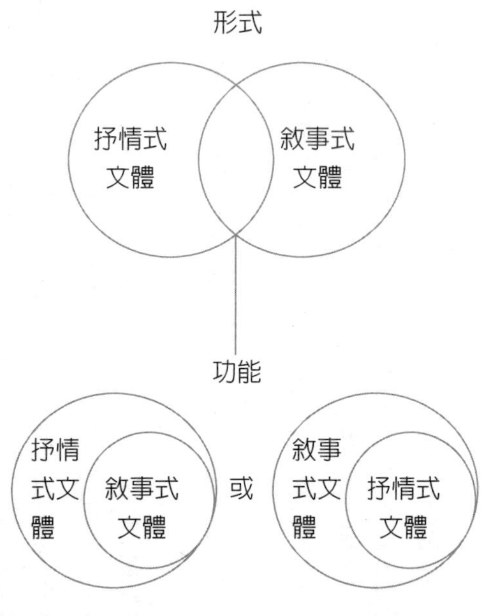

圖4-6　文學兩面性在功能上互為包蘊圖

這是說當抒情式文體有隱藏敘事式文體時，情況就如圖4-6的左圖；而當敘事式文體有隱藏抒情式文體時，情況就是右圖（它們因爲是共享「文學性」，所以勢必要相互隱藏以見「設定有則」）。這樣就可以避免原抒情式文體和敘事式文體的交集圖形成後還有空隙而「無處歸屬」的問題。

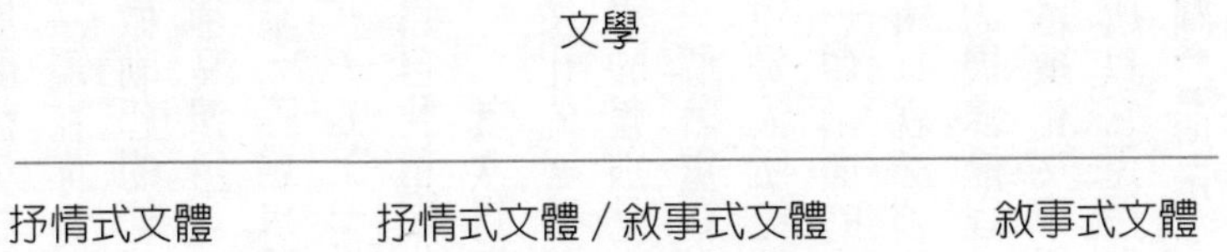

文學

抒情式文體　抒情式文體／敘事式文體　敘事式文體

圖4-7　文學兩面性的遮掩交集圖

縱是如此，抒情式文體和敘事式文體在理論上分居文學光譜的兩端，但實際上都只有這兩端的中間部分。換句話說，越向那假定中的純抒情式文體靠攏的，就越像抒情式文體；而越向那假定中的純敘事式文體靠攏的，就越像敘事式文體。因此，這一光譜兩端的抒情式文體和敘事式文體就只是虛設的，容許它們彼此「交纏」和「局部分離」而向兩端前進，以取得所要的「遮掩交集」後的抒情式文體或敘事式文體的身分，如圖4-7所示。

這樣它們自然就會有上述「相互隱藏」（互為包蘊）的情況。如「誰是心裡藏著鏡子的人呢……／擡眼向天，以嘆息回答／那欲自高處沉沉俯向他的蔚藍／／是的，這兒已經有人坐過……你依然有枕著萬籟／與風月底背面相對密談的欣喜／／……當你來時，雪是雪，你是你／一宿之後，雪既非雪，你亦非你……／／你乃驚見／雪還是雪，你還是你……」（周夢蝶，一九八七：五八至五九），這在抒發情感（對「物境」現象和「禪境」本體融合不分境界的嚮往）的過程中，也同時內蘊了對藍天的諸多疑問、主角嘆息的回答和獨自枕萬籟以及跟風月背面欣喜的密談等故事情節，已經無所謂純抒情的問題（也就是抒情背後都有敘事在被對應著）。又如前面所引過斯卡迷達的作品「女孩咬著枕頭……然後她憤然大吼：『這太荒謬了！有人說我展顏微笑宛如蝴蝶振翅，然後我就得到聖地牙哥去！』『別傻啦！』她母親爆炸了。『現在你的微笑像蝴蝶，可是到了明天，你的乳房就會像兩隻唧唧咕咕的鴿子……倨傲勃起的傳種金屬，在當中得以鍛鑄淬煉』」（詳見第一章第二節），這明是在敘事，卻又運用「蝴蝶」、「鴿子」、「野莓」、「地毯」、「船帆」、「熔爐」和「傳種金屬」等意象在抒情，可見二者在相當程度上有不能不互爲隱藏的實質關係（周慶華，二〇一一b：一三六至一三九）。因此，有關文類的經理，就是要在這個環節上斟酌前進，以爲自我精緻化的「知所取則」。

其次得衡量的是，爲兩類文體定格後，它的精緻化就得轉向意象/事件的比喻/象徵化的必要建構及韻律/節奏和敘述技巧的反熟悉化的強爲疏通參鏡上。由於抒情和敘事的差別是，一個著重在以「意象」來比喻或象徵思想情感（心理存有/社會存有），一個著重在以「事件」來象徵思想情感，它們是人所可以運用的兩種創作文學的手段，也是人所能藉來區別其他學科「直接說理」的最大徵象；這麼一來，跟文學的本體構成一體兩面的文學的現象，因爲它已經被定義而規定爲敘事或抒情（或比喻、象徵等），所以就必須儘可能地把作爲文學本體的思想情感表現出來，才能完了一段有關「文學」的展演歷程。又由於爲了繁複化這段歷程以便文學本身得有「發展」的空間，以及爲了精緻化文學學科的知識體系以便「推移變遷」或「改造修飾」語言世界（文化理想），所以它還得有文體、形式、技巧和風格等概念的設定來指涉相關「分化」後的成分，如圖4-8所示（周慶華，二〇〇四a：一〇二）。

這乃依前面的設定，先分出敘事式文體和抒情式文體等兩大文學形製，然後再以可

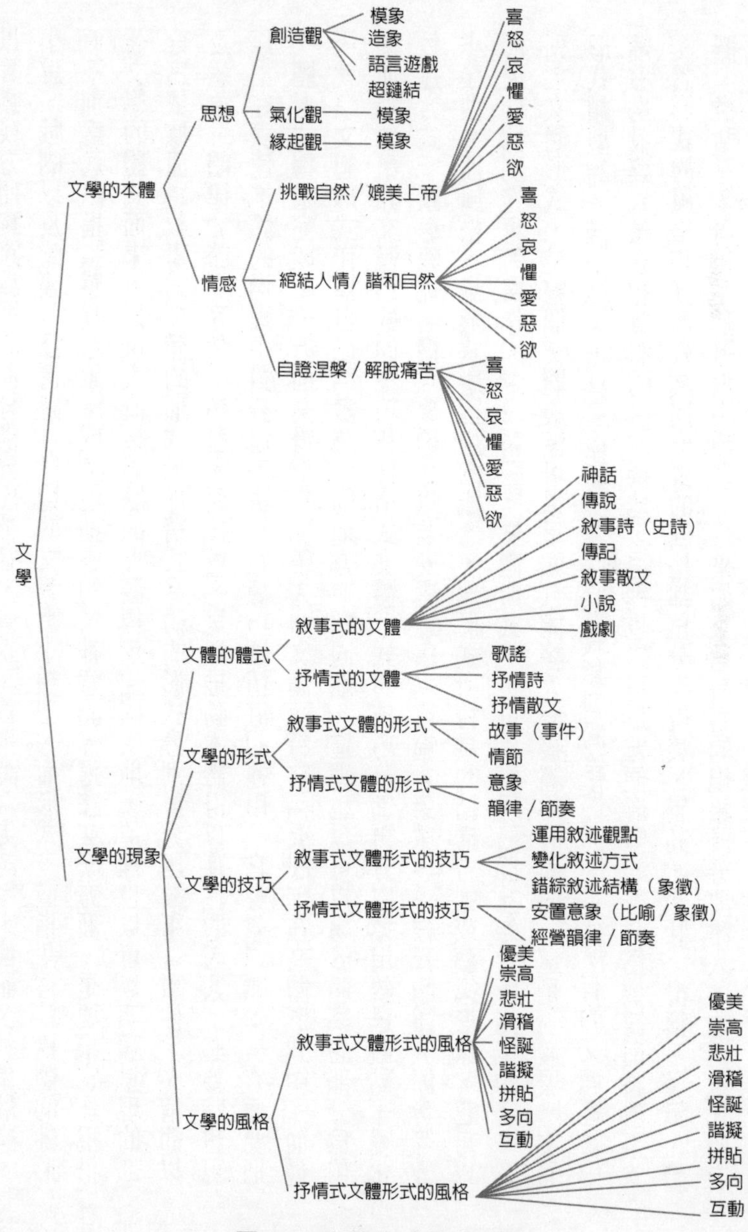
文學
文學的本體
思想
創造觀
模象
造象
語言遊戲
超鏈結
氣化觀
模象
緣起觀
模象
情感
挑戰自然／媲美上帝
喜
怒
哀
懼
愛
惡
欲
綰結人情／諧和自然
喜
怒
哀
懼
愛
惡
欲
自證涅槃／解脫痛苦
喜
怒
哀
懼
愛
惡
欲
文學的現象
文體的體式
敘事式的文體
神話
傳說
敘事詩（史詩）
傳記
敘事散文
小說
戲劇
抒情式的文體
歌謠
抒情詩
抒情散文
文學的形式
敘事式文體的形式
故事（事件）
情節
抒情式文體的形式
意象
韻律／節奏
文學的技巧
敘事式文體形式的技巧
運用敘述觀點
變化敘述方式
錯綜敘述結構（象徵）
抒情式文體形式的技巧
安置意象（比喻／象徵）
經營韻律／節奏
文學的風格
敘事式文體形式的風格
優美
崇高
悲壯
滑稽
怪誕
諧擬
拼貼
多向
互動
抒情式文體形式的風格
優美
崇高
悲壯
滑稽
怪誕
諧擬
拼貼
多向
互動

圖4-8 文學的「分化」圖

以實踐或方便實踐爲準的而分別分出神話、傳說、敘事詩（史詩）、傳記、敘事散文、小說、戲劇以及歌謠、抒情詩、抒情散文等數小類型。而形式，僅指語言結構體的外形而不別爲逸出指「感覺心象」或其他抽象的精神意涵。這在文學方面，是要讓它作爲沿著文學的體式而來可以供人直接經驗的外觀標示。同樣地，這裡也以可以明顯呈現的部分爲依據而將敘事式文體的形式和抒情式文體的形式分別再分出故事（事件）、情節以及意象、韻律/節奏等數小類型。而技巧，是指推動本體得以存在的因素；必要時也可以指在表達本體的過程中對表達手法的熟練巧妙精湛的運用。它身兼二職：一方面要把文體形式摶造完成；一方面又得把它「帶入」文體而將它「凝固」在文體形式中。而最後就以文體形式作爲自己「藏跡」的地方。相同地，這裡也以可以易於體察的部分爲依據而將敘事式文體形式的技巧和抒情式文體形式的技巧分別再分出運用敘述觀點、變化敘述方式、錯綜敘述結構（象徵）以及安置意象（比喻/象徵）、經營韻律/節奏等數小類型。而風格，是形式所衍生的概念，爲形式所特具的結構方式或藝術形象。它可以形現於個別作者所寫作的（一系列）文體形式，也可以形現於群社作者所寫作的（一系列）文體形式，是整個文體最後可以呈顯且能讓人直接經驗的面向。這是「發展」文體形式類型的一個指標，也是「比較」文體形式類型的終極據點，在所有的文體經驗中幾乎是最讓人懸念和費心的。一樣地，這裡也以可以方便形塑的部分爲依據而將敘事式文體形式的風格和抒情式文體形式的風格都再分出優美、崇高、悲壯、滑稽、怪誕、諧擬、拼貼、多向和互動等數小類型。將來如果還有新的現象成分要添入，也可以比照上述的辦法予以設定安插，這就不必多說了。至於所重爲設定的文學的本體和文學的現象部分，則可從最具優位性的世界觀著眼，而將現存的創造觀、氣化觀和緣起觀等三大世界觀分立，然後再讓它們繁衍出模象、造象、語言遊戲和超鏈結等藝術（審美）觀念；當中氣化觀型的思想形式和緣起觀型的思想形式都跟造象、語言遊戲和超鏈結等審美取向無緣，所以就只存模象一途。至於情感，則呼應世界觀的差異而有挑戰自然/媲美上帝、綰結人情/諧和自然和自證涅槃/解脫痛苦等三種態度的並置，以及緣各自態度而來的都會有的喜、怒、哀、懼、愛、惡、欲等多種情緒反應。由此可見，意象/事件的比喻/象徵化是綰合文學本體爲文學現象的樞紐以及體現文學美感的一大中介，它們的重要性不言可喻。當中意象，必要設定爲內在的思想情感藉由外在的事物來呈現，才會跟前節的文學設定相連貫。也就是說，文學的本體「思想情感」不是逕直表露的，它是透過外在的事物來比喻/象徵的。而這跟時下眾多意象論述不論是否一致（劉若愚，一九七七；張漢良，一九七七；黃永武，一九八七；陳植鍔，一九九〇；李元洛，一九九〇；吳曉，一九九五；汪裕雄，一九九六；林文欽，二〇〇〇；胡雪岡，二〇〇二；嚴雲受，二〇〇三），它都是以「自我完足」論述姿態在標誌這一創說過程。在這種情況下，意象的表達就只有比喻和象徵兩種途徑，而不當再有所謂的「直敘」。後者就有論者有過主張：

意象的表述，大體可分爲三個層次：第一層，是積極運用記號所能達成的效果，而直接把意象翻譯爲外在的語言。第二層，則連同原意象所衍生的類似的意象，同時譯爲外在的語言，而就以那類似之點來代表原意象。第

三層，是為著注意那衍生的意象，就把它當作原意象來描寫。（王夢鷗，一九七六：一二二至一二三）

所謂「三層次」表達方法，跟中國傳統區分詩法為賦、比、興等約略相當。論者又各以一句話來標明它：第一層叫做「意象的直接的傳達」（賦）；第二層叫做「意象的間接的傳達」（比）；第三層叫做「意象的繼起的傳達」（興）（王夢鷗，一九七六：一二三）。而這我也曾為它做過舉例說明：「如杜甫〈旅夜書懷〉『星垂平野闊，月湧大江流』一句，這是詩人曾見過（或曾想像過）的景象，屬於他記憶的一部分，現在被促起後變成一個意象，詩人就直接把它『翻譯為外在的語言』，這是『意象的直接的傳達』。又如王昌齡〈春宮曲〉『平陽歌舞新承寵，簾外春寒賜錦袍』一句，明是在描寫失寵的宮妃欲怨不得的心情，卻不直接把原意象翻譯為外在的語言，而從受賜錦袍的平陽公主謳者這個衍生的意象入手，間接地表述出原意象，這就叫『意象的間接的傳達』。又如李商隱〈無題〉『春蠶到死絲方盡，蠟炬成灰淚始乾』一句，表面在描述『蠶死絲盡』和『蠟燃成灰』等意象，事實上是要表述某種情思（有殉情的意味），這才是原意象。他把『衍生的意象』當作原意象來描寫，這就叫『意象的繼起的傳達』」（周慶華，二〇〇〇：二七至二八）。換句話說，「意象的直接的傳達」是直敘，「意象的間接的傳達」是比喻（以甲比乙，意義在乙），「意象的繼起的傳達」是象徵（以甲比乙，甲乙都有意義），有關意象表達的技巧就盡在這裡了。但現在再循著本脈絡「一連串的新設定」來看，覺得那一直敘的表達方式其實也是非直敘的（如上述杜甫那兩句詩「星垂平野闊，月湧大江流」，所要表露的驚訝於夜景的壯美的「象徵」義而不是白描「直敘」景物，依然可以爲它權宜定格）。也因爲意象是間接表意的（也就是經由比喻/象徵來成就），所以它的「運用」就能盡逞「馳寬能事」。而這運用者倘若自行設限而不知開展，那麼很容易就會招來「自閉之譏」。好比西方現代主義的前期運動中有所謂「意象派」詩，所標榜的有「使用日常口語，務求準確，而揚棄藻飾」、「創造新的節奏，以自由詩爲表現詩人個性的有效工具」、「要求絕對自由取材」、「推陳意象，摒除含糊的泛論，把握具體的細節」、「追求詩的堅實和清晰，放逐混淆和籠統」和「堅守詩的本質在於高度集中」等六大信條。這被認爲「對二十世紀英美詩壇影響甚大」，但「當時那些意象詩人的成就並不很高」（余光中，一九八六：二〇至二一）。如該派重要作者杜立達（H. Doolittle）最有名的作品〈暑氣〉：

風啊，撕開這暑氣

切開這暑氣，

把它撕成碎片。

……

切開這暑氣吧——

犁開它，

把它推向
你路的兩旁。（余光中，一九八六：二一至二二引）

這「詩只指向一個意象：暑氣之密，有如固體，需要風的刀來切開它。整首詩只是一個持續的隱喻，一幅平面的素描；沒有經驗的綜合、變形、轉位等等作用，只有幾何性的比例。這種詩淺，只有眼睛和皮膚那麼淺；它只訴諸視覺與觸覺，離性靈尙遠」（余光中，一九八六：二二）。意象派的詩所以這樣不耐玩味，未必只是「意淺」，也當包含拙於變換表達意象的技巧；不然加入象徵這種能造成多義效果的手法（按：象徵固然以「以甲比乙」爲基本形式而甲乙都有意義，但甲所比的未必只限於一個乙，也可能還有丙、丁、戊、己等，而造成「無盡義」），一定會立刻改觀。後者處理得好，還會蒙受特能「反熟悉化」或「陌生化」的讚美。至於事件，它原應由故事所蘊涵，但因爲故事是緣於「一系列事件」的組合才成立的，它可以一個事件組成一個故事，也可以多重事件組成一個故事，所以事件就成了敘事式文體最基本的表意單位（跟意象爲抒情式文體最基本的表意單位同一理路）而可以出列「獨立運作」。由於事件的居中協調，讓敘事式文體得以有別於抒情式文體的表出方式（雖然它們最終會有前節所說的「互爲包蘊」的情況），以致該事件的必要象徵性就得躍居我們關注的焦點。換句話說，意象可以比喻／象徵，而事件就大多只能象徵而少在比喻（因爲它的擬眞性本身就在表意而非意象可以用於譬況）；這麼一來，事件在形式（而非功能）上就必須爲它保留一個獨立運作的空間，以便它的象徵企圖得以施展開來。如有一篇未加標題的極短篇小說：「……

傑克自認在班上最聰明，他常常捉弄艾文。『湯姆！想知道笨蛋是什麼嗎？看這邊！』『喂，艾文！我這有兩塊銅板，你要哪塊？』艾文看了銅板一會兒，拿起較大的五分銅板，留下較小的十分銅板。『艾文，拿走吧！』傑克大笑。艾文拿著銅板走了。遠處有個成人看到這一幕，走進艾文，和氣地解釋幣值的差別，並說他平白損失了五分錢。『啊，我知道啦！』艾文回答說，『但是如果這次挑了十分錢，傑克下次就不會再來找我了；如果故意弄錯，傑克就會一直找我，我已經賺到一塊多了，下次我還要繼續裝笨。』」（史登堡（R. J. Sternberg）等，二〇〇一：一三）這以接近展示式的語態來蘊涵「聰明和愚笨的相對性」主題，結局大逆轉有給人「出乎意表」的快感；而它所內蘊的「僅從日常表現層面判斷小孩子的聰明與否，常會遺漏『短路』或『急智』的存在而有失偏頗／『大智若愚』的可能性始終不被重視或不被刻意地發掘」等一系列的世界觀和「作者似乎有意要標榜自己是一個善於思考的人，相對地其他那些表現出短暫性聰明的人就跟草包無異，但現實社會卻看不到或不大理會像他這種人的存在／作爲一個善於思考的人，常要裝笨才能在表現機智時贏得別人的注意，不免備感辛苦」等存在處境以及「揭示聰明和愚笨的相對性，可以激發大家自我省察的潛力和敏感度／可以鼓舞在某一方面表現不佳的人試著從另一方面去尋求彌補而不致怠惰喪志」等集體潛意識，就都屬於該「裝笨事件」的象徵義，而可以充分看出它的自主邏輯及其部勒演繹情況（周慶華，二〇一一b：一四五至一五二）。

再次得衡量的是，認知到文學的精緻性得轉向意象／事件的比喻／象徵化的必要建構及韻律／節奏和敘述技巧的反熟悉化的強爲疏通參鏡上後，就得進一步了解後者的成就對前者來說是一個「加碼」或「增飾」的關係，可以讓文學的精緻性「圓滿」地呈現出來。因此，再設定考慮它，有關精緻化文學一事就更有保障。當中在韻律/節奏部分，以詩（特別是抒情詩）爲模本，經營它是逼近音律這種相對極致性藝術的唯一途徑。由於文學的語言是特別經過藝術般額外加工的（也就是運用比喻、象徵等表達技巧），而詩的語言又是眾文學作品語言中最精鍊的，以致讓它具有音樂性也就可以使語言結構體的審美功能發揮到極致（至於它還可以製造繪畫的效果，那又是「餘事」）。這一般是透過字詞的選擇、聲韻的搭配、音調的調節以及句式的變化等來成就（朱光潛，一九八一；渡也，一九八三；黃永武，一九八七；蕭蕭，一九八七；黃維樑，一九八九；李瑞騰，一九九七；趙衛民，二〇〇三），但它卻很難有什麼特定的方向可以遵循。尤其在現代詩（自由詩）方面，「自由度」更大，已經不是少數幾種論調所能「概括」得了的（孟樊，一九九五；白靈，一九九八；翁文嫻，一九九八；焦桐，一九九八）。不過，抒情詩的語言既然是最具藝術特徵的，那麼爲了維持它這種特有的格調，還是得隨時留意讓它向音樂靠攏；以致講究音樂般的韻律和節奏，也就成了在意象的安置這種視覺美感外爲再達聽覺美感的必要的要求了。這種韻律和節奏的要求，如果再有意地「合樂」而作，那麼它經由譜曲後就可以直接唱出。而這就有歌謠一途能夠顯現這種「最近樂」的特性。而不論如何，上述這些體現於抒情式文體的成分，它所要據爲發抒的「情感」（「思想」則隱藏在背後），是要加以提煉而後透過比喻/象徵等藝術手法來表達的；而該情感在經過一番「萃取」和「包裝」後，就可以有所區別於「普泛之流」。而在我個人的研判中，大體上有「意象的安置」和「韻律/節奏的經營」能夠作爲基本律，然後再將情感本身特別限定在「深情」或「奇情」層次以及必要時以「反義語／矛盾語」和「形式變化」來強化藝術的張力（方便「耐人尋味」），如圖4-9所示（周慶華，二〇〇四a：二〇三）。

例子如杜甫的〈月夜〉「今夜鄜州月，閨中只獨看。遙憐小兒女，未解憶長安。香霧雲鬟濕，清輝玉臂寒。何時依虛幌，雙照淚痕乾」（清聖祖敕編，一九七四：一三〇四）和哈維爾（V. Havel）的〈訃文〉「我們完全冷淡地宣布／我們大家都恨的父親丈夫弟弟祖父叔叔／因爲一輩子太腐化／死了……請你們不要來／參加他的安葬儀式／請大家跟我們一樣儘快忘掉他」（哈維爾，二〇〇二：九五）等，它們除了安置了一些恰當的意象（如月、香霧、清輝、腐化和安葬儀式等）以及經營了頗爲諧美的韻律，還有那最可感的奇情和深情等。前者（指奇情），是指哈維爾〈訃文〉詩的「激將」點子（故意戲謔死者而勸人不要來參加他的葬禮，不啻是在藉玩笑話淡化大家可能的悲傷情緒以及更鼓勵他人一定得來看看以免後

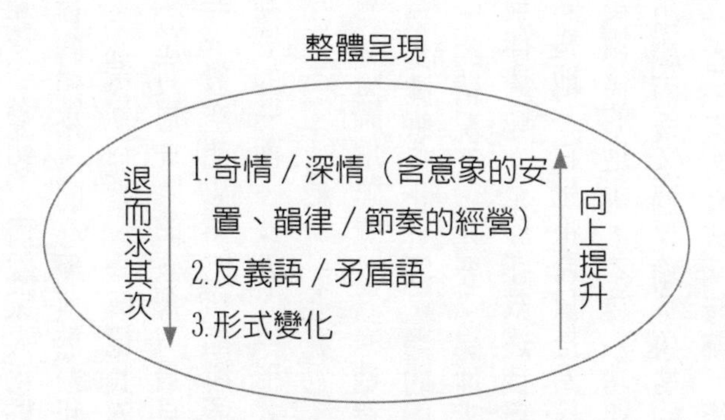

圖4-9　抒情式文體的架構

悔）；它以「逆向操作」式的奇情，贏得了接受者的矚目（至少我個人就很欣賞）。而後者（指深情），是指杜甫〈月夜〉詩的「婉轉疊加」思情（「想家/愛親」是每一個外出或因故滯外的人普遍有的情感，但詩人不直接說自己想家/愛親，而說家人正思念著自己；這一設想，將自己對家人的惦念和家人所受「君何時歸來」的心理煎熬一起呈現了，無異是賺人「兩次」熱淚！詩人的巧爲安排（尤其「遙憐小兒女，未解憶長安」二句，寫詩人遙想可憐家中小兒女，不了解他們的母親「望月思夫」的衷情，最見細微），使得詩作所傳達的情感婉曲潛蘊，感人至深，遠非一般空想思情的作品所能相比）；它的「帶層次」的深刻化表現方式，見證了深情動感的一面。此外，「形式變化」可見於一些圖像詩/前衛詩/超前衛詩（丁旭輝，二〇〇〇；焦桐，一九九八；孟樊，二〇〇三）而「反義語/矛盾語」則有「無色的綠思想喧鬧地睡覺」、「她拳頭般的臉緊握在圓形的痛苦上死去」和「時間的熾熱一直持續到睡眠爲止」等一類的表現（詳見第五章第三節）可以相互印證。它們是在「不得已」的情況下，才要「退而求其次」的；不然都得「向上提升」直到能「整體呈現」爲最佳典範。至於在敘述技巧部分，這在相當程度上是敘事式文體的「獨門功夫」。而同樣地，它也不合只是素樸地把事件或故事敘述完成罷了；它還得提升到具有高度審美價值的地步，才算「功德圓滿」。換句話說，敘述技巧是要將事件或故事加以有效地組織而後透過比喻/象徵的藝術手法（著重在象徵）來呈現；它（事件或故事）在經過一番「整合」或「修飾」後，就可以有所別異於「庸常之流」。而在我個人的研判中，大致上有敘述主體、敘述客體、敘述文體、敘述者、敘述話語、敘述接受者、敘述觀點、敘述方式和敘述結構等能夠作爲它的必備成分，如圖4-10所示（周慶華，二〇〇二a：二一〇）。

這些成分都可以力求「系統」內的變化而展現高度的巧思（如在情節結構中製造懸疑、衝突、逆轉和意外結局等以爲刺激／吸引接受者的青睞）〔熱奈特（G. Genette），一九九〇；馬丁（W. Martin），一九九一；巴爾（M. Bal），一九九五；科恩（S. Cohan）等，一九九七；艾柯（U. Eco），二〇〇〇；柯里（M. Currie），二〇〇四；赫爾曼（D. Herman）主編，二〇〇四；洛吉（D. Lodge），二〇〇六；徐岱，一九九二；盛子潮，一九九三；羅鋼，一九九四；趙毅衡，一九九八；申舟，一九九八；周慶華，二〇〇二a〕。此外，在學派的競技上，也多有可說（詳後）。至於有關審美和學派的經理，前者（指審美的經理）是要能熟悉運用相關的審美經驗。我們知道，意象／事件的比喻／象徵化以及韻律／節奏和敘述技巧等合而造成的形象特徵，就是所謂的風格。而這風格，一般也稱爲美。而它一樣也可以順著學派脈絡再分出前現代的優美／崇高／悲壯等模象美、現代的滑稽／怪誕等造象美、後現代的諧擬／拼貼等語言遊戲美和網路時代的多向／互動等超鏈結美，如圖4-11所示（周慶華，二〇一一a：六四）。

當中優美，指形式的結構和諧、圓滿，可以使人產生純淨的快感；崇高，指形式的結構龐大、變化劇烈，可以使人的情緒振奮高揚；悲壯，指形式的結構包含有正面或英雄性格的人物遭到不應有卻又無法擺脫的失敗、死亡或痛苦，可以激起人的憐憫和恐懼等情緒；滑稽，指形式的結構含有違背常理或矛盾衝突的事物，可以引起人的喜悅和發笑；怪誕，指形式的結構盡是異質性事物的並置，可以使人產生荒誕不經、光怪陸離的感覺；諧擬，指形式的結構顯現出諧趣模擬的特色，讓人感覺到顛倒錯亂；拼貼，指

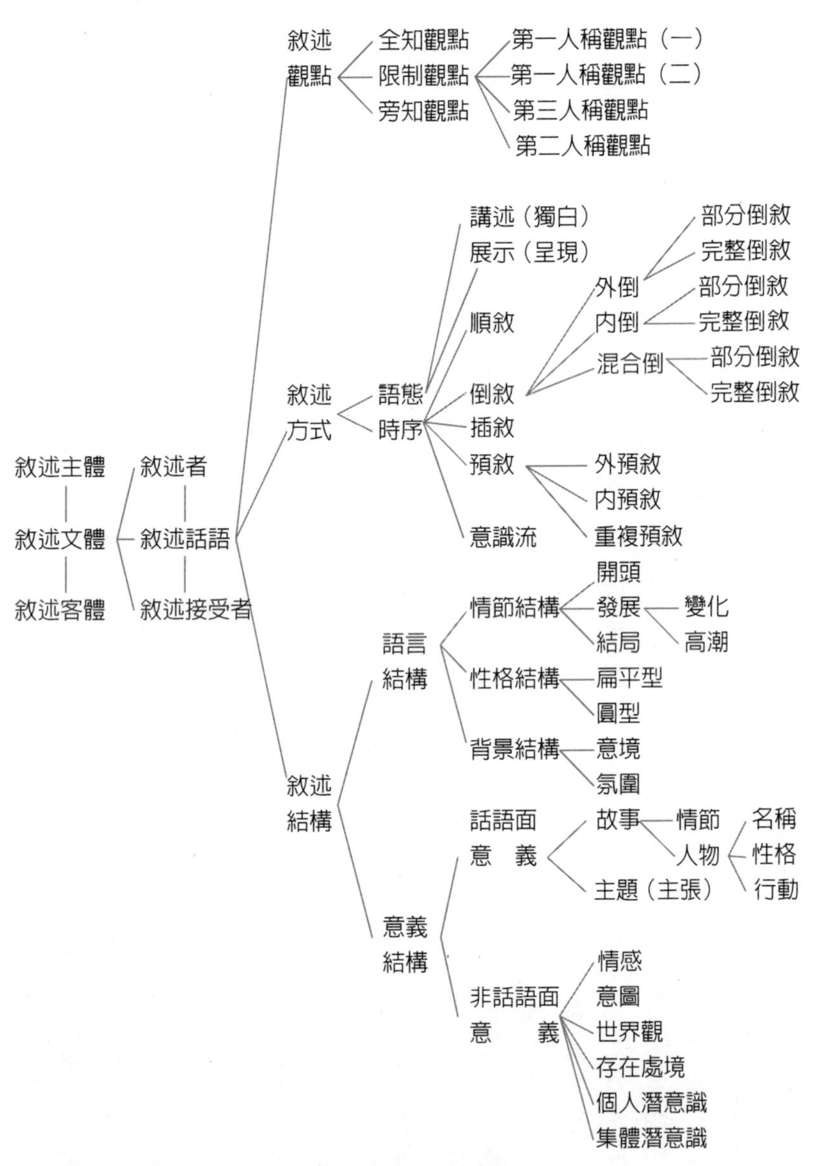

圖4-10　敘事式文體的架構

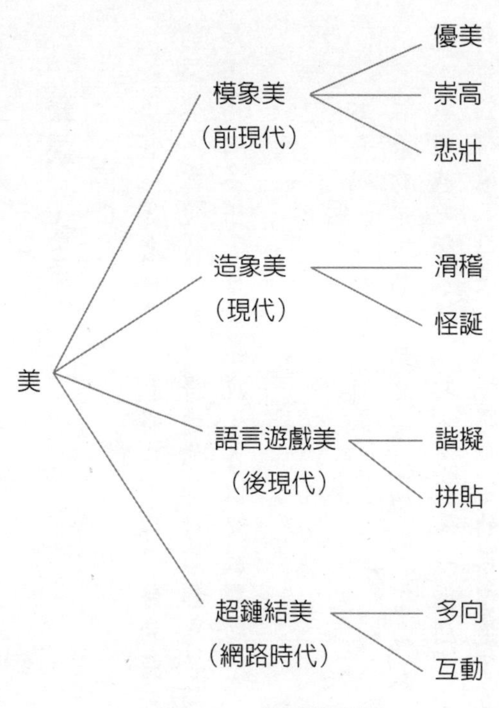

圖4-11　美感類型圖

形式的結構在於表露高度拼湊異質材料的本事，讓人有如置身在「歧路花園」裡；多向，指形式的結構鏈結著文字、圖形、聲音、影像和動畫等多種媒體，可以引發人無盡的延異情思；互動，指形式的結構留有接受者呼應、省思和批判的空間，可以引發人參與寫作的樂趣。這不論彼此之間是否有衝突（按：在模象美中偶爾也可以見到滑稽和怪誕，但總不及在造象美中所體驗到的那麼強烈和凸出；同樣地，在造象美中偶爾也可以見到諧擬和拼貼，但也總不及在語言遊戲美中所感受到的那麼鮮明和另類），都可以讓我們得到一個架構來權衡去取，並且據以爲考察中西文學審美各自展演的「動向」或「流變」（周慶華，二〇一一b：一七二至一七四）。至於後者（指學派的經理）是要能權衡去取相關的學派經驗。姑且以小說爲例，如有一篇後現代小說〈錯誤〉：

錯誤 蔡源煌

一 信札

不管我怎麼稱你，我將帶走你平靜的語音。我會記住你的臉孔，還有你的溫馨。天曉得，我傻得連你的姓名都忘了問。老闆娘說你們只是同鄉，不知道你的名字，可是她說，可以幫我問到。

……

六

我最初定下的結局是這樣的：臺中仔和玉綢終究是要「你走你的陽關道，我過我的獨木橋」的……我的一個朋友十幾年前出國的時候，隨身帶了新娘的禮服，結果，誰曉得，她的婚禮拖了五、六年才舉行，而且這一回對象不是上次的那一個男人。

……

你們怎麼說都行。我承認這種手法不是什麼創新……其實，玉綢的那封

信是眞的，而她也眞的「走了」，其餘的細節我就不知道了。（瘂弦主編，一九八七：一四七至一六二）

這以我3/作者自己、我2/作者所寫文中作家、我1/文中作家所寫男女主角等不同「我」的敘述者層層包蘊來消解一個大敘事的嚴肅性，以便揭發敘事性作品的虛構性及其意符搭連不到意指的支解情況，如同前面所說的就極盡諧擬/拼貼並用的能事。而我們如果把它所要解構的「現實」觀念拿來比較現代小說所要建構的「新現實」觀念以及前現代小說所力挺的「反映現實」觀念等可以在紙面談論的對象，那麼三者的情節圖示就可以依代際先後這樣「一字排開」，如圖4-12（周慶華，二〇一一a：一六八）。

當中現代小說所要建構的「新現實」觀念，是取芥川龍之介的〈竹藪中〉來做「典型」性或「綜合」型代表的（芥川龍之介，一九九五：一五五至一六七）；它以我1/樵夫、我2/行腳僧、我3/衙吏、我4/老媼、我5/強盜、我6/武士

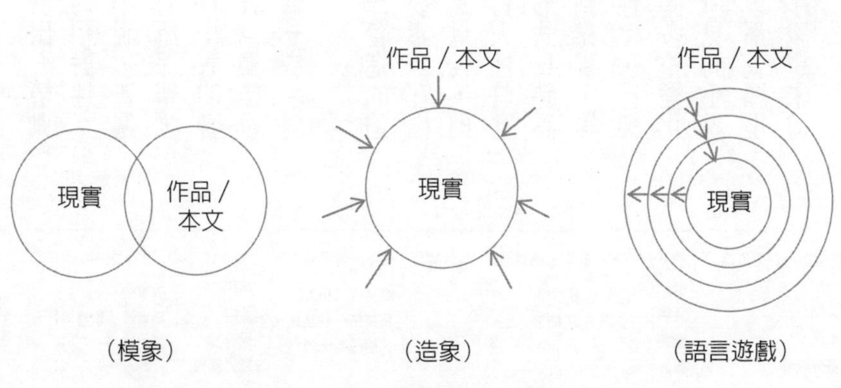

圖4-12　前現代 / 現代 / 後現代小說審美風格的差異

妻、我7／武士等不同「我」的敘述者的多重變化來供出一樁兇殺案的「多」面向，以便營造出「現實事物存在眞相的相對性」這項眞理，頗欲以該見解爲新的現實觀。至於前現代小說，普遍強調作品／文本和現實的對應性；而能不能對應則該有所保留，以致姑且以部分重疊的方式呈現。這樣後出的後現代小說的審美風格，就因爲它力爭反前出的小說的審美風格而自我「獨標新學」了。而這在「寫作規律」的光譜上，還可以略作圖4-13（周慶華，二〇一一b：一七一）這樣的條陳。

小說的以「事件」見義及其爲吸引讀者的「魅力」營造的迫切性，都得以情節、人物、衝突和意外結局等爲基本要素（在極短篇中依然得「麻雀雖小，五臟俱全」）。而篇幅增長以後，則要再增加故事性（曲折／離奇／感人等）、寫實性（對人性眞實／對人生事件眞實／對人生經驗眞實等）和藝術性（形式反熟悉化／意義多重深刻等）等成分，以便「體製」可以得到充實。等過渡到現代派時，則因爲要創新觀念或形象（新寫實性），已經無暇經營故事，只得在藝術性上增強（如〈竹藪中〉的多重變化敘述者，以爲見出作者的巧心）。至於到了後現代，所見的小說一切布局都遭到遊戲化（諧擬／拼貼／直接解構等），那就顯現一部小說史的發展到這裡快要「無以復加」了（網路小說還未盡

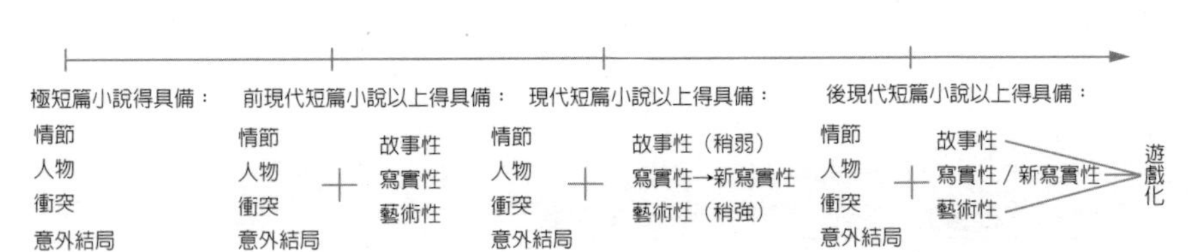

圖4-13　小說創作規律的光譜

能展現多向/互動風采，暫且不論）。雖然如此，學派的競比原都在西方創造觀型文化背景下演出的，非西方社會中人偶有仿效，也只能是附驥而難以超前。所謂「二十一世紀的小說讀者，即使經過帕維奇《哈札爾辭典》，以字典辭條註釋形式寫成的小說；艾米斯《時間之箭》，以錄影帶倒帶逆轉形式從棺木寫到子宮的小說；薩波塔《第一號創作》，一百五十張撲克牌構成隨機取樣不裝訂的小說；以卡爾維諾《如果冬夜，一個旅人》，印製廠裝訂錯誤造成許多不相干短篇組成的長篇小說；伯格《一個後現代主義者的謀殺》，藉用謀殺探案外殼其實四處夾帶文藝理論的小說；巴塞爾姆《白雪公主》，安排是非題、選擇題、簡答題考試卷的反童話小說……依然對納博科夫《幽冥的火》充滿新鮮好奇」〔納博科夫（V. Nabokov），二〇〇六：莊裕安導讀七〕、「《幽冥的火》……不但把所有的文體一網打盡，包括詩（長詩/短詩）、小說、評論/註解、戲劇（當中有幾段還是用劇本的形式寫成的）和索引，探討的主題更涵蓋人生、孤獨、性、死亡、愛情、友誼、權力、政治、語言、宗教、道德、罪惡、心理分析、文學評論、翻譯、學術研究、藝術創作等。這部小說就像一個黑洞，深邃而偉大，把所有的文體和主題都吸了進去，成爲二十世紀小說史上的一個奇觀」（同上，譯後記三五九）等，這舉說的在後現代情境生產的小說盛況，無不是西方人在強爲擔綱演出，非西方社會中人無從「與之匹敵」（周慶華，二〇一一b：一六八至一七二）！在這種情況下，如何權衡去取或別爲創新，也就深深地考驗著想要經理創作的人了（詳見第八章）。

第三是對自我完構的「情境考慮」有充分的感應和掌握。這部分是自我完構模式的最後一個環節，它所要面對的是創作在具體情境中實際的「調適」問題。也就是說，前面兩部分考慮清楚了以後，到要進入實際落筆的階段，還得考慮「如何有效達到目的」的問題。而這不妨透過圖4-14來做說明。

在感應情境的需求上，不啻就是要確定究竟是爲特定人（如編輯、評審和某類讀者等）或不特定人（如泛泛的讀者）而創作；而在掌握情境的需求上，則無異得經由選材／寫什麼／怎麼寫等綜合程序而實地完構。這樣它就連「自我推銷」也一併顧及了。換句話說，自我完構到最後這個階段，有關創作的訴求對象及其傳播途徑的意識也會跟著成形；而這自然就要過渡到下一個課題（詳後）。

至於在自我推銷的模式方面，照理（如上所述）自我推銷是在自我完構的過程就得同時計慮了，應該跟它一起穿插或配合著談論，但爲了清晰

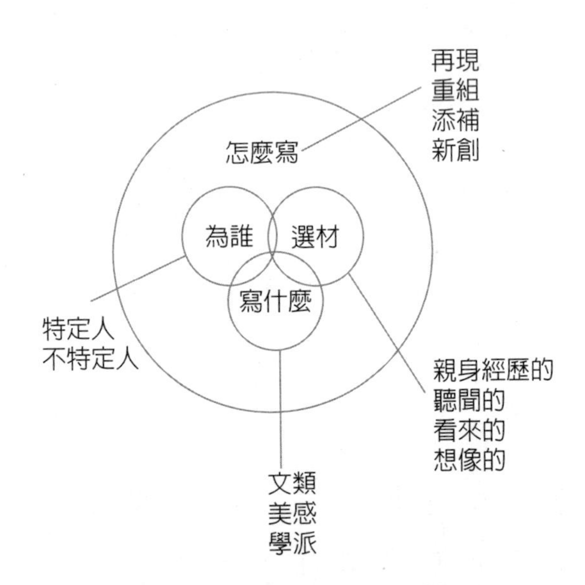

圖4-14　創作的「整全」概念圖

理路，仍然要以「隨後論述」的方式來展開可借鏡式創作經理的演繹。而所以把自我推銷也列在創作經理的範圍（而試爲將它模式化），主要是爲了創作一旦啓動了，就很少只是被動等著別人來發掘，它一定會對社會機制（詳見第一章第二節）予以加重的考量；而既然要「主動出擊」了，那麼沒有一點策略運作是難以達到目的的。這也就是自我推銷也得模式化的原因所在。

在創作的社會機制中（詳見第一章第二節），意識形態和權力關係二者已經在感應情境的需求上多所斟酌定位了；至於傳播機制，則是最後的結穴處。也就是說，「爲誰」環節的考慮，勢必把意識形態和權力關係包蘊在內，而最終由傳播機制來總收這一切的「突進態勢」。我們看，歷來除了某些特殊因緣，否則所有的創作行爲無不希望能得到傳播機制的善意對待。前者，如：

（謝）靈運因祖父之資，生業甚厚。奴僮既眾，義故門生數百，鑿山浚湖，功役無已。尋山陟嶺，必造幽峻，巖嶂千重，莫不備盡。（沈約，一九七九：一七七五）

昆弟諸公更謂王孫曰：「……今文君已失身於司馬長卿，長卿故倦遊，雖貧，其人材足依也，且又令客，獨奈何相辱如此！」卓王孫不得已，分予文君僮百人，錢百萬，及其嫁時衣被財物。文君乃與相如歸成都，買田宅，爲富人。（司馬遷，一九七九：三〇〇〇至三〇〇一）

這就是愛特伍所指出的「爲了活命，你至少得有一點阿堵（最好是繼承遺產），因爲這樣你就不用四處爲五斗米折腰、斯文掃地！」（愛特伍，二〇一〇：一〇六）、「康納利說，一個作家最能養活自己的方式，就是娶個有錢的太太。顯然我沒什麼希望用得上這方法，但康納利說其他的所有途徑都充滿危險」（同上，一〇四）等一類但求名而不必窮於逐利的情況；此外，凡是想名利雙收的人，都得透過傳播機制來成全。因此，想辦法找發表/出版機會，也就得列爲優先經理的對象：

> 作爲一位新手作家，如果你寫的是短篇故事的話，你會對一些「小雜誌」最感興趣。如果你正在寫或是已經完成了一部小說，你會想要照會一下寫作雜誌和《作家市場》裡列出的文學經紀人們……沒有先研讀文學市場就把故事投稿出去，就像是在黑暗的房間裡玩射飛鏢一樣。（金，二〇一一：二七四）

其實已經成名的作家，也未必發表/出版作品都很順利，他們一樣得持續性地關注市場的變化而調整經理的策略。其次是尋求補助（公私立文學獎助金或年金）和參加文學獎（得獎既可獲利又有助於文名的水漲船高）。但最好不必到「如果這些都行不通，也可以替人捉刀代筆」（愛特伍，二〇一〇：一〇三）這種「出此下策」的地步，因爲那只是純粹的謀生而無關創作經理了。

有人認爲「要成爲高明的創作大師很不容易，而且身處頂峰往往十分痛苦。所有創作者都同意，創作是種痛苦經驗，常令人心生恐懼；那種滋味是要忍受的，稱不上甘美，也但願自己從來沒有踏上創作道路」（約翰遜，二〇〇八：三〇二），這是實話；但也不盡然都是如此！只要經理有成，這種痛苦經驗是可以解除的。好比西方中世紀的一些流浪詩人所從事的：

從十一、十二世紀以來，在威爾斯就存在著一個為數眾多、巡迴遊歷的流浪詩人階層……依靠自己的音樂造詣及所提供的娛樂效果打賞維生。從男爵的廳堂到農夫的陋舍，他們以吟誦詩歌及傳說故事，為不同階層的人們帶來歡樂。〔哈特利（J. Hartley），二〇一二：一二一引納許說〕

流浪詩人不求豐厚的酬勞，一樣可以走在創作（或再創作）這條路上；而他們所依靠的口頭傳播，也沒有削減多少自我推銷的效果。因此，創作經理倘若只在意賺錢，那麼有關文學發展的「侷限」很快就會出現。如：

愛儂制定了一個公式，要求自己每天書寫足夠三本書的文字量。一本書的文字包括至少五次謀殺、兩個浪漫愛情事件；不超過二十個人物……克莉絲蒂的推理小說，以及希爾的羅曼史小說，都是同樣的情節一遍又一遍地反覆。（漢彌爾頓，二〇一〇：八三）

像這類把創作「公式化」後，必然危及「創意」的開展，最後不是流於常熟化，就是競相在探究只具新聞性的題材（如戰爭、名流醜聞和時尚追逐等），而從速成中喪失了優質技藝的鍛鍊（按：第一章第三節所提及文學經理學得隨時敦促作者掌握具時效性的議題，快速成稿，以便搶得出版獲利先機，這是就整體的預測而說的，並不跟這裡的鍛鍊優質技藝說相牴觸）。又如：

密契納雇用了三名祕書，還雇了成隊的研究者協助寫作他的那些鉅著。（漢彌爾頓，二〇一〇：八四）

（大仲馬）他身後有一批固定的捉刀人，隨時準備好稿子，只待大仲馬簽名發表。當時坊間就流傳這樣的笑話，大仲馬問同爲小說家的兒子：「你看過我最近的大作嗎？」小仲馬回答：「沒有，爸爸你？」（索羅斯比（D. Throsby），二〇〇三：一三九）

像這種「文學工廠」的運作，一旦成爲風氣，勢必會把創作帶向跟其他產業一樣窮耗地球有限資源的能趨疲末路（周慶華，二〇一一c：二五八至二七二），而距離永續文學美感的涵養越來越遠（大家只向金錢看齊，很難再思慮什麼文學的神聖偉業；而能趨疲危機的來臨，也會中斷該偉業的進行）。

此外，對於作品的發表／出版，向來有所謂經紀人中介的倡議，也不無疑慮。這在西方資本主義的社會，緣於生產鏈的強力制約，沒有經紀人牽線，形同在打游擊，於是就有「（出書）你一定要透過經紀人」（拉莫特，二〇〇九：四五）這樣斬釘截鐵的說詞，以及「（海德說）嚴肅的藝術家最好找一位經紀人，作爲藝術和金錢領域間的中介。如此一來，作家自己就不必進行沒尊嚴又有汙染之虞的討價還價」（愛特伍，二〇一〇：一〇八）這種爲了尊嚴的考慮。但反觀國內，並沒有類似的環境（相關的代理工作，仍由編輯、著作權代理機構和玩票個體戶等在處理）；它未必像一位論者所說的是國內投資觀念不成熟、缺乏法律環境、書市太小和大家對經紀人的價值意識不明等因素所致（陳信元，二〇〇四：二四至二五），而是我們根本還沒有產業分工的觀念（產業分工是資本主義邏輯下的產物，而我們都還處在「家族企業」的階段，自然對分工體系中的經紀人需求沒有殷切性）。而縱使經紀人制度普及化了，它跟前面所說的文學工廠生產必然會有某種程度的掛勾，到頭來大家只好一起在深化能趨疲的危機中過活，而難以看到明天。因此，回返一個「穩著傳播」的情境，也就是自救式的時勢所趨。

這種自救式的傳播，是以優質化技藝爲前提（不浮濫產出），然後透過集中資源的利用（僅靠現有資源予以妥善運用，而不隨其他行業極力去開發新的傳播渠道，以確保地球可以永續經營），而來展開合理的推銷行動。換句話說，相關自我推銷模式的建立，在目前資源日益枯竭、生態高度失衡、環境嚴重破壞和爭戰陰影籠罩等情況下，只有協力逆反能趨疲而避免世界沉淪一個途徑（詳見第八章第二節）；此外，都會逼迫自己深陷即將「無以爲繼」的困境中。

第三節　晉身爲呼應神祕天才創新的行列

論述自我文學經理到「自我推銷」這一部分，顯然遇到了極大的考驗，因爲在促發「自我完構」後不就要令它再向「自我推銷」去伸展（內裡許多實質創作經理觀念的提出，也都這般地「躍躍欲試」），而現在卻中途踩了煞車，突然有給人「頓失準度」的感覺。就外表的連結來看好像是這樣；但就內在的理路來看又不然，畢竟前面各章已經多所預告文學經理的「新向度」（不會隨順俗流可能的預測），這一趨勢理當要「明白地看」。也就是說，這種表面看似不協調的現象，我作爲論述者有義務把它說清楚，以便可以「通過考驗」。

大致上，可以先這樣說：推銷作品的目的，主要是爲了實際「推移變遷」或「修飾改造」語言世界，從而達到美化人心的目標（詳見前節），而不是爲了純賺錢；更何況當今的產業模式莫不以「無限營利」爲著眼點，只會增加能趨疲的壓力而不可能帶給人類美好的未來，以致窮於傳播促銷作品就只能跟它結合而無從保證任何的前景。這麼一來，自我推銷的經理如果不是節制式的，那麼它將使自己陷於不利的處境，終究不是可稱道的經理方式，而相關的建言也會淪落「瞽目爲說」的慘淡下場。至於這一節制式的經理又如何可能，那就得再跨到「晉身爲呼應神祕天才創新的行列」這課題的討論，才比較方便說明。

依經驗，文學作品的推銷，只能保證它的能見度，而無法保證它可以藉來牟利。許多從事創作的人，他們要生活，仍得仰賴一份有固定收入的工作（詳見前節）；而所創作的成品價值，則有另一種衡量方式。所謂「（海德指出）任何詩作或小說所以能稱爲藝術，跟市場交易的價值毫無關聯，乃是取決於天賦才華，而天賦的運作方式完全不同」（愛特伍，二〇一〇：一〇七），說的就是這個道理。因此，整體的創作經理，無妨再進一步向可以晉身神祕天才創新的境地做考慮。這個境地既是創作經理本身的昇華域，又是準備要總綰創作經理思維的結束處，重要性不亞於前節所討論的。

有一本題爲《現代西方文學觀念簡史》提到：文學是一種不受控制的自由空間；在這個自由空間裡，會出現不可思議的事情，會產生難以預料的結果（威德森（P. Widdowson），二〇〇六：一九四）。正是基於這個原因，人在創作時就不合純當它是一種苦差事。這種苦差事如果是像有人所引述的「十九世紀法國作家普拉赫撰寫小說《貌如東施》期間，因憂慮永無完成之日，一時衝動就拿起上膛獵槍朝右腳開槍，從此行動不便，哪兒都不能去，只能乖乖坐在書桌前完成這部名作」或「美國小說家麥克妮可拉斯飽受寫作之苦，每日早晨命僕人將家中的便壺鎖起來，非得達到十頁進度才能拿出便壺，她四十八歲就因膀胱發炎病逝」（赫利，二〇一一：九九至一〇〇）這類靠虐待自己來完成，那麼該創作就只有一個「未臻勝境」前的狀態可以解釋。因爲文學要走的，有專屬的軌道。而這除了前面各章一再提點的，又諸如晚近所額外出現的：

> 文學一直是一種文化菁英的活動……但不能認爲文學僅僅具有這種保守的社會功能……相反，從彌爾頓《失樂園》中撒旦對上帝的反叛，到杜思妥耶夫斯基《罪與罰》中拉斯科爾尼科夫謀殺老婦人，可以說文學使各種罪

惡具有誘惑力。它鼓勵抵制資本主義的價值觀，抵制獲取和支出的實用性。（卡勒，一九九八：四四）

所以在認清這一神聖的使命後，創作行爲就會從棲惶爲稻粱謀而強向文學淑世的志業轉進，逐漸開啓一個越發精實奇異的審美境界。而在這個時候，神祕天才創新的變數就會悠然浮現，而衝擊著每一個當事人要不斷試探或調整跟它的距離。

這裡所說的天才，僅取它的創新能力（爲常人所無而如同天生才具），而不涉及它的來源及其可能的消長。因爲後者在理論上只能往「先天資稟」和「社會甄陶」等層面上去推測（錢谷融等主編，一九九〇；黑澤明，二〇一四）卻又難以完密，而在實際上相關的檢證也不免頭緒紛繁而不好善後（也就是何事的董理不牽涉先天資稟/社會甄陶等因素，單獨舉證天才創新並不能取信於人），以致只從有創新事實來連結它的作用；否則就會讓論述觸處罅隙，而不便引爲析理取證的依據。不信且看：

學問有利鈍，文學有巧拙。鈍學累功，不妨精熟；拙文研思，終歸蚩鄙……必乏天才，勿強操筆也。（顏之推，一九八三：二〇）

有天才的人、詩人、哲學家、畫家、音樂家，都有一種我不知道是什麼的特殊、隱密、無從規定的心靈的品質；缺乏這種品質，人就創作不出極偉大、極美的東西來。（華諾文學編譯組編，一九八五：一一八引狄德羅語）

所謂「必乏天才，勿強操筆」、「（缺乏天才）人就創作不出極偉大、極美的東西來」等，又是根據什麼而論斷的？也就是說，誰又有天才可以操筆而極偉大、極美的東西又如何研判？顯然都不是容易說得準的。況且天才觀本就存在於論說中而隨人抑揚（龔鵬程，二〇〇六），硬要信口開合說誰有天才而誰沒有天才，豈能服人？因此，這裡僅以經比較而具有創新表現的爲「天才所爲」；而對於「不能如是」的，也不斷然否定他缺乏天才潛能，只要找到竅門了就可以側入同一行列。而所以要這樣說，是因爲這裡面有一個「學爲如此」的變數得一併考慮：

夫薑桂同地，辛在本性；文章由學，能在天資……是以屬意立文，心與筆謀；才爲盟主，學爲輔佐。主佐合德，文采必霸；才學褊狹，雖美少功。（劉勰，一九八八：三一二八）

有人問：寫一首好詩，是靠天才還是靠藝術？我的看法是：若學而沒有豐富的天才，有天才而沒有訓練，都歸無用；二者應該相互爲用，相互結合。（華諾文學編譯組編，一九八五：一一四）

在學的過程中，創作會越來越接近可以創新的天才演出、甚至就一直走在這條路上而不會再回頭。這時容或有難以捉摸的「靈感」介入（陶伯華，一九九三）而展現了局部的精金異采，但整體上還是在一個「縝密慮度」中完成了那一可稱道的奇特作品的產出。

此外，基於對一種兩界（靈界和現實界）存在互通的信賴（周慶華，二〇〇六），也有可能出現「神成作家」的情況（比靈感要好捉摸一點）：

> 對許多靈學研究者來說……許多通靈藝術作品都令人印象深刻；不僅是作品本身，更因為它們所呈現出來的風格和原創的偉大藝術家非常接近。不僅如此，有些通靈藝術作品不管是在風格的多樣性和質量的比例上，都令人嘖嘖稱奇。（劉清彥譯，二〇〇一：五〇至五一）

這所顯現的再現原天才創作或另啓新天才創作，照理只是「偶發」而不可能成爲常態，以致全力於創新以自我傑出，也就可以「不疑有他」。只不過這創新的醞釀有非常人所能窺伺的成分，所以得再審愼以一個「神祕」的形容詞限定它，而讓它看來著實有一點「難可倖至」的意味（大家才會懂得珍惜）。換句話說，晉身爲呼應神祕天才創新的行列，就眞的是一件非常需要經理的事，不宜貿然視爲容易成就而自行阻絕「上進的路」。

一般所說的創新，有「創造」一個同義詞。它原爲有神論所使用，指上帝由空無中造成事物；後來轉用爲一般使某些事物中產生一種原來沒有的新東西的行動（布魯格〔W. M. Brugger〕，一九八九：一三五至一三六）。倘若全然的創新不可多得，那麼「退而求其次」也可以透過製造差異來顯現特性。而製造差異本身，則不外有水平思考和逆向思考兩種形態或作法（周慶華，二〇一一d：六一）。它們的差異是，水平思考的創意被視爲像在挖水井，發現某處顯然已經挖不到水了，就得趕快換地方挖；否則執意挖下去，就會陷入垂直思考「不得脫身」的窘境！好比有雜誌社業務員在身上灑臭鼬水而很快就收到貨款〔芮基洛（V. R. Ruggiero），一九九〇：一九五至二二〇〕和有轟炸機飛行員用尿液代替發動機漏盡的水而安然地返航〔波諾（E. Bono），一九九五：七一〕等，都是水平思考帶有創意的好例子。至於逆向思考的創意，則是以往反方向去做而顯現的。好比有人開便當店叫「黑店」（此店在新北市淡水區，外地還有分店）、經營餐館招牌菜叫「隔夜菜」或「最糟菜」（臺東市區有家「後山傳奇」餐館就有這道菜）、賣梳子給出家人（經加持後可以「轉賣」給信徒）（郭一帆，二〇〇七：七〇至七一）、做「立體」式的壁報（王偉忠口述、王蓉採訪整理，二〇〇七：四七至四八）和寫復仇故事結尾復仇者反被「收服」（楚映天，二〇〇七：三四至三五）等，都是典型的例子。

所謂呼應神祕天才創新，大抵就是從這裡取得理論依據。至於實踐，以目前所見已然進展到了必須斟酌文類／美感／學派而藉精緻化或繁複化來出新意的階段（詳見前節），顯然得把前面所提到的創作的「整全」概念（詳見圖4-14）帶出來給它增添羽翼，而讓它可以更加地強翥高翔（也就是很難返回比較素樸的階段而還能顯出新意）。

這是說前節提到的創作的「整全」概念，包括爲誰、選材、寫什麼和怎麼寫等完整全面的考慮，到了呼應神祕天才創新的強顯階段，就得再加入基進創新和系統超越等成分，才足以撐起。而這所撐起的是文學藝術存有的最高表現，也是神祕天才所見本事的極致發揮，如圖4-15所示。我們知道，存有是存有者帶創造性的存在活動，如一朵花的綻放或田徑選手進行跑跳擲的競賽（沈清松，一九八七：一三至一四）；而文學這一存有者既然是透過意象或事件的搬演而展現它創造性的存在活動（可以讓人尋繹審美），那麼這種創造性的存在活動就會有高標的要求（相對初階的表現來說），而這高標的要求就只能冀望神祕天才來完成，所以相關的創作經理才要列入考慮的範圍。

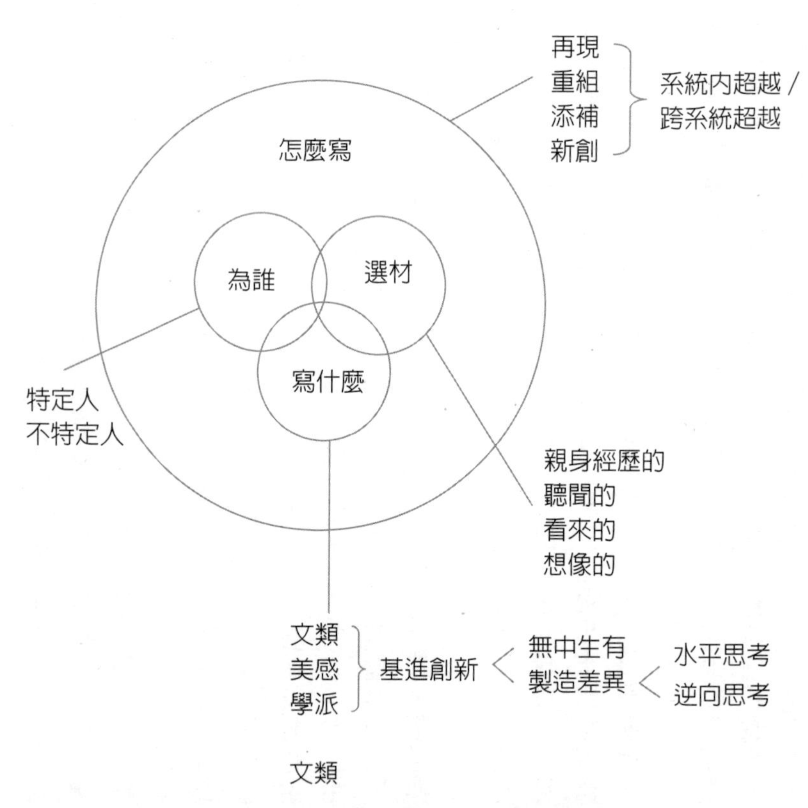

圖4-15 呼應神祕天才創新概念圖

可借鏡的例子，如中國傳統所見的《三國演義》、《西遊記》、《水滸傳》、《金瓶梅》和《紅樓夢》等五大小說，它們分別敘寫爭戰、宗教修行、官逼民反、男女情欲和大宅院生活等（吳小林，一九九四；李泉等，一九九四；徐少知等，一九九六；馮其庸等，二〇〇〇；梅節，二〇〇七），並列在一起看，就會發現它們可以顯現「互別苗頭」創新的殷鑑作用（否則取徑跟人雷同，就會引來仿效或抄襲的譏諷）。也就是說，想創作系統內具超越性的作品，就不妨像上述五大小說那樣在題旨上相互歧異，而以水平思考的方式來展現文類／美感和自我所屬前現代寫實傳統的基進創新（這一部分只能點出關節處而不便岔出去詳論）。

又如西方現代派中的卡夫卡〈蛻變〉、費茲傑羅（F. S. Fitzgerald）〈班傑明的奇幻旅程〉和埃梅（M. Aymé）〈穿牆人〉等中短篇小說，它們分別創造了突變、倒長和異能等新人文世界（一個探討了人突然變成甲蟲後可能受到的待遇；一個探討了人倒長所會遭遇的種種困頓；一個探討了人有特異功能時的心境變化及其終場效應）（卡夫卡，二〇〇六：一九至八五；埃梅，二〇〇六：八至一九；費茲傑羅，二〇〇九：一九三至二二六），併在一起看，也會發現它們可以顯現「競標奇炫」創新的殷鑑作用。也就是說，想仿效創作異系統內具超越性的作品，也不妨像上述各篇小說那樣在關懷點上相互歧異，而以自行無中生有或逆向思考的方式來展現文類／美感和他者所屬現代新寫實學派的基進創新（同樣地，這一部分也只能點出關節處而不便岔出去詳論）。

雖然如此，在這一跨系統超越的基進創新變數中，在目前明顯還有「委實不能」的困境存在而難以樂觀。理由是，從前面一路論述下來，已經肯定意象／事件的比喻／象徵化所以能讓人興起審美感受，主要是它們的巧藝性可以供人玩賞而體會到一種「無關心」或「無概念」的趣味（康德（I. Kant），一九八六）。這種趣味，一方面由作者的研練加持所營造潛蘊；一方面則由讀者及其所隸屬社群的相關涵養所發掘享受。它無關政治、經濟、道德和宗教等，只從比喻／象徵等手段出發，直到充分被領會賞鑑爲止。只是意象的比喻／象徵化和事件的象徵化，在中西各自的發展中已經出現系統的差異。前者（指在西方的發展），因爲有人／神兩端的對立（人在塵世而神在天國），而人經由不斷地遙想化解人／神衝突的方案，馴致迭有馳騁想像力而大量展現隱喻、換喻、借喻和諷喻等藝術形式以及廣被多重變換敘述觀點、敘述方式和敘述結構等來象徵審美的現象；後者（指在中國傳統的發展），則因爲氣化關係在同一個世界，最後要藉由內感外應來綰結人情／諧和自然，以致弱化了比喻能力而凝鍊於象徵（非大開大闔式的）。如果再以緣起觀型文化這一系的逆緣起解脫表現爲彼此的對照系，那麼它們的差異就可以如圖4-16所示（周慶華，二〇一一b：一五五）。

當中緣起觀型文化所預設的涅槃（佛）境界，只是解脫後的狀態（也就是生死俱泯），迥異於創造觀型文化所預設的天國的實有。只不過該境界的趨入不易，仍有可以臆測的空間，

圖4-16　世界三大世界觀所預設空間的差異及其效應

所以它的筌蹄式的詩偈還是有某種程度的想像力的發揮。唯獨氣化觀型文化受限於氣化「一體」的世界觀，盡往高度凝鍊修飾用語上致力，至今依舊跨域不易成功。中西方的這種差異，可以藉兩首古典詩來略作說明：

黃鶴樓 崔顥

昔人已乘黃鶴去
此地空餘黃鶴樓
黃鶴一去不復返
白雲千載空悠悠
晴川歷歷漢陽樹
芳草萋萋鸚鵡洲
日暮相關何處是
煙波江上使人愁（清聖祖敕編，一九七四：一三二九）

十四行詩㈡ 莎士比亞

四十個冬天將圍攻你的額角，
將在你美的田地裡挖淺溝深渠，
你青春的錦袍，如今教多少人傾倒，

將變成一堆破爛，值一片空虛。

……

你老了，你的美應當恢復青春，

你的血一度冷了，該再度沸騰。（方平等譯，二〇〇〇a：二一六）

前一首被譽爲唐代七言律詩的壓卷之作（嚴羽，一九八三：四五二），並且連詩仙李白都嘆服不已（楊慎，一九八三：一〇〇三），但也僅止於「斂形」式的描景寫情寓事寄意罷了（重點在情意；景事則爲寫寄象徵所選用的意象）。後一首則顯得聯想翩翩（光前四句就遍採隱喻、換喻、借喻和諷喻等比喻技巧），儼然一副奔放自如且「主導權在我」的樣子。類似的質距，還可以舉兩首當代詩爲例：

迴旋曲 余光中

琴聲疎疎，注不盈清冷的下午

雨中，我向你游泳

我是垂死的泳者，曳著長髮

向你游泳

……

我已溺斃，我已溺斃，我已忘記
自己是水鬼，忘記你
是一朵水神，這只是秋
蓮已凋盡（余光中，二〇〇七：一六〇至一六二）

女人的身體　聶魯達（P. Neruda）

女人的身體，白色的山丘，白色的大腿
你像一個世界，棄降般的躺著。
……
皮膚的身體，苔蘚的身體，渴望與豐厚乳汁的身體。
喔，胸部的高腳杯！喔，失神的雙眼！
喔，恥骨邊的玫瑰！喔，你的聲音，緩慢而哀傷！
……（聶魯達，一九九九：一六至一七）

前一首白話新詩爲此地詩人仿西方自由詩寫成的，僅以白蓮／泳者和水神／水鬼兩組意象的對列來象徵一場情愛不成的遺憾；這除了形式和西方自由詩類似，整體上還是傳統那一觸景生情／睹物思人的遺緒（並沒有創新什麼）。後一首爲西方道地的自由詩，意象彩麗紛繁，將詩人所鍾愛的女子妝飾到難以復加；當中所借爲隱喻該女子身體的「白色的山丘」、「苔蘚的身體」、「胸部的高腳杯」、「恥骨邊的玫瑰」等構詞，則不啻有意要創新一個引人迷戀的女子的形象。可見詩固然都在抒情，但所表出方式卻有跨域上的位差。至於事件在西方人的聯想虛構中，也已經從前現代到現代再到後現代和網路時代等幾番「飛渡」過去（詳見第八章第一節），那就不煩舉例了（周慶華，二〇一一b：一五四至一五八）。這麼一來，有關呼應神祕天才創新的經理在跨系統超越一事上，就得有新的突破（詳見第八章第二節），才不致因盲目衝動而效果不彰（證諸近百年來國人勤於仿效西方人的創作方式，卻因「內質難變」而始終小人家一號，可見這裡面還有一些祕辛尚未被窺盡）。

創作經理能夠晉身爲呼應神祕天才創新的行列後，前面所說的當事人所要面對的市場考驗，也就不妨稍稍釋然了。換句話說，在自我完構昇華和自我推銷發揮影響力不能「兩全其美」的情況下，仍然要以自我完構昇華爲「不可懈怠」的堅持；否則只要遇到一點「市場打擊」就退縮，終究無法成就神祕天才創新的偉業。好比可以在此一行列的喬伊斯（J. Joyce），就有表面看來堪憐的際遇：

> 他的《都柏林人》曾遭二十二家出版社退稿，後來還有民眾特別用焚書來表達憤怒……而他的《尤利西斯》出版經歷更不得了（美國和英國政府都以「焚書」來退稿）……一直到一九三三年，美國才解除《尤利西斯》的禁令。（柏納編，二〇〇六：一四三）

但這又何妨？喬伊斯創新領航的現代派超現實主義小說，還不是在文學史上熠熠發光！也許在他生前沒有撈到什麼經濟上的好處，但更新人類文學/文化視野的榮耀他還是得到了。而從這裡還可以想及一個傳播和接受「追趕不及」的問題，正如有些特具識見的人所說的：

> 新藝術在未被視爲美之前，始終都會被視爲是醜的。〔丹托（A. C. Danto），二〇〇八：二二引傅萊語〕

> 所有有深度的原創性藝術，最初都會被視爲是醜的。（同上，一〇四引葛林柏格語）

這無不暗示著，文學的神聖性在屈從於世俗經濟鏈的過程中，不能「太過樂觀」；不然會在遇挫後很可能回過頭來自我懊喪，而從此失去「續航力」再黽勉創作下去。

那麼這是不是表示我們得對市場不抱信心？也不須如此，因爲這裡面還有一個瀰（meme）效應的可能性可以寄望。瀰是從自然科學界興起的新概念，它原是道金斯（R. Dawkins）從希臘字根的英文mimeme截取來的，爲的是「希望讀起來有點像『gene』這個單音節的字」；並且「這字也可以聯想到跟英文的記憶（memory）有關，或是聯想到法文的『同樣』或『自己』（même）」，而方便賦予「文化傳遞單位」的意涵（道金斯，一九九五：二九三）。因爲它的科學基因的類比性，可以複製傳播，所以也被人稱作活性的「思想傳染因子」（林區（A. Lynch），一九九八：一四）。前者，道金斯認為可舉的例子太多了：

> 旋律、觀念、宣傳語、服裝的流行，製罐或建房子的方式都是；繁衍方式是經由所謂模仿的過程，將自己從一個頭腦傳到另一個頭腦……如果這想法行得通，它就是在傳播自己，從一個頭腦傳到另一個頭腦。（道金斯，一九九五：二九三）

而後者，論者甚至把它比喻作流行病：「思想傳染因子就像電腦網路上的病毒軟體，或城市中的流行性病毒，會透過高效率的『程式設計』，規劃自身的傳染途徑，蓬勃發展。信念在很多方面會影響傳播，甚至可以引發不同的觀念『流行病』，展開一場不在計劃中，卻多采多姿的成長競賽」（林區，一九九八：一四）。可見濔早已不再中性化，它的「新生」力量正在穿透理論的氛圍而被扭轉成一種可以開啓前衛論述的動能；同時它的這般重新賦義，也使得濔本身開始濔化而廣被世人所沿用和探索不已（周慶華，二〇一二b：二三七至二三八）。因此，我們所屬意的文學，很難說不會成為下一個濔：它不在今世，也可能在後世；它不在甲地，也可能在乙地，創作經理在遂行權力意志和寄寓文化理想上總是不乏機會，當事人毋須為它過度焦慮或提早失去信心。

第五章　他人文學經理

第一節　傳播和接受觀點的文學經理

倘若說自我文學經理有所期待於瀰效應的發生，而經理者無法憑空推銷來獲得此一效應，那麼他人文學經理就成了能夠「予以促成」的一大助力。而所謂的他人文學經理，是相對自我文學經理而說的，它在踐履的當下原都是「經理所要經理的文學」（詳見前章第一節），跟前者並無兩樣；但為了區別優先次序，仍然得權宜地把後出性的傳播和接受經理歸為他人文學經理。

這當然會遇到一個先有需求於創作（不論是輿論造成還是出版策劃或其他隨機激勵），而後進行經理卻要強歸在他人文學經理範圍的矛盾問題，但那種例子恐怕不會太多；何況它終究還是得等創作經理完成才有可能實際採取行動，所以不妨等同看待或將它存而不論。

就整體來說，他人文學經理是要以善待自我文學經理為職志，才有品質保證及其一貫性可稱道：如果有所不濟，那麼二者就會脫鉤而形成「各行其是」的尷尬局面。因此，在談論過自我文學經理後，繼續談論他人文學經理，就是為了一邊檢視現實已然脫鉤的嚴重性，而一邊重新為此類文學經理規模出路。

對於這一「論述起點」，有幾個指標可以看出理想的他人文學經理還有得等待：第一是普遍缺乏應有的鑑別力。一般有處度的自我文學經理，都會期待伯樂知馬式的賞識，給予正面的鼓舞而激發更精湛的創作，但這種情況在現實中似乎頗有匱乏。正如底下兩個例子所暗示的：

克辛斯基寫的小說《手段》，曾贏得一九六九年的國家書卷獎。六年後，有個叫羅期的自由作家把《手段》的前面二十一頁變成一份打字稿，以「德莫思」的名字寄給了四家出版社……全部加起來一共有十四家出版社無法認出那份手稿其實是一本已經出版且獲得重要獎項的書。（柏納編，二〇〇六：一六五）

出版商總是說他們自己的退稿信跟別人的絕對不一樣……無論如何，他們總是有漏網之魚，而那些驚人的大魚包括了下列這些曾經轟動一時的書：《戰爭與和平》、《大地》、《解脫》、《泉源》、《梅崗城的故事》、《魯拜集》和《瓦特希普高原》等。（同上，二三五）

前則不啻活脫地點出了他人文學經理跟不上自我文學經理的腳步（雖然文中的「試驗者」是爲了證明一個流傳已久的理論：小說的作者如果沒沒無聞的話，根本就沒有獲得出版機會）；而後則也無異傳神地比喻了他人文學經理始終茫然於捕捉精實自我文學經理成的大魚。因此，他人文學經理最後可能落得底下這一高度被厭棄的下場：「詩人康明斯有一本書被十幾個出版社退了稿。所以當那本書最後終於出版的時候，他在〈獻詞〉裡面是這樣寫的：『我不感謝的，包含以下出版社：法拉和萊恩哈出版社、賽門和舒斯特出版社……』最後，出版這本書的是康明斯他老媽。」（柏納編，二〇〇六：一七五）試問他人文學經理搞到這種地步，還有存在的意義嗎？

第二是營利優先造成嚴重的排擠效應。他人文學經理普遍重視經濟效益，對於優質化文學的維護意願低落、甚至根本無暇深入去了解文學和非文學的差異而予以特殊地對待。所謂「出版界就像其他產業，始終有經濟上的壓力，必須小心投資，他們一定會先投資銷售紀錄良好的作家，最後才考慮新人」（希爾（B. Hill）等，二〇〇六：三五九），這一旦成了常態，某些不是「紀錄良好的作家」（成名的作家或暢銷的作家）所創作的具基進創新性的作品，很容易就會被排擠掉。尤其在有中介者「壟斷」的社會，如經紀人他手中掌握著豐富的出版資源，於是有的「可以僅憑著幾頁寫作題綱，向出版商獅子大開口，索價高達數百萬美元的預付版稅，並且限時要求對方做出決定」（陳信元，二〇〇四：二三），這般急功近利而不在意品質的作法，豈不是文學墮落遭劫的最佳寫照？反而是有少數出版人「一輩子沒出過一本暢銷書，他們的生意不在此，他們要的是收入穩定。今年的新書之外，他們往年的舊書可以長銷再長銷」（希爾等，二〇〇六：四四），或許還有機會守住文學的神聖性，但那畢竟太罕見了。因此，當我們看到一些給作者「措詞直接」的退稿信後，就更該凜於現實的嚴峻而難以諒解相關排擠效應的現象：

> 對於任何喜歡這本書的讀者來說，這種像丑角所說的雋語總是有可能被當成天才的作品……但根據你長久待在出版界的經驗，你應該能體會一個道理：與其拒絕那些具有才華的凡人之作，還不如拒絕天才的作品，因為我們的損失將會比較小。（柏納編，二〇〇六：一二八）

> 作者實在應該把他的想法都告訴他的心理醫生……對於一般讀者來說，這會是一本叛逆的書。這不會是一本賣座的書……我現在實在找不到出版這本書的理由。我建議不如把這本書用石頭埋起來，一千年後再找人出版。（同上，一七三至一七四）

這分別是在拒絕海勒（J. Heller）《第二十二條軍規》和納博科夫《羅麗泰》，話講得毫不客氣，且純是一派生意經。可見只要有營利優先的觀念，文學品質就不可能成爲終極的考量對象，最後整體的他人文學經理就只能躲在「名人的光環」中圖生存（連讀者的接受都不得不依賴它的餵養，因爲他們實際想接觸優質化文學的機會都被剝奪了），不再有能力主導文學／文化的走向。好比有人所觀察到的一九九〇年代美國一地的出版情況：「一九九〇年的文學類榜單完全沒有新面孔。名牌商品的成功模式，一成不變地套用在書籍的世界上……這是個出版社只想打安全牌的時期，不願冒險發掘有天分的新人，只願意在已被大眾接受的熟悉作家裡循規蹈矩地運作著。」（柯達，二〇〇三：三〇八）試問他人文學經理形塑出這樣的運作模式，還可以稱作是在經理文學嗎？

第三是回饋創作經理的少而不利延續文學的慧命。這是說他人文學經理理當要幫助自我文學經理的成長（否則就不需要他人文學經理），但實質上卻是它在分配完了其他人的利益後，剩下的才給作者（包括低版稅／稿酬或以書抵版稅或要作者自費出版在內），造成「有能力產出作品的人在相對上成了被剝削的對象」這一極端不平衡的現象。這恰如一位論者所形容的：「圖書出版包括紙張、印刷、校訂、裝訂，乃至促銷、倉儲，這些全部都必須花錢。還有批發商和零售商也要從中獲利。以作家的眼光來看，市場的魔力就是把那麼多的錢都變到別人的口袋裡。作家們只是個做苦力的工人，他們薪資就是版稅，以及免費拿到幾本樣書；還有想多要幾本的話，有打折購買的特權。」（漢彌爾頓，二〇一〇：四三）這固然有點無奈，但一個人自我文學經理到最後形同「做苦力的工人」（作者的版稅/稿酬，幾乎都是從最終的剩餘中分得的），又情何以堪？縱使有人認爲「藝術的原創性不見得會遇見知音賞識，可是有些人仍不吝勇於冒險和創新，也讓其餘的一切有了存在的理由」（桑頓（S. Thornton）二〇一〇：三三），但原創也不應該盡被挪去牟利分紅；不然文學的慧命很可能就此中斷，畢竟沒有一個自我文學經理有成的人喜歡長期忍受自己的心血結晶得到這種不公允的待遇。

由上述可知，目前所見的他人文學經理，深深存在著「普遍缺乏應有的鑑別力」、「營利優先造成嚴重的排擠效應」和「回饋創作經理的少而不利延續文學的慧命」等問題，以致很難聲稱它已經臻致理想境地而毋須再努力了。換句話說，顯現在出版的他人文學經理，都這樣有待從長計議以爲追求進境，其餘的傳播文學和讀者的接受文學等，也無不在同一情境或廣受制約，亟須一併重新調整經理的策略而來探詢出路，這是再明白不過的一件事。

正如創作經理「最終就是要在這一更新文化視野上定位，希冀能夠爲任何一個時代的審美心靈提供最具借鑑價值的文學座標」（詳見前章第一節），傳播和接受經理也是要在這上面「共襄盛舉」和「符應致勝」，才不致自我脫節或乖異逸離。由於他人文學經理的設定是爲了有別於自我文學經理，所以在排除創作觀點的文學經理後，剩下的就非傳播和接受觀點的文學經理莫屬了。這跟創作觀點的文學經理的分工，主要是一個負責創作、一個負責傳播和接受（詳見圖2-2），彼此的出發點雖然有別，但終點則忻合無異。因此，如果他人文學經理自我脫節或乖異逸離促成文學存在的初衷，那麼它就不再是在贊助催化文學，合該受到譴責、甚至予以鄙棄。

這在傳播方面，我們已經看過一些出版的演出了，不妨再移向讀者接受方面來略窺一二。姑且以《紅樓夢》的接受爲例，歷來好評如林。當中有「《紅樓夢》出，盡脫窠臼，別開蹊徑，以小李將軍金碧山水樓臺樹石人物之筆，描寫閨房小兒女喁喁私語，繪影繪聲，如見其人，如聞其語……正如《金瓶梅》極力摹繪市井小人，《紅樓夢》反其意而師之，極力摹繪閥閱大家，如積薪然，後來居上矣」（一粟編，一九八九：三六四至三六五）一類概括性的評斷，也有分屬而發展出評點、題詠、索隱、校勘、考證和評論等紅學流派，甚至還有緣於研究者個人的偏嗜而專注於「《紅樓夢》中的服飾、美食、收藏、園林、情榜等的爬梳解說」或專注於「《紅樓夢》中的詩詞曲賦的條理箋註」或專注於「《紅樓夢》中的文物制度的分類彙編」，洋洋大觀（周慶華，二〇〇七：六至七）。而根據我的探索，《紅樓夢》可較量的新意，則顯現在它的跨系統的「文本互涉」和另類的「指意連鎖」現象。前者（指跨系統的「文本互涉」），有別於西方後結構主義爲「重開思想新局」而拈出的開放或多元性的文本觀：

《紅樓夢》所鋪陳的一個官宦世家的盛代榮景是傳統中國的氣化觀型文化中入世營計一面所准許的；只是它又強力穿插著印度佛教所開啓的緣起

觀型文化捨世棄力的觀念及其踐行願力，以致整個文本從跨系統的互涉一轉變成「實質的消融」（互涉反成爲形式上的裝飾）。（周慶華，二〇〇七：一一）

因此，《紅樓夢》的互涉情況縱使不如後結構主義所極力要去推銷的「開放文本」的廉價商品那樣聳動，但它具體提供了一種可能的「處世之道」，仍舊比全然「不定適從」要能夠喚起我們的實踐追躡上的信心。後者（指另類的「指意連鎖」），也有別於西方解構主義爲賡續「重開思想新局」而拈出的意符延異更基進的指意觀：

《紅樓夢》所搬演的擺脫功名、錢財、愛欲和親情等一切世俗人會有的執著故事，以及透過太虛幻境/眞如福地、眞/假、有/無、實/幻等另類的意符延異安排來細爲提點脫苦的門路，顯然比解構主義所極力要去破解的形上束縛或政治宰制卻又不免重蹈虛無主義窠臼要來得有「警醒世人」的作用。（周慶華，二〇〇七：一二）

可見從跨系統的「文本互涉」現象到另類的「指意連鎖」現象的玩味抽繹，也就是要再「新穎」看待《紅樓夢》所不能輕易略過的。然而，有些不具備透視能力的人，卻呶呶不休地在唱反調，不是訾議它「啓人淫竇」，就是抨擊它「導人邪機」（一粟編，一九八九：三六六至三六七、五六二）。此外，更有一班自以爲高明的學者在全面否定它的審美價值：

《紅樓夢》不是一部好小說，因為沒有一個完整的故事。（周策縱，二〇〇〇：六二引胡適語）

《紅樓夢》在世界文學中的位置是不很高的。（俞平伯，二〇〇九三）

至於吾國小說，則其結構遠不如西洋小說之精密……如《水滸傳》、《石頭記》（《紅樓夢》）與《儒林外史》等書，其結構皆甚可議。（陸鍵東，一九九九：一三二引陳寅恪語）

《紅樓夢》結構鬆懈、散漫……曹雪芹只是一個僅有歪才並無實學的紈絝子；《紅樓夢》也只是一部未成熟的作品。（岑佳卓編著，一九八八：七七一至七七五引蘇雪林語）

看來上述這些異見的出現，都內蘊著不善於接受經理。理由是嫌棄《紅樓夢》中有邪說詖行，那只是純意識形態式的觀照，根本無暇去玩味整部作品多方面的審美特性；而揪舉《紅樓夢》缺乏故事性和結構鬆散等，也不過是創造觀型文化體現的小說看多了的直覺反應，實際上甚欠對氣化觀型文化和緣起觀型文化聯袂體現的小說相異色彩的深入了解。因此，從本脈絡所設定接受經理得相應於發掘文學的藝術存有及其解脫生命的美感昇華這一焦點來看，很明顯上述那些幾近信口開合的非議就不算是合格的經理。

類似的情況，還有來自異系統非同情的理解所荒疏的接受經理，也得有所分辨。好比曾經得過諾貝爾文學獎的泰戈爾（R. Tagore），他的生命形態可以隸屬於緣起觀型文化傳統，但作品的聲譽在西方竟然大不如想像：「現在西方已經少有人閱讀他的作品，英國小說家葛林甚至在一九三七年就指出：『至於泰戈爾，除了葉慈先生之外，我實在不相信還有誰會認眞看待他的詩。』」〔沈恩（A. Sen），二〇〇八：一三〇〕另有更甚的：「西方人很少有欣賞東方文學的，中國和日本詩人在西方的讀者也爲數不多。」〔寒哲（L. J. Hammond），二〇〇一：四三〕此外，還不乏一些暗含的冷嘲熱諷：

亞洲的現代文化很多仍是沒有創造力。日本小說很繁榮；印度也還有一些眞正高質量的文學家，存在著一些有趣的畫家。從整個來看，是呈再造而不是創造的趨勢。（希爾斯，二〇〇四：四九九）

不久前，我們爲未滿五歲的兒子西蒙找學校……那位校長告訴我們，他的學校「拉丁文很強」，只要小男孩展現對拉丁文有天分，就可獲准學希臘文……「你有沒有教中文的打算？」我問。「沒有，老實說，我從沒想過。」〔貝克曼（M. Backman），二〇〇八：一九至二〇〕

無疑地，這都沒辦法透過跨系統的接受經理來取得開闊視野的資源；而相對系統中人倘若也盲目附和，跟著人家隨意抑揚（如前面所引己國學者的小看《紅樓夢》那樣），那麼問題就會更加嚴重，最後可能導致一方文學的消亡。所謂的接受經理，實在不宜這樣任意偏廢而造成審美感興的萎縮。

這麼一來，傳播和接受觀點的文學經理，就比創作觀點的文學經理更多不濟。因此，未來它除了要跟創作觀點的文學經理一樣先破斥懷疑論的非理性指控和不眞切認知（詳見前章第一節），還要更積極開啓有效的他人文學經理的局面，一方面進行「企業營利和推動神聖化事業的贏面拔河」；一方面全力「認同和促成文學淑世的恆久堅持」，終而讓傳播和接受觀點的文學經理也能夠在正面自動回饋上主導文學的進程。

第二節 企業營利和推動神聖化事業的贏面拔河

相同地，傳播和接受觀點的文學經理，既然也是爲文化理想而終極考慮的，那麼它的迎合拓展也就一樣有某些高標的向度可以取徑。由於這在目前來說整體上還不足以樂觀，所以有必要再行廬度來擬議經理傳播和接受的可長可久的策略。這既是爲文學慧命的延續，又是爲人心美化的普遍見效，在某種程度上有著比其他文學經理更要廣爲期待（更何況它的經理成功還可以回饋給創作經理「促其益加精進」呢）！

在這一同樣是「面對未來」的傳播和接受經理的選擇，毫無疑問地可以跟創作經理分享文化理想，而權力意志則仍爲背後終極的促動力（詳見前章第二節）。它的形式轉換，一方面是從創作經理跨向傳播和接受經理；一方面則是最直接面對文學的現實效應。因此，這個選項依然有前章第二節所述的行爲心理學命題可以用來制約：

一種鼓勵對個人的價值越高，那他採取行動取得此一鼓勵的可能越大。

在可以遂行權力意志的情況下，傳播和接受經理者認爲傳播和接受經理有很大的價值。

所以他們會採取行動來從事傳播和接受經理。

雖然文學的現實效應會顯現在傳播和接受經理的過程，但有關文學神聖性的維護卻也不能因爲過度妥協而讓它流於空談；否則這種傳播和接受經理就是「虛有其表」，文學經理學終究不能承認它的合法性。

很遺憾地，當今的傳播經理卻常自絕於存在的合法性，不是普通缺乏應有的鑑別力，就是營利優先造成嚴重的排擠效應以及回饋創作經理的少而不利延續文學的慧命；而接受經理也常在品評上信口開合或隨意抑揚，根本無助於審美感興的提升（詳見前節）。因此，眞的要如前面所說傳播和接受經理「在某種程度上有著比其他文學經理更要廣爲期待」，也就得等重新予以規模向度，才可望有機會實現。

現在的傳播趨勢，有一個特別喜愛微寫作的現象。微寫作的目的是要「抓住對方瞬間的注意力，然後快速地傳達內容」；而「精簡表述是最重要的原則。像是品牌名稱或電視、網路上的流行話，都刻意被設計得好記又好唸」（強森（C. Johnson），二〇一二：一二）。這種微型信息，原是詩人、廣告撰稿人、商品命名者、政治演說撰稿者和其他使用微型語言活動的人所專擅釋放的，如今則演變成一種時尚取向，而有所謂「微寫作風格」的形成：

> 微寫作風格展現的是語言的遊戲性。當你想要幫公司或孩子想個好記或鏗鏘有力的名字時，你用的正是微寫作風格。當你要寫個琅琅上口的標題、命名或品牌時，你用的也是微寫作風格……微寫作風格是語言藝術和語言趣味的自然表現。微寫作風格讓你我都能成爲詩人。（強森，二〇一二：一一）

但當傳播媒體在讚揚和推廣這種淺易或通俗的微寫作風格時，卻大爲遺忘了還有高雅的大寫作風格在支撐文學的生命，而該微寫作風格只不過是一種降格的運用罷了。換句話說，讚揚和推廣微寫作風格，多半是基於牟利的前提，此外就很難再回過頭來促進文學的發展；以致它就不合成爲傳播的典範，而相關的經理也理當要少費心在這上面。

還有傳播和接受經理本身已經是權威或準權威的運作了，但它還會屈服於更大的權威（哈伯斯坦（D. Halberstam），一九九五）。這更大的權威，有的是政府，有的是宗教團體，有的是國家，它們都會透過有形無形的壓迫機制操控傳播和接受的走向。而這不妨從一些退稿信來覷見端倪〔分別針對福克納（W. Faulkner）《聖殿》和歐威爾（G. Orwell）《動物農莊》等〕：

> 我的老天爺！我可不能出版這本書，否則我們只好相約牢裡見了。（柏納編，二〇〇六：九八至九九）

> 我個人認爲，蘇聯的對外和對內政策確實有許多值得批評的地方；但我不可能出版……這種把蘇聯批評得一無是處的書。（同上，一七八）

正是緣於有這更大權威的存在，所以傳播和接受也就緘默在這一片唯恐被撻伐或被懲治的心理癥結中。這麼一來，合力協助文學技藝的精緻化一事，自然就難以藉機會揚聲，因爲該精緻化經常得從突破道德或政治的封鎖來找尋出口，而現實卻給了「不准張揚」的禁令。這看來很無可奈何，好像眞的是傳播和接受都受了委屈。其實未必！好比這個社會越來越庸俗化或弱智化（包括知識貶值、民粹主義高漲、英才教育失落和虛無崇拜等），表面上似乎是跟知識分子遭到壓抑有莫大的關係，實際上卻是知識分子自己在扮演規訓和主導的角色，怨不得其他人心的趨向〔富里迪（F. Furedi），二〇一二〕。同樣的道理，傳播和接受也自我走上了漠視精緻化文學技藝的道路，才導致文學日益平庸化的結果。因此，釜底抽薪的辦法，還是得從強化傳播和接受的經理開始。

依照前面所說的，既有的傳播和接受也軋進了文學企業化的洪流，它所要面對的是無知、搞錯了方向和能趨疲的嚴重性等困境的化解，同時也因爲一併喪失了維護文學的神聖性或優質化文學的理想性而有待挽回（詳見第三章第二、三節）；以致相關的傳播和接受觀點的文學經理，也就得在企業營利和推動神聖化事業之間進行贏面的拔河，然後透過認同和促成文學淑世的恆久性堅持，將它從谷底振起而重立典範。因此，「企業營利和推動神聖化事業的贏面拔河」和「認同和促成文學淑世的恆久堅持」的一體兩面性展演，就成了此類經理的不二法門，如圖5-1所示。

由於現實中文學傳播的企業營利不可避免，所以文學接受也就不由自主地隨順潮流在舞動，幾乎聽不到強而有力的反制聲音，使得他人文學經理的重新出發要把它跟前者併著一起來啓導出路。而當傳播和接受都能夠不再深陷資本主義邏輯的漩渦，有關文學的認同和淑世計劃等偉業才會具體成形。這裡就依次先談「企業營利和推動神聖化事業的贏面拔河」部分。

企業營利和推動神聖化事業的贏面拔河，無非是要降低企業營利所有諸多困境的糾纏，而朝向全力於推動文學美化人心的神聖化事業。這是一種必要贏面的拔河（反過來只傾向企業營利，那麼它最終會輸掉文學，也輸掉人類的幸福），也是文學免於屈從世俗過深的一大保證。至於具體的經理方向，則有三個層面可以規模：第

文學傳播和接受經理
- 企業營利和推動神聖化事業的贏面拔河
- 認同和促成文學淑世的恆久堅持

→ 一體兩面關係

圖5-1 他人文學經理的兩面性

一是確保文學的獨特性。有位報紙副刊編輯人觀察到一個文學遭到嚴重排擠的現象：

當年副刊組執編的版面，除《聯合報》副刊「讀書人周報」，還有北美《世界日報》副刊和小說連載版；泰國《世界日報》副刊及小說連載版……直到二〇〇三年夏天《蘋果日報》攻陷臺灣市場，臺灣的報紙競相效顰，從價值取向轉爲娛樂取向……文字閱讀的黃金時代始加速淪落，一去不返。（陳義芝，二〇一二：九八至九九）

他的感慨只限於文學（文化）品味的消亡。其實，在當今過度企業化的時代，連報紙副刊都只依附報社的運作，所採用稿件大多是知名作家淺白討好讀者的作品，新人具創意的實驗性作品全被拒於門外（害怕它嚇走讀者而影響報社的聲譽），馴致最先喪失的是文學的獨特性（然後才是讀者渾渾噩噩在辯證接受走樣的或庸俗化的作品）。這種獨特性，從前現代到現代建立起雙重的審美對象，經過後現代和網路時代的歧出演繹（它們表面上是在解構肢解文學，實際上則是嘗試在開啓多元的文學美感），已經紛繁多姿而可以自成一個盛大的景觀。不料，這一切都被資本主義邏輯介入收編，而只揀選素樸容易的部分來炒作，終於使得不明就裡的人誤以爲文學就該是「那個樣子」，並且也得跟其他商品同夥成爲經濟鏈的一環。不就有一個例子：幾年前，日本人氣明星酒井法子失蹤及吸安的新聞鬧得沸沸揚揚，但這並沒有折損她的名聲，因爲「有三本她寫的以及別人寫她的書，都高踞日本排行榜的前面而爆賣」（南方朔，二〇一〇：二一五）。像這類自爆八卦和挖掘八卦的通俗作品所以會暢銷，豈能沒有出版企業在背後運作？而會購買那些書的人，又有哪一個不信服這種資本主義邏輯（知道加以抵制而不再暗助它）？也難怪大家越來越沒有自主性，也越來越欠缺文學品味。因此，往後相關的經理，就得確保所傳播和接受的是文學的藝術存有（而不只是它內蘊的心理存有和社會存有），寶貴它所該有的審美感興（而不當它是一種廉價商品去兜售），這樣才能名副其實而不會再像以前那樣輕易「犧牲」文學。

第二是追求高品質的文學。優質化文學既然是所有文學經理共通的理想，那麼有關傳播和接受經理的自我進益，也得在這個關鍵點上用心。但目前我們所看到的情況，卻都還無暇理會。如：

> 編輯的工作，就在盯人、開會、想文案、退稿、申請稿費、規劃、安排、找人、求爺爺告奶奶、辨認協力工作者是眞心還是謊言、上面應付老闆、下面哀求外編協力、裡面跟電腦奮戰、外面跟紙行／印務／記者／導讀老師周旋等等疲於奔命的日子中度過。（陳穎青，二〇〇七：三九）

作爲出版社的編輯，本來是最有可能成爲甄選優質化文學的守門人，但如今卻忙成這副模樣，豈能期待他有辦法「找好書進來，編好書出去」（希爾等，二〇〇六：一二七）？更別說還能寄望他鍛鍊遠見親自策劃深具創意文學書的徵稿活動了！尤其是後者，它也是歷來所有傳播媒體徵稿或徵獎所普遍缺乏的（一九八五年代，痖弦在他所主編的《聯合報》副刊開闢「一篇小說大家評」專欄，徵到了幾篇在那時國內算有開創性的後設小說，是個例外）。當中徵獎部分，理應要在帶領文學風潮上做表率的，但主事者卻再怎麼策劃，都只能做到以現有文類徵求（而不知變通改以「技藝」領航）；而徵來的稿件也許有帶前衛創新性的，卻因評審不識貨而將它過濾掉，致使至今還不容易從得獎作品中看到「曠世鉅作」。其實，從事文學傳播的人都是第一線的讀者，連他們都沒有能力愼選優質化的文學，那到了其他讀者手中的書，他們又怎麼有機會辨明「孰優孰劣」？雖然今天還有少數人能夠分辨優質化文學的長相，而不致在「比較」課題上缺席，但那也是從眾多作品中精挑細選出來的，它們的優質性或許是無意被出版的（而不是眞的有編輯慧眼灼照所選中的）。因此，從必須促使文學優質化才有必要繼續傳播和接受的角度來看，「追求高品質的文學」一事顯然是註定要走的一條路；不論是文學的傳播者還是文學的接受者，都沒有理由不在這個環節培養足夠的本事，仔細去甄別和促成它的實現。

第三是寄望在長尾效應。照理傳播媒體和讀者是要繼作者後爲優質化文學把關的（前者負責篩選；後者負責品評回饋，或跟前者合力發出籲請），但大家似乎都被企業運作驅使去關注不相干的事，徒然失落了文學在美化人心上的神聖化效應。此時此刻，大家都酷似迪士尼卡通影片《料理鼠王》中的雷米：

雷米是很有烹飪天分的老鼠，牠一直想成爲廚神。但雷米的爸爸既不了解也不贊同牠的理想，反而要求牠去當專門嗅出鼠窩中哪兒藏著捕鼠藥的小

工具……牠的工作可以確保鼠窩裡所有老鼠的安全，卻無法得到做菜時的那種樂趣。（強森，二〇一二：二四）

發掘文學的美和推動文學淑世的工作，都是可以讓人覺得有特殊意義和高度價值的事，但當今擔負文學傳播和文學接受任務的人卻都轉向去在意出版企業的存亡（讀者也在掛慮出版社倒閉就會沒有淺易書看），樂趣盡失自是無法避免。雖然一個傳播機構的存在，有著相當龐大的組織和費用支出，而從出版尋求利潤回收，莫不是天經地義的事。只是這跟傳播和接受優質化的文學，不必然要相關。我們知道，一個深具規模的傳播機構，都設置有董事長（總裁）、總經理、財務部門、編輯部門，生產部門和行銷部門等（渥爾，二〇〇五：六八），業務繁多且開銷可觀；即使是最小組織的一人出版社，它也要花錢找到相關的奧援者，好比有人以傳統RBG遊戲的角色設定爲譬（一個有能力屠龍、毀滅魔王征服世界野心的戰士團，應該包含扮演首領的勇者、幫忙補血的僧侶和地圖兵器大範圍攻擊敵軍的魔導士或再加個力量型的戰士等）：

把這樣的設定套用在出版產業或是任何產業上，勇者就是帶著信念的經營者，負責擬定策略；僧侶則是後援部隊，通常由經營者的母親或家人擔任，隨時協助因爲賬單數字過高而流血不止的勇者；魔導士則是設計師和行銷企劃……至於戰士，則是能夠協助我們在通路上有更好曝光的經銷商。（陳夏民，二〇一二：三七）

這樣不從賣書予以支應且獲取淨利，傳播機構豈能持續存在？沒錯！但這跟出版優質作品又有什麼衝突？我們不能先假定致力於優質化文學的經營就會滯銷，而自絕於接受創新性作品的參與。有人就注意到：

文學小說倘若都能獲得出版社及書店像對商業小說一樣的全力行銷支持，它的讀者群必能有顯著的成長。但有趣的現象是，即使在這種放牛吃草的情況下，美國許多大出版商都發現，優秀的文學作品幾乎都是長銷書……也許在五年、十年後，它們的銷售總量並不輸一本曇花一現的商業小說。（郭強生，二〇〇二：二〇四）

類似的長尾現象，所徵候的是讀者的文學品味是可以培養精進的（只要多出版優質作品，他們就會想辦法接受，並且免費代爲傳揚），以及傳播機構在不跟人家爭奪市場的情況下仍然不會沒有出路。這就是長尾理論所保障的：最大的利潤來自最小額的銷售；也就是一個非常龐大的數字（長尾中的商品種類數量）乘以一個相當小的數字（單項長尾商品的銷售量）後，還是會得到超級大的數字〔安德森（C. Anderson），二〇〇六：三五至三七〕。優質作品的長銷特性，對傳播機構來說依舊有利可圖。反過來，即使整個社會的接受水準低到無以復加，而不能支持優質作品的存在，頂多放棄經營再別作他圖而已，又有什麼大不了？再說致力於開發異質創新以顯優質的作品，等同於搶到了藍海策略的先機〔金偉燦（W. Chankim）等，二〇〇五〕，從此不必再以削價競爭或爭奪同類產品市場而深陷在紅海的廝殺中，所獲得的好處豈可限量？因此，寄望在長尾效應，就成了企業營利和推動神聖化事業的贏面拔河的最後一個配備。

由此可知，從確保文學的獨特性，到追求高品質的文學以及寄望在長尾效應等，正是傳播和接受經理要在企業營利和推動神聖化事業之間做選擇所得積極採計的；否則就不知道還有什麼更好的辦法可以讓這類文學經理有效率或可稱道的運作下去。換句話說，企業營利和推動神聖化事業的贏面拔河，是以確保文學的獨特性和追求高品質的文學及寄望在長尾效應等作為予以成就的；出了這個範圍，就難以估計它是在經理文學。

第三節 認同和促成文學淑世的恆久堅持

意識到企業營利和推動神聖化事業的贏面拔河後，得具體落實在認同和促成文學淑世的恆久堅持上，整體的傳播和接受經理才能自成一種典範。而這個落實的過程，就又考驗著經理者的能耐和毅力，因為它將會是無比地艱辛和漫長，識見不深或半途廢置的人都不可能把成效帶出來廣受公評。

當中所要恆久堅持的認同文學淑世，又較促成文學淑世為優先，不大可能倒過來還可以成立。換句話說，沒有先經過認同文學淑世的程序，則無法接著促成文學淑世的實現（或說想要促成文學淑世，也得以認同文學淑世為前導；否則連最基本的文學特性及其可美化人心的功能都不知道，怎麼可能還會主動去促成文學淑世的實現）。因此，認同文學淑世也就成了經理者最先要詳加考慮的。但當前的情況，卻是大家幾乎都短少於思考這個課題。我們所看到的，儘是有人仗著跟傳播機構的良好關係，每寫一本就出版一本（從他們動輒有上百本甚至數百本著作來看，如果不是有這一因緣，那麼很難想像僅靠名氣或個人努力也能這麼順利）；而有人單打獨鬥卻面對千百次退稿的折騰（包括單篇文章的退稿）：

根據《金氏世界紀錄》表示，這世界上被出版商退過最多次稿的是楊恩所寫的《「世界政府」的十字軍運動》，紀錄是一百零六次。（柏納編，二〇〇六：七二）

凡爾納放棄了經紀人的工作後，就開始日復一日地勤奮寫作，大約創作了一百多本書。艾西莫夫（另一個寫作狂）……他書寫了四百多本書，再加上其他文章和短篇小說，出版字數總共大約兩千多萬字。（漢彌爾頓，二〇一〇：八二）

這不是說被退稿的都是好的，而已出版的書沒有一本是好的；而是要藉機點明整個傳播和接受環境充斥著太多的無謂愛憎，而沒能集中精神和力氣來經營文學美化人心的偉業。這種偉業，可以多寄望它來淳善世界和提升大家活著的品質，而不宜拿其他泛泛的營利事業相比擬。

但為牟利而跟文學結緣的，多半不脫上述這種愛憎由人的商業習氣；而大抵上也無從想像那裡面會有積極認同文學淑世的成分，因為該認同本身是要付出一番熟悉體證代價的（而不是輕易擷取就可以完滿的）。事實上，古來連不大為經濟利益著想的傳播和接受經理，也常顯現類似的匱乏。如：

崔顥者，登進士第，有俊才，無士行，好蒱博飲酒。及遊京師，娶妻擇有貌者，稍不愜意，即去之，前後數四。（劉昫等，一九七九：二〇四九至二〇五〇）

王昌齡者，進士登第，補祕書省校書郎。又以博學宏詞登科，再遷汜水縣尉。不護細行，屢見貶斥……昌齡為文，緒微而思清。有集五卷。（同上，五〇五〇）

溫庭筠者……大中初，應進士。苦心硯席，尤長於詩賦。初至京師，人士翕然推重。然士行塵雜，不修邊幅，能逐絃吹之音，為側豔之詞，公卿家無賴子弟裴誠、令狐縞之徒，相與蒱飲，酣醉終日，由是累年不第。（同上，五〇七八至五〇七九）

像這些史傳中的文人，他們會被關注的仍然以「無士行」、「不護細行」和「不修邊幅」等八卦新聞爲主，而對於他們的詩文技藝已經或即將發揮什麼效應卻絕口不提或罕爲著墨，彷彿他們的詩文並不存在似的。倒是當中有可以取爲接受典範案例的，反而被斥爲不在行。如：「（揚）雄以爲賦者，將以風也；必推類而言，極麗靡之辭，閎侈鉅衍，競於使人不能加也，既乃歸之於正，然覽者已過矣。往時武帝好神仙，相如上〈大人賦〉，欲以風，帝反縹縹有凌雲之志。繇是言之，賦勸而不止明矣。」（班固，一九七九：三五七五）這就大爲忽略賦的審美功能，而一逕往道德諷諭上著眼。這麼一來，文學所提供的美感及其生命解脫的終極旨趣，就都付諸流水，連帝王讀賦也要被迫去完全體會裡頭的勸諫隱旨（而不可以耽溺於審美享受中）。由此可見，傳播和接受經理得重新擬定策略，好好地從認同文學淑世入手，才不會辜負文學的神聖化存在。

這種認同，在有意義的交集上，是要對文學技藝的賞鑑和肯定。由於文學的文學性和非文學的非文學性有別，所以它從發端「寫作將自身表現爲『創造的』、『想像的』和『技藝的』，並認爲自己和其他不這樣設定自己的寫作類型不同」（威德森，二〇〇六：九五），到終端「讀者透過自身『文學修養』認出他們讀的實際上是文學文本的產品」（同上，九五至九六），就得受到必要的保障，而完成一個「文學國度」的設計，也體現一種文學審美的存有學典範。而就讀者接受認同的課題來說（傳播是先行的讀者接受，同樣在這個範圍），儘管可以爲一般性的諸如「失眠、好奇、打發時間、避免無聊、激發思考、刺激或逃避、知道發生的事、欣賞文辭的優美、進入無法達到的經驗領域、揣測那些在書中我們遭遇到的人物像或不像我們自己；或者僅僅是喜歡而已」（同上，一二六）等實用理由而發，也可以爲學術性的諸如「從意義到形式」、「內語境和外語境」、「文本互涉可能的相通義」、「意符延異的解構規律」和「詮釋意涵演變後所對應的一切」（周慶華，二〇〇九a：九一至一二〇）等詮釋理由而發，但都不及像上述這樣賞鑑和肯定文學技藝爲切要且足以進一步思考演變發展的問題。換句話說，只有強調文學技藝的發端／終端及其轉衍多姿，一個專屬於理性所不及的審美及其生命解脫的世界才能存在；而除非人類不需要感性也可以活得很好，不然文學技藝就是最迫切要親近和研習的對象。

在這裡，感性／理性的對列只是相對取則，並不據爲判斷優劣或人性具備的有無。畢竟文學作爲一門學科，也已經是一種知識對象了（而有文學學或文學理論或文學哲學在討論），使得它在交流傳授上不能沒有理性思辨介入來檢視（本脈絡所從事的理論建構也是如此）。也就是說，文學除了以藝術存有作爲它的文學性所在，還有心理存有和社會存有一起伴隨，而這些在先決條件上就有可以加以理性認知的成分；只是文學的審美特徵具有不定情感向度，卻又不是理性思辨所能全數把握，以致還得仰賴感性直覺來機遇捕捉。好比構設「無色的綠思想喧鬧地睡覺」和「她拳頭般的臉緊握在圓形的痛苦上死亡」這類的詩句（查普曼（R. Chapman），一九八九：一至二），它所刻意製造的矛盾／張力（既「無色」又是「綠」；睡覺是安靜卻「喧鬧」；痛苦沒有形狀反帶「圓形」），固然是爲理性思辨能力「量身打造」而可以期待理性思辨能力來「發揮所長」，但它整體上所營造出來的「諧趣」（隱喻茂長的思緒）和「詭異」（隱喻死亡的絢美）氣氛卻得由感性領受去直接獲得。而這兩種心理機能，在相當程度上是無法相互取代的。這可能會讓耽於理性天地的人深感不解。但也無妨，我們還是可以逕爲設論而自鑄偉詞的。正如「時間的熾熱一直持續到睡眠為止」這被哲學辭典的作者舉為「類錯誤」(不相關的意義在語義上的錯誤歸類，結果造成荒謬的敘述)的例子〔安傑利斯(P. A. Angeles)，二〇〇一：五九〕，卻形同詩句而可以比照上面的作法由理性來指出它「故意誤置範疇以造成多重詩意效果」；但說到要領受當中所象徵的「無止盡的煩躁」的樣子，那就不是理性所能多贊一詞，而得由感性直接去把捉。雖然有人極力辯解過美感經驗的產生都來自理性(知覺)而跟感性(感覺)無涉(姚一葦，一九九三：一二七至一七二)，但我們還是可以依便重新限定：讓理性去管語意的施設和接收，而讓感性去管情境的營造和體會，彼此各為作用而不須相互遷就。理論上是這樣說，實際上人的理性和感性的交迸發揮作用，卻也是可能或可以有的事(周慶華，二〇〇四a：一二五至一二六)。因此，最後有關感性和理性的消長就純是比例的問題，只不過在審美領受上感性要佔重要地位罷了。

回到文學技藝的話題上，一如前面所說的，文學技藝是以意象或事件來間接表意，而該意象或事件的呈現就顯露了一種比喻或象徵技巧(詳見第一章第一節)。因此，認同文學淑世的歷程，就是從這裡開始。它首先得認同該比喻或象徵技巧的表出形式。當中比喻是以甲比乙，意義在乙，又可以區分明喻、隱喻、借喻、換喻和諷喻等次類型。如「莎士比亞的詩『四十個冬天將圍攻你的額角』、米爾頓的詩『(牛蠅)吹著牠悶熱的號角』、高柏的詩『她丈夫的呼吸把她的睡眠鋸成兩半』和古希臘無名氏的詩『(蟹鉗住蛇，對蛇說)不要橫行』等，這所分別隱喻歲月逼人蒼老、換喻牛蠅叫聲響濁、借喻丈夫不懂體恤太太和諷喻蟹欺蛇太甚或蟹不自量力(只要蛇稍一扭動纏結，可能就會讓蟹窒息等」（周慶華，二〇一〇c：二八一至二八二），可以爲證（至於明喻的部分，則更多見，如「你像一朵花」、「她美如天仙」和「我的魔鬼恰似你的上帝」等都是）。而象徵則是以甲比乙，甲乙都有意義，甚至還會衍生出丙、丁、戊、己……等意義，也可以區分普遍象徵和特殊象徵。如國旗一併代表國家或送玫瑰花一併代表示愛具普遍性，是普遍象徵；又如「蝸牛造了一戶自己背著走的家屋」（巴舍拉，二〇〇三：二〇五）一併代表某些人連遷徙都忘不掉原先的住家，或「攀爬中的蕁麻捲起了灰色的斑駁」（同上，二五四）一併代表某些敵對雙方爭鬥的慘烈具特殊性，是特殊象徵，它們又可以各自衍生意義（看上下文或人的知解而定）。這些因爲都連結兩個不同的事物或暗示更多的事物，所以能夠創新世界或新穎觀感而引發無窮盡的美感效應，遠非知性的設論或演繹所能追企。這是文學的特殊貢獻處，它可以源源不絕地爲人的感性世界注入活水，而帶給人在以知性面對人生的抉擇時有調節緩和折騰或苦痛的作用。因此，傳播和接受經理就得先認同這一文學技藝，才不致轉移焦點而浮濫支取，造成高華文學的沉淪。

其次，得認同該比喻或象徵技巧精緻化或繁複化的進境追求。認同文學淑世的歷程既然以認同文學技藝的審美性爲起點（而不是它所能發揮的政治/社會/經濟一類的功能），那麼接著期待它更爲精緻化或繁複化以爲擴大審美效果，也就成了整個認同歷程的主要部分。換句話說，傳播和接受經理在能認同文學技藝的審美性後，就得持續關注蒐羅或開發該技藝更加精湛的演出，以便文學審美可以有內部的演化發展，而這一更加精湛的演出就捨棄精緻化或繁複化的作爲而別無其他途徑；否則只有「點的觸及」或

「淺嘗則止」，文學的生命終究無法在這個世界上伸展突躍而撫慰更多倉皇無助的心靈。以魯迅《阿Q正傳》和夏宇《甜蜜的復仇》為例：《阿Q正傳》主要在譴責小說中如阿Q「在形式上打敗了，被人揪住黃辮子，在壁上碰了四五個響頭，閒人這才心滿意足地得勝的走了。阿Q站了一刻，心裡想：『我總算被兒子打了，現在的世界眞不像樣……』於是也心滿意足地得勝的走了」（楊澤編，一九九六：八〇）這類的精神勝利法，而〈甜蜜的復仇〉則以「把你的影子加點鹽／醃起來／風乾／／老的時候／下酒」（張默等編，一九九五：一一一二）整首詩在為精神勝利法找尋可以讚許的面向；兩相比並時，可以說後者是前者的精緻化，而前者是後者的繁複化（不論創作時間的先後），互為體現了一種悲壯美感。這時所蘊涵不搭調的「譴責」和「讚許」等，則無關緊要；讀者所體會到的是它們深入人心的那一悲壯緣由，以及解脫的仿似抉擇是否儲備以為因應不可測度的未來。因此，傳播和接受經理就得在這類可為演繹的例子上致力，發掘同類而奉為型範。又以我互有關聯的三首詩為例：

臺灣品牌

美
國
設
計
海外原料大陸勞工

日本技術（周慶華，二○○二b：一一三）

後後福特時代

臺灣設計海外原料大陸勞工
美國技術（周慶華，二○一○C：二八六）

臺灣小品牌

阿瘦皮鞋

牛頭牌沙茶醬
綠油精
大同電鍋
小美冰淇淋
王子麵
乖乖
天仁茗茶
……
攤開地圖
世界哲學史缺席
諾貝爾文學獎再等一百年
音樂繪畫建築雕塑看老祖宗還傳了什麼
文化創意產業只剩娛樂觀光和代工
哦美麗的福爾摩沙（周慶華，二〇〇九b：九二至九六）

前二首，都在塑造臺灣品牌，只不過第一首是屬於滑稽風格的一度造象；而第二首則是屬於另一種滑稽風格的二度造象（臺灣在沒有獨特品牌後有可能如此反轉命運嗎），彼此可以並置而總顯繁複化。至於第三首，則爲具體化臺灣沒有獨創大品牌的諧擬遊戲，跟第一首可以互爲繁複化／精緻化；而跟第二首也可以二度並置而總顯繁複化。它們同樣也不因內蘊諷刺／惋惜或自傲／神氣的意涵，而剝奪了讀者從中自取創思警意的審美享受，以及可能地投入參與救臺灣／救自己等解脫意志的行列。因此，傳播和接受經理也得在這類可以刺激思維且翻轉致勝的例子上用心，舉實同類而許爲型範。不然，等到全都錯失後，就不知道還有什麼特別有意義的作品足以推崇證異。

再次得認同上述的表出形式和進境追求都匯而指向審美及其生命解脫的美學功能。傳播和接受經理在認同文學淑世方面，最常拿捏不住的就是這一美學功能。往往它不是被導到去帶動諸如政治、經濟、道德，甚至宗教上的觀點，就是停止於結構論的表義過程的考察或解構論的文本化社會實踐的關注，而大爲喪失文學所以爲文學的審美旨趣。如：

想像文學顯然總是會帶引讀者去做各種各樣的事……歐威爾的《動物農莊》和《一九八四》都強烈地攻擊極權主義；赫胥黎的《美麗新世界》則激烈地諷刺科技進步下的暴政……那樣的作品在人類歷史上被查禁過許多次，原因當然很明顯。〔阿德勒（M. J. Adler）等，二〇〇三：二二四至二二五〕

福樓拜和普魯斯特一樣，把文學視爲宗教。文學使福樓拜的生活充滿意義並富挑戰性；它使福樓拜有所尊崇並有所自豪……福樓拜的例子說明，現代人也可以借助文學的力量來建立一種新的宗教；這種宗教將塡補由於基督教的衰落而造成的空白。（寒哲，二〇〇一：五二）

這種發論，除了彰顯文學可以有政治、經濟、道德甚至宗教等多種用途卻又不專門（也就是要發揮政治、經濟、道德甚至宗教等功能，文學總比相關政治、經濟、道德甚至宗教等的經驗考索或理論建構要不道地），其餘就不知道文學還有什麼特殊性可說。又如：

> 文學乃是一抽象的結構系統，而一篇文學作品乃是這一抽象的結構系統的表達……擴大來說，文學的表義過程也就是記號的形成過程……縮小而看，文學上所謂的比喻、象徵、諷諭等，它形成的過程也就是記號的形成過程。（古添洪，一九八四：九）

> 佩特森說：「文學寫作最好不要理解成一種區別或脫離的社會活動……文學產物不能自外於社會活動，它本身就是一種社會運作的形式：文本不僅反映社會的眞實層面，而且創造社會面貌。」（楊容，二〇〇二：六六）

這類觀想，一樣除了表明文學表義的結構制約或文學文本開放的解構理解，此外就無從知道文學的藝術存有價值隱遁到哪裡去了。顯然文學的審美及其生命解脫的美學功能，還很少得到應有的重視（因爲連學術圈的文學論述都如此「不明就裡」，所以可以想像一般人還沒有機會「受到啓發」而懂得轉向去看待文學）。因此，傳播和接受經理在能夠認同文學技藝的表出形式和進境追求後，勢必要再更深認同而把它們總綰來思考審美及其生命解脫的美學功能問題，整體文學淑世的認同才有實質的意義。

至於所要恆久堅持的促成文學淑世，它是在勉力認同文學淑世的過程中一併發願且加以實踐的，彼此有潛能和現實的關係，也有相互依存的辯證關係。理由是，在存有學上，潛能被設定爲能夠變爲事實、能夠實現的，但目前尚未實現、尚未成爲事實的「實有物」；而現實也被設定爲已經變爲事實、已經實現的「現有物」。只是它們並不被當成兩個完整物，而是被當成一個完整物的兩部分（曾仰如，一九八七：一六八至一六九）。這裡也是這樣取義，將文學淑世的認同限定爲傳播和接受經理的潛存狀態，而將文學淑世的促成限定爲傳播和接受經理的現存狀態，二者都是傳播和接受經理這一存在體可以有的兩個部分。縱是如此，作爲潛存性的文學淑世的認同和作爲現存性的文學淑世的促成，還是可以在進一步的限定中讓它們再擁有相互依存的辯證關係，如圖5-2所示。

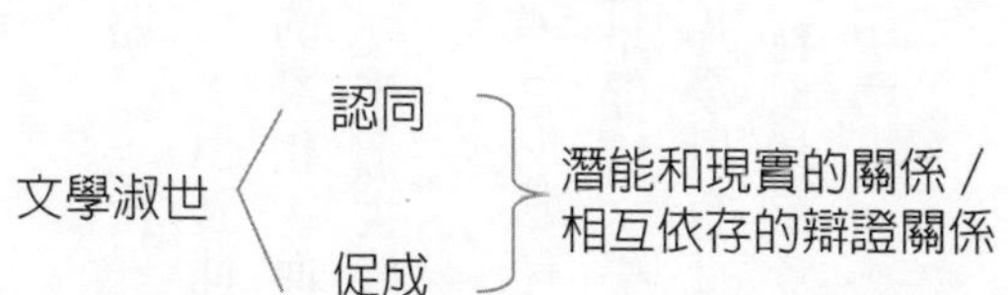

圖5-2 文學淑世的認同和促成的雙重關係

也就是說，當文學淑世的認同影響或制約著文學淑世的促成的實現時，固然顯現了文學淑世的認同的優位性；但當文學淑世的促成在偶然的情況下被踐行成功，也可能回過頭來強迫文學淑世的認同出現，而使得文學淑世的認同和文學淑世的促成終於可以一體的兩面性外再添一個可能的相互依存的辯證關係。

所以要先經過這一番的疏通，主要是在認同和促成文學淑世的道路上，得保留有不可逆料的變數介入而顛倒了整體的格局。而這雖然無法「細為考得」，但有此一見識，總會比較開闊心胸地來看待認同和促成文學淑世過程的某些微妙的變化，而不敢「錯愕以對」或「否認壞事」。這麼一來，就可以放心地開談怎樣促成文學淑世的問題（而把可能的變數留給行動者自己去估量因應）。

這依現實中還不見普遍知道怎麼做的情況來看，想促成文學淑世，至少要有幾項具體的作為：首先得將文學技藝和審美及其生命解脫的連結全程化。這是促成文學淑世的必要條件：傳播和接受經理倘若不能在這個層面上有積極的表現，那麼所有促成文學淑世的作為就形同虛設，而全然鬆動了該必要條件。好比有一位名叫柯斯托尼克（K. Kosztolnyik）的資深編輯，他的見解僅停留在文學作品要有「絕妙好點子」上：

克萊頓的《侏儸紀公園》，可能是這麼多年以來最成功的絕妙好點子……整本書的中心點子是把絕種的恐龍起死回生……作家班奇里於一九七四年出版的《大白鯊》，則是另一個絕妙好點子構成暢銷作品的例子……整部作品環繞在駭怕被鯊魚吃掉的這份人類共有的恐懼之上建構而成。（希爾

等，二〇〇六：二八四至二八五）

他所讚許的絕妙好點子，只是方便激發讀者的想像力或恐懼感而已，此外就不知道它到底有什麼美感特徵以及可以幫助讀者化解哪些生命困境，宛如沒有它的眞實的存在價值（畢竟那種心理存有式或社會存有式的感受幾乎是不必費力氣就可以獲得的）。因此，這類的意見分享，縱使能夠援爲證明文學作品的創意所在，但對於該創意的審美價值則還沒有「發掘」功勞可說，自然也無助於促成文學淑世的偉業（即使他投入編輯勞務的心力很可觀）。還有晚近文學被帶到跟文化一起遭遇裂解的境地（總說是解構理論或後現代思潮所造成的），相關的傳播和接受經理都一逕地在推銷這種文學文本觀（不確定內涵或可分延許多意涵）。這雖然看似可以廣包促成文學淑世這一課題，但實際上卻是大爲模糊文學的藝術存有而遠在促成文學淑世的範疇外。原因是，它的一個重要源頭「文學文本化」，早就把整個問題扭曲了。當中巴赫汀（M. Bakhtin）是主要的始作俑者。他對文學「嘉年華會」（眾聲喧嘩）的發掘（巴赫汀，一九九八），不但開啓了「對話批評」的風潮，還影響了當代文學觀念大幅度的轉變。大家知道，在西方宗教史上，「嘉年華」是指每年基督復活節禁食四十天開始前的一段狂歡放縱時期。在中古以及文藝復興時代一般教眾藉「嘉年華」鋪張逸樂的興致，已經形成一個重要的文化現象。巴赫汀認爲這嘉年華活動對作家的想像力有深遠的影響，因此著書闡揚這種嘉年華式的文學觀：在這類作品中，作者總以嬉笑怒罵、奇詭慵懶的姿態引導讀者進入一個荒唐滑稽的世界（寬宏大量的包容力是主要特色）（王德威，一九八八）。巴赫汀的這一發掘，得到了克莉絲特娃（J. Kristeva）的青睞；而克莉絲特娃的老師巴特也因為心儀她的「互動」說而一改原先倡議的結構觀念，重新提出「文本互涉」的主張。這樣因「結構」關係而導致的作者已死／讀者誕生的呼聲（朱耀偉編譯，一九九二：一六至二二），也就更加確立而風行不已了。雖然這僅是一種可為設定的觀念，但它所造成「典範」的轉移，已經不只直接、間接地啟發了「接受美學」和「讀者反應理論」（姚斯（H. R. Jauss）等，一九八七；弗洛恩德（E. Freund），一九九四），連法律上在認定文學作品的「專屬權」時，也多少都可見它的反影：

> 世上沒有任何妥善的分析或明確的步驟，可以斷定連環圖畫、林肯第二次就職演說、皮普斯的日記、吉朋的《羅馬帝國衰亡史》、荷馬史詩、《聖經》、歐威爾的新聞報導或《紅男綠女》到底是不是文學……只要能吸引到不在作者計劃範圍內的讀者來欣賞，就被貼上文學的標籤。（波斯納，二〇〇二：六二）

顯然巴赫汀一人在文學詮釋上所開啟的關注作品存有的怪誕／滑稽色彩，這一另類作為對文學審美歧出所造成的「滾雪球效應」或「混沌效應」，基本上是不勝計數的（周慶華，二〇〇九a：四五至四七）。換句話說，文學的藝術存有在這一番但崇心理存有或社會存有的多重解會風潮中著實淹沒不彰了。而所有傳播和接受經理這般「風從影附」的結果，就是文學淑世的偉業在當前的環境中一片消沉，甚至讓人誤以為「文學已死」

而不再對該偉業有絲毫的憧憬！可見全程化連結文學技藝和審美及其生命解脫以爲實質的促成文學淑世，還會是一個幾乎是完全有待實現的美夢。

其次，得寄望有權把關文學的人付出更多心力來連結文學技藝和審美及其生命解脫而廣爲推行。前面的全程化連結文學技藝和審美及其生命解脫以爲實質的促成文學淑世，是一普遍的觀念提示或綱領註記；而這裡的寄望有權把關文學的人付出更多心力來連結文學技藝和審美及其生命解脫而廣爲推行，則是加碼式的渴望成眞或必要想望。因爲有權把關文學的人（包括傳播者、評論者和教學者等）都是第一線的他人文學經理者，如果不能率先展現促成文學淑世的能耐，那麼要寄望其他人就更杳不可及了。好比有一本討論圖書出版的藝術和實務的專書，它對編輯接受一本書稿與否，歸結出了六項依據：

> ㈠個人所具備的有關圖書方面的知識、受教育程度和文化修養……㈡出版社內是否有各種專門的編輯人才……㈢外審者……㈣出版和銷售部門對於付諸實踐的方式提出的建議。㈤財務部門的意見……㈥在有些情況下，編輯和銷售部門打算透過某種市場研究確定自己的推測……（史密斯，一九九五：六五至六六）

這嚴格地說是可以包括能夠促成文學淑世的編輯人才／外審人員／銷售經理的（編輯人才／銷售經理屬於傳播者；外審人員可爲評論者或教學者），但事實上卻是罕見類似的作爲。可知它不是萎頓了（大家都被壓縮轉去迎合文學企業），就是都還沒有啓動（大家普遍還不知道怎麼去促成文學淑世的偉業）；而不論是哪一種情況，重新寄望這類第一線的他人文學經理者來「表率出群」，總有某種程度的迫切性。

再次，得由所有關係人自覺而一起投入熟習文學審美及其生命解脫且能再生產更優質作品的行列。從認知到推廣連結文學技藝和審美及其生命解脫以爲實質的促成文學淑世，最終還是要靠不斷地熟習和再生產更優質作品來「穩定局面」或「輝煌成果」；這時各種評論和教學機制的有效建立，就無比地重要。姑且舉個例子來演示一二：

蟹鉗住蛇，
對蛇說：
「朋友，你應伸直，
不要橫行。」（辜正坤主編，一九九二：五五）

對這首古希臘無名氏的短詩，有論者這樣詮釋它的寓意：「螃蟹本身是個橫行霸道的傢伙，一旦佔了上風反而斥責誣陷蛇橫行。螃蟹的言行不覺使人產生聯想：生活中常有些人本身行爲不正，品行不端，只因身居要位，就道貌岸然，假裝正派，胡亂訓斥人。這首詩諷刺的正是這種『螃蟹』式的人。」（辜正坤主編，一九九二：五五）從某個角度看，這類的詮釋頗能「言之成理」；但我們同樣也可以說蟹的「不知己短」（蛇身軀比牠大好幾倍，只要稍一扭動反擊，可能就會把蟹纏死，雖然蛇也要付出被夾傷的代價），未察「危機當前」，不啻荒唐可笑（隱喻著現實中有一種人「藉無知壯膽」，著實可悲）！此外，我們還可以改變主意而說蟹和蛇演了一齣小丑戲，當時蟹鉗住的正是蛇要吞食蟹還來不及合攏的下巴。而依此類推，無窮盡的詮釋搬演都可以仿照這種模式不斷地「別異」下去，只要「你有需要」（周慶華，二〇〇九a：四一至四二）。就理解作品的意涵來說，大概只能到這裡；但它卻還未及審美及其生命解脫。後者必須再進一層地賞玩它的比喻／象徵技巧（從整體看，它用的是象徵；從蟹的角度看，它用的是譬喻；而焦點化地看，它用的是隱喻，可說「極盡巧妙之能事」），心中才有快感而自生一種趣味。再來則可以從此短詩悟及：遇到了被欺壓的眞困境或反觀無知欺壓者未察自己陷入險境的假困境（對被欺壓者來說），則可以構設這類短詩來自我解脫（作品完成後至少能夠大爲減輕該困境的蹙迫壓力），或者援引這類短詩而透過想像「轉了困境」以達到解脫的目的。這在巴舍拉的《空間詩學》裡，也可以看到類似的案例：

> 想像的價值遠勝於此（娛樂性）……比方說，赫塞在評論雜誌《泉》當中的這段……一個囚犯在自己囚室的牆上繪出一幅景象：畫中有一列迷你火車進入一條隧道。當獄卒們前來帶走他時，他客氣地要求他們「多等一會兒，讓我進去我畫的小火車裡面，檢查一些東西……幾秒鐘後，一縷輕煙從這個圓孔裡飄出……而畫和我這個人也一起消散……」（巴舍拉，二〇〇三：二四〇至二四一）

巴舍拉因此發想「有多少次，詩人畫家藉著一條隧道，在自己的囚室裡破壁而出！有多少次，當他們繪出自己的夢，他們就穿過牆上的縫隙逃脫了！爲了逃獄，所有的方法都是好的。如果有必要，純然的荒謬就可以帶來自由」（巴舍拉，二〇〇三：二四一）。顯然那名囚犯藉著自己畫的隧道想像逃脫死刑的酷虐，是一種創意發用的成果；而我們作爲旁觀者，在憐憫之餘，也隱隱然有一種「欲仿解脫」的衝動，準備應付每一次第可能的生命危機的考驗。整體上，既可以欣賞它隱喻創新世界的高明（用畫隧道和火車乘坐逃離來完成精神上的解脫，巧妙至極），又可以學得解除困境「不假他人之手」的好辦法（只要有創意，隨時都可以處在「自我主導」的優著情境中）。很明顯地，這比一般只能「詮解了事」的文學評論要善於經理多多。可見這是一條「必經的途徑」；否則像有人所單一詮解的中國五四前後文學有「感時憂國」（夏志清，一九八五：五三三）或「自哀自憐」（葉維廉主編，一九七九：三六八）或「喧嚷詘笑」（王德威，一九八六：三一九）成分後，就不再推衍該作品如何顯現審美旨趣及其生命解脫樣態一類的不足事，就會不斷地連類發生，因爲那只能做到「解會紛紜」而還搆不到實質的文學淑世的課題。因此，相關的評論和教學等，都可以依我所設想的這種方式來進行，而使得文學淑世的偉業眞正的有機會大展鴻圖。至於所能轉爲創作更優質的作品，那對文學審美世界的豐富或疆域拓寬定有莫大的貢獻，就不言可喻了。

認同和促成文學淑世的恆久堅持，從傳播和接受經理的立場來說，是要經過上述「得認同該比喻或象徵技巧的表出形式」、「得認同該比喻或象徵技巧精緻化或繁複化的進境追求」和「得認同上述的表出形式和進境追求都匯而指向審美及其生命解脫的美學功能」等歷程以及「得將文學技藝和審美及其生命解脫的連結全程化」、「得寄望有權把關文學的人付出更多心力來連結文學技藝和審美及其生命解脫而廣爲推行」和「得由所有關係人自覺而一起投入熟習文學審美及其生命解脫且能再生產更優質作品的行列」等作爲，不懈怠地往前推進，才能夠自顯光華。

這種光華，可以保證受用的個體生命不再深陷現實追逐權力或屈迫權力的泥淖而常享精神上的自由，從而使得所處世界「劍拔弩張」或「剛硬對壘」的氣氛轉獲紓解或消弭於無形。而所謂的文學淑世，就是從這裡開啓且擴延成效。此外，並不敢樂觀它可以像美學家所遐想的「拜金主義盛行時，審美活動是一種呼喚靈魂的生存活動；愚昧主義氾濫時，審美活動是一種呼喚理性的生存活動；科學主義猖獗時，審美活動是一種呼喚自然的生存活動；權威主義狂虐時，審美活動是一種呼喚自由的生存活動；虛無主義繁衍時，審美活動是一種呼喚信仰的生存活動」（潘知常，一九九七：三六二）這般（文學的審美活動也在當中），畢竟文學的審美及其生命解脫是在感性體驗佔優位的情況下發生的，它可以連類推衍，但難以再受制於理性而去呼喚或想望其他。

第六章　公家文學經理

第一節 一種特殊觀點的文學經理

依理自我文學經理和他人文學經理，已經足夠涵蓋文學經理的範圍了，所以還要再延伸出去多一個公家文學經理，主要是爲了公家文學經理有一些功能不爲自我文學經理和他人文學經理所具備，額外看待它總有「條理清晰」或「思慮周備」的作用。但由於公家文學經理和自我文學經理及他人文學經理都是在經理文學以及有某些「文學期待」會重疊，以致它們三者就如圖2-2所示那樣互有交集了。而同樣地，在這裡會儘量把交集的部分略過，而專就未交集的部分立論，以便讓三類文學經理可以各顯「重要性」。

公家文學經理，顧名思義就是由公權力介入籌劃、執行和參贊的文學經理。這不同於創作觀點的文學經理，也有別於傳播和接受觀點的文學經理（雖然它也可以獎助或委託催生創作及參與傳播和接受的行列），只好稱它爲「一種特殊觀點的文學經理」。而所謂特殊觀點，是要經過建立而使它特殊的，並不包括目前看到的正在行使的某些公家文學經理。後者經常著眼點不明而效能也大打折扣，還稱不上可盛道的公家文學經理。因此，以「一種特殊觀點的文學經理」來框限公家文學經理，表示這裡面已經有了新的想望，相關的思維都要跟著做一些調整。

現在可見兩種相對反的觀念，一種是極力要撇開公權力對文學的干預，如「曾直言國內文學獎『活老一點就輪到你』的作家黃春明，針對宜蘭縣文化局有意設置『文學圖資科』，倡導文學創作作法又開砲……黃春明說，官方插手鼓勵文學家創作，但官方『做不來也不必要』，不如將錢省下來，在場作家都不是受到官方鼓勵出來的。他說，官方如果『一插手來個文學科的話，那會死了了！』他強調要講眞話，文學如果不是眞善美，不講眞話的話，那就不要去碰」（李忠文報導，二〇一二）；一種則是對公權力發揮作用多所寄望，如：「你需要創作自由，你的版權需要保護，你的銷路、你的讀者的購買力需要經濟政策成功……作家應該厭棄的是獨裁者而非政治……如果請他到文化建設委員會領演出補助費，他欣然前往；如果勸他投票，他斷然說我討厭政治，這是很奇怪的思維。當然故意混淆可以規避社會責任，那是聰明過人。」（王鼎鈞，二〇一二：三二至三三）這類兩極化的想法，都有盲點存在。

好比前者處處要去政治化，但政治又如何能遠離？先不要說有關著作權的立法和文學的獎助等實際的問題既俱在又不能沒有（因爲前者是確保大家創作有基本的保障而後者則是大家繳稅的反回饋，都不是可由公權力片面予以操控宰制的，它們有必要存在的合理性），就說由公權力來保障良好的創作／接受／傳播環境，它不就是文學人所衷心渴望的嗎？怎麼既要這種環境又不讓公權力介入？又好比後者對政治幫助文學發展一直覺得要多多益善，但歷來政治干涉文學過深所造成對文學的傷害（包括查禁作品、整肅文人和放逐文學等）又要如何看待？可見這一想對政治連結得更緊密的觀念，其實跟前者想要盡力擺脫政治是半斤八兩，都沒有好好去考慮公權力究竟要扮演什麼角色比較妥當。這也就是本脈絡不隨聲附和的地方。

基本上，一個特殊觀點的文學經理經過理論確定後，它就不僅是被動去維護大家所希望的相關創作／接受／傳播等文學生態的正常運作，它還得主動促使尚未步上軌道的文學淑世的偉業及早開拔；這時公權力就是一個非個人能力或媒體能耐所能企及的特大助緣，而所謂的特殊觀點的文學經理也就在這裡顯出它足夠「特殊性」。換句話說，公權力介入的文學經理，是要使文學淑世的偉業更有機會實現，而對自我文學經理或他人文學經理也可以有某種程度的正向促動作用（只要公家文學經理有見地，無不可以指導創作經理或傳播和接受經理朝向昌皇文學的途徑邁進）。因此，當現實中還難以有這類優異經理的出現，而透過理論建構來「召喚」它或「期許」它，也就有首開風氣的功能，諒必可以給公權力帶來實質諫諍效果。

大家都知道，公權力介入文學的運作，向來常給人「負面」的印象。如「（拿破崙）槍斃了一家出版社」（漢彌爾頓，二〇一〇：二五〇）、「（莫拉維亞）在墨索里尼當權之際，推出《化妝舞會》，因內容諷刺獨裁政權而遭到查禁」（辜振豐，二〇一二：一二二）、「五十年代文人相害，互相監視告密（反襯當道文網嚴密箝制文學伸展）」（王鼎鈞，二〇一二：二三一）和「『男不讀《水滸》，女不讀《西廂》』，這是過去道學家的標準；《追憶似水年華》當年推出的時候，被美國人視爲背德敗俗，列爲禁書。中國從秦始皇焚六國詩書以來，西方從中世紀的宗教裁判所以來，禁書就始終是掌權者展現權威的最佳工具」（陳穎青，二〇〇七：二九三）等，類似的公權力傷害文學的現象，可說不絕如縷。當然，也有公權力或準公權力贊助文人創作而有績效的美談：

> 回顧舊時代，文人和藝術家總是在贊助制度的庇護下，專心創作……例如英國伊麗莎白時代的莎士比亞，他本身受到王公貴族的贊助……而對岸的

法國也不例外，如十七世紀的路易十四，本身雅好文藝……擅於撰寫戲劇的莫里哀就是在路易的贊助下，順利完成許多精采而有趣的劇本。（韋振豐，二〇一二：二）

這是準公權力的贊助情況，爾後轉為正式公權力的文學獎助或設立文學獎，都可以為文學的創作/接受/傳播注入一股活力（後二者除了有機會分沾好處，還可能被引進參與整個獎助文學的運作），實在不能一味抹煞公權力也在從事「推動文學」的功勞。然而，從整體上看，既有公權力就約略只能做到這一「推動文學」的層次，而離真正對文學淑世的偉業有所貢獻的地步還差一大段里程。理由是它選擇獎助的標準多半是政治的（包括特定題材、旨意的限制及形式的規格化等），很難看到它會開放而對文學技藝有所激活更新，自然也無助於文學淑世偉業的開展。

再說公權力的所有贊助舉動，很少是像有些論者所說的「受助者無須以任何形式回報出資者，獎助也不是為了營利目的而發放，跟一般商業性的文化企業以賺錢為目的不同」（漢利希等，二〇〇四：三二九）這般毫無企圖，它仍然會要求實質上的回饋。好比歐洲中古時期那些受庇於宮廷的吟遊詩人「他們的工作就是『廣為宣傳』那些高高在上的權貴人士的輝煌成就、勇猛事蹟、慷慨贈予，以及幸與不幸的冒險經歷」（哈特利，二〇一二：一一九），就可以為證；而這到了現代的各種文學獎助，同樣也無法免除要跟國家的政策或新塑的價值觀掛鉤，並非只要是文學創作就有機會得到獎助。更何況這裡面還摻雜有「好惡由人」的非關文學成分。像李白的遭遇就是一個鮮活的例子：

天寶初，客遊會稽，與道士吳筠隱於剡中。既而玄宗詔筠赴京師，筠薦之於朝……日與飲徒醉於酒肆。玄宗度曲，欲造樂府新詞，亟召白，白已臥於酒肆矣。召入，以水灑面，即令秉筆，頃之成十餘章，帝頗嘉之。嘗沉醉殿上，引足令高力士脫靴，由是斥去。乃浪跡江湖，終日沉飲。（劉昫等，一九七九：五〇五三）

在李白有所利用價值時，就被皇帝召去賦詩取樂；而當他偶爾得罪皇帝時，就被絕決地斥逐，這樣的公權力介入文學的運作，豈能有一點值得期待的地方？這種情況延伸到當今的文學獎助，相同地焉能沒有個別或集體的「私心作祟」而只給特定對象？古今實在是同一個模子在換方式搬演的呵！因此，不從頭來籌劃公家文學經理的新方向，在這一應該是特殊觀點的文學經理上就不可能有實際獨特的表現。

正由於既有公權力尚未對文學淑世的偉業有足以稱道的貢獻，所以後續的公家文學經理就得從反轉現實的作爲著手，試爲開啓新的氣象，一個特殊觀點的文學經理才知所落實的方向。這並不是說現實中所見的一些相關創作/接受/傳播等文學生態的維護都沒有再予以強調的必要，而是說它已經在「大家的期待」中了（見前），倘若只是重提它而不別作他圖，那麼就不知道「長進」爲何物了。因此，爲了讓公家文學經理有所長進，從制高點上來規模促成文學淑世偉業的方案，也就可以跟自我文學經理和他人文學經理「一體成形」而在非交集上自顯它本身的特殊性。

這總說是一個特殊觀點的文學經理，分說則有「經費挹注和創作風氣的引導」、

「美好創作環境的營造」和「返身檢肅幫助文學審美發展的成效」等層面得去思慮。這三個層面，雖然都跟自我文學經理和他人文學經理的細項有所關聯（詳見圖2-3），但它們不相關聯的部分則是公家文學經理的獨特處；而經由圖2-4的框限，這三個層面又互有交涉，於是「經費挹注和創作風氣的引導」、「美好創作環境的營造」和「返身檢肅幫助文學審美發展的成效」等就因爲彼此相互映襯而成了公家文學經理的「一體三面」。這樣的框限，純是基於分工的考慮（否則就必須擇一來「概括其餘」），把公家文學經理所要從事的工作依重點分項做了提示。因此，有關公家文學經理所有細項關係的精確展布，就是這樣，如圖6-1所示。

比起圖2-4中公家文學經理的細項關係部分，此圖更貼切地顯示「經費挹注和創作風氣的引導」、「美好創作環境的營造」和「返身檢肅幫助文學審美發展的成效」等在公家文學經理上的「環衛」或「布露」情況。而從這些細項的字面來看，也很明顯地有別於自我文學經理和他人文學經理那些細項的涵義，可以在相當程度上顯出一種特殊觀點的文學經理樣貌。

當中「經費挹注和創作風氣的引導」是最基本的要求，公權力在這方面理當要做到能夠「催生」優質文學的地步；而「美好創作環境的營造」，則是公權力本身促成優質文學產出的必要擔當；至於「返

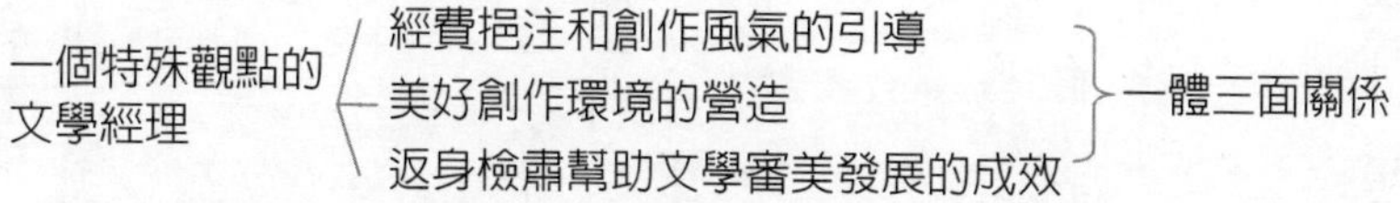

一個特殊觀點的文學經理	經費挹注和創作風氣的引導	一體三面關係
	美好創作環境的營造	
	返身檢肅幫助文學審美發展的成效	

圖6-1 公家文學經理細項關係圖

身檢肅幫助文學審美發展的成效」，乃是公權力介入文學淑世偉業在管理上的監控，合而把公家文學經理推到實質「經理有成」的境地，同時也讓始終疑慮政治干涉文學會造成不良後果的人鬆一口氣。

第二節　經費挹注和創作風氣的引導

文學從社會存有的角度來看，它也不可避免地要成爲一種意識形態的實踐；甚至連文學的文體類型都在有意無意地發揮它的「意識形態功能」〔蘭特利奇（F. Lentricchia）等編，一九九四：四三二〕。而在這種存有的搬演中，如果跟政治意識形態互通聲息（或成了政治意識形態的傳聲筒／代言者），那麼文學就會被嵌進一個協助召喚或吸納社會化主體的巨大網絡裡：

> 文學或文化研究中的意識形態分析，就跟制度的和／或文本的機構相聯繫；而這種機構作用於讀者或觀眾對自我和社會秩序的想像觀念，並以此號召或懇求他／她進入社會「現實」和社會主體性的具體形式。（蘭特利奇等編，一九九四：四二八）

在這種情況下，文學也轉成跟教會、學校、電影和電視等一樣的準政治機構。這些機構，表面上都在盡一切努力否定「政治」，實際上卻是無時不在對大眾起著說服和支配的政治作用（蘭特利奇等編，一九九四：四三一）。因此，文學也就很容易被收編而成爲一種機動性的意識形態機器，在社會中左衝右突，試圖取得普遍化的宰制力。

當今包括文學在內的文化產業，就是這種意識形態實踐的極大化。這時候的文化，已經變成了歸類活動：「自從人們把精神創造總結成文化，並使它中性化以後，審美的野蠻特性就使那些能夠對精神創造造成威脅的因素蕩然無存了。當人們談論文化的時候，恰恰是在跟文化作對。文化已經變成了一種很普通的說法，已經被帶進了行政領域，具有了圖式化、索引和分類的涵義」（霍克海默（M. horkheimer）等，二〇〇六：一一八）；而具能創性的主體個性也成了一種幻象（這不僅是因爲生產方式已經被標準化），因爲「個人只有跟普通性完全達成一致，他才能得到容忍，才是沒有問題的」（同上，一四〇）。雖然文化產業本身跟「科技發展、資本主義自由市場對更大利益的需求、讀寫能力的提升、機械複製的進步及對大眾更幸福生活的渴望等」都息息相關（齊普斯（J. Zipes），二〇〇六：二一三），但它用來支持文化產業運作不輟的意識形態卻會讓人觀念錯亂而無所適從。好比在文化產業中佔重要地位的傳播媒體所給人的印象：

> 按照阿圖塞的觀點，大眾傳媒是在意識形態支配下的「想像」的結果；而意識形態是一種「表象體系」……因而當人們錯誤地把意識形態支配下的「擬態環境」當作「現實環境」，並決定自己的行動的時候，就不可避

免地使社會付出沉重的代價。（徐國源，二〇〇八：九至一〇）這是緣於人們經常忽略意識形態的支配作用而盲目的投擲力氣在跟它做無謂的抗衡，而社會也因此必須付出雙倍的力氣來安撫那些仇恨對抗和怨懟心理的結果，誰也沒有得到好處。

所謂的公權力介入文學創作、接受和傳播等活動，原就是在意識形態和權力意志的統合中而展開的；它在馬克思主義那裡所強調的階級鬥爭／異化／政治無意識，已經編狹式地爲文學模塑出了政治面貌（林建光，二〇一〇）；而在新歷史主義興起所提出文學都是政治的隱喻後，就廣爲明朗化（張京媛編，一九九三）；至於稍早的知識考古學和系譜學的「權力／知識」框架的揭發（傅柯（M. Foucault），一九九〇；一九九三），也給足了理論資源，無慮可以構成一門「文學政治學」的次學科（周慶華，二〇一一a：二一二）。而現在又搭上了資本主義的列車繁衍出文學產業，那一政治控制力就更無遠弗屆了。然而，這卻不是我們所該期待它持續或深化的，因爲它爲了「政治」所有的「審美」都可以被犧牲（即使不全然如此，它也會在「圖利」的前提下，隨便虛應故事一番而讓審美「自生自滅」），馴致文學「名存實亡」。

其實，文學產業也跟其他文化產業一樣，早已有菁英的反彈而造成整體產業的矛盾化：「文化產業組織和流通符號性創意的方式，反映出當代資本主義社會中的極度不公平和不正義。這些不公平的障礙阻撓人們進入文化產業的領域。那些有管道進入文化產業的人通常會被鄙視；而許多想要創作文本的人則爲生計所困。倘若要製作特定類型的文本，還須承受極大的壓力。而且想要獲取當下的產業組織資訊以及與眾不同的文本，更是難如登天。」（海默哈夫，二〇〇六：六）這種矛盾化，使得文學產業在發展的過程中充滿著不確定性（它始終要面對一種來自唾棄或修正思維的拉力）。因此，當公家文學經理也要把文學產業化來兌現政府的經濟政策，它就不是一個「好的理念」（至少它也會被轉移焦點而跟非文學混在一起了）。由此可見，公家文學經理的可期待值，就不是在「產業化」上拚搏，而是對「文學」本身的善加維護，甚至是對優質化文學的極盡催生能事。

這麼一來，公家文學經理的爲社會興利和累積政治資本等作爲（前者實際上也是在累積政治資本，因爲它透過稅收和美譽的疊加等，最終還是給自己累積了政治資本），就得改成對文學淑世偉業的全面性關注。而這最迫切要做的也最需要建功的，是經費挹注和創作風氣的引導。前者（指經費挹注），不僅是一般性的文學獎助，它還用來延攬或栽培有能力識別文學藝術存有的人，由他們協助籌劃和推動文學淑世偉業的進程；而後者（指創作風氣的引導），則爲前者的兼併工作，它必須透過各種管道開啓優質化文學創作的風氣。換句話說，公家文學經理優先要從事的，就是給予必要的經費挹注，找對人來引領大家有效領受文學且帶動具高度審美價值的作品創作風氣。

以現今可見的公家文學經理來看，不是還停留在土法煉鋼的階段（如辦某些「不痛不癢」的徵獎活動或獎勵出版一些「水準不高」的著作或資助作者「不定標的」的寫作或委託民間機構徵集「乏善可陳」的文學文獻，顯得沒有什麼章法），就是浪費資源投注在「不知伊於胡底」的文學事業（如文學館的關建、文藝資料中心的成立和各級文學

／文化機構的營運等，都看不出有能耐規模和昌皇文學淑世的偉業），幾乎沒有可以稱道的建樹成績。我們知道，公家文學經理可以經由「政策涵蓋」、「法令規範」、「單位執行」和「教育延展」等程序和管道來成就，但事實上這些都不見具體的「文學審美」的蹤影，以致有效的公家文學經理還舉不出實例。

有人提到「政府應該了解，『文章華國』並非說它是政權的裝飾，而是說它是國家的光環，能在世界上增加國家的知名度和吸引力，引世人尊敬和嚮往。小小丹麥出了個安徒生，就在全世界兒童的精神領域成為泱泱大國……優秀的文學作品是國家民族的文化資產，一個負責任的政權一定有心給後世留下這一類東西」（王鼎鈞，二○一二：三三），這自然是「中肯的話」；只不過它的「輕易期許」，依舊無助於問題的釐清。也就是說，文章華國是作者「創作有成」造成的，政權強引為施政績效，只是往自己臉上貼金，終究不知道公權力可以發揮什麼作用。

此外，還有一件事也可見既有的公家文學經理根本無心於經理：「曾經有政府單位要向我們採購書籍，打電話過來後，要求我們提供估價單。我簡單回覆，給了八折的折扣，對方在電話中詢問是否能夠給更多的折扣。我有點納悶，但想著如果書本有機會被閱讀，折扣多一些也無妨，於是改為七折，然後把估價單傳真過去，之後就再也沒有下文了。」（陳夏民，二○一二：一八四至一八五）像這樣連採購圖書都比照「商場的殺伐」，如何能夠寄望它多留意一點優質化文學的「藏匿處」或知道怎麼去催促優質化文學的「天才產出」？因此，公家文學經理的確是要試著「重新開始」了。

以上述公家機關的圖書採購為例，固然有某些指標可以遵循，如「美國的圖書館，即便不是學術型圖書館，而只是一般的社區或市民圖書館，它們的圖書館藏和設備，也都是非常豐富而健全。美國正因爲有龐大數量的圖書館（各級圖書館約十萬多間），讓美國出版界的書籍銷售，無論冷門或者大眾圖書，都有固定的基本銷量，從而保障文化產業的延續，特別是學術書或者冷門書籍的出版存活」（王乾任，二〇〇四：一七八），能做到像美國圖書館這樣一定是極難得，但在經費有限的情況下，就不敢想像大家也可以「比照著完成」；同時有論者所建議的「臺灣各級圖書館的書籍採購，應該由中央的文化單位統籌分配，按照國家統計的新書資訊及書籍性質，定期向出版社購買，分配至各級圖書館典藏」（同上，一八二）一類施作，也不見得是個好辦法。理由是出版品逐年在增加，典藏單位的硬體設備不可能跟著擴充；而就文學的被需求來說，能篩選出優質作品才是重點，並不合以數量取勝。這些都會讓上述的建議流於空想，而使公權力所該帶動的文學淑世的偉業還虛懸未決。

根據前面所說的，公家文學經理可以經由「政策涵蓋」、「法令規範」、「單位執行」和「教育延展」等程序和管道來成就，這樣既有的現象不如人意的，往後就得積極的予以改弦易轍，而展現出比較像樣的經理方式。而這首先要把文學的文學性帶入政策裡。現有的政策涉及藝文部分，都只是一個含混的大方向，相關文學的審美功能始終沒有得到彰顯，因此即使有讓文學露臉的機會，也不知道要對它怎麼樣。尤其近年來文化創意產業的呼聲甚囂塵上，大家只一逕想到經濟利益，有關文學的審美課題更沒人去關心。以臺灣爲例，於二〇一〇年一月七日通過文化創意產業發展方案的立法；而到二〇一二年，政府投入二百一十二億餘元的經費在電視、電影、流行音樂、數位內容、設計和工藝產業等六大旗艦產業計畫，預計四年內產值可達一兆新臺幣，並且增加二十萬就業人口，期許臺灣成爲亞太文創產業匯流中心。而在主軸「環境整備」方面，則有五大策略，包括資金挹注、產業研發輔導、市場流通播展、人才培育及媒合機制、產業群聚效應等（黃光男，二〇一一：一二一）。在這裡面，我們完全看不到文學應有的位置；更不要說先前所有的藝文政策會留給文學審美去醞釀發展的空間。而話說回來，文化創意產業本就不宜這般地企業化，當中的文學產業沒有被「抓牢核心」也不是什麼遺憾事；但由這一點卻可以推及公家文學經理的虛浮和偏離航道，已經到了必須大刀闊斧來改革的地步了。

其次，要讓法令的訂定和執行可以顯露一點文學淑世的曙光。因爲文學不是廉價商品（只要用點錢就能買得到），而文學審美也不是隨便能夠趨入（沒有感悟能力也能多方領受），所以所有的文學政策和推動就得扣緊它的特性而加以合適地部署。這種部署，包括文學審美人才的延攬和栽培及其肩負的使命布達、集中資源運用在實際可以淑世的文學活動上和獎勵踐行及參贊文學淑世偉業有高度成就的人等。這時主管業務的人，自我修養相應的能力和完事的識見，就顯得無比重要，畢竟政策的落實和法令的執行以及人才的協力等，都有賴他們的擔當管控，很難寄望底下的人取代而還可運作無誤。

再次，要透過文學教育來推廣文學淑世的偉業。這一部分，舉凡師資的養成、課程的設計和教學方法的選用等，都得認眞考慮文學淑世的偉業性而促使它生根終至茁壯。從整體上看，一般語文教育所該涵蓋的文學教育已經很少有人知道或願意投注心力在審美層次上，更別指望還能夠引導優質文學創作的走向了（少數有這種能力的人，如果不是靠他們自己用功和廣爲尋繹資源，那麼只待在教育系統裡是不可能臻致佳境的）。因此，所可以寄望教育來發揮文學淑世偉業的瀰效應的，就在這一實質文學審美的傳習和深沉內化了（詳見第七章第三節）。

相同地，這般特殊文學經理的選擇，也跟創作經理以及傳播和接受經理一樣是「面對未來」的，它可以跟前二者分享文化理想，而權力意志也依然爲背後終極的促動力（詳見第四章第二節及第五章第二節）。縱是如此，它所轉升爲帶集體性的權力意志，勢必要多退讓一點給文化理想，這樣該權力意志才不會過於「猙獰發用」而壞了大計。因此，這個選項固然同樣會受制於第四章第二節所述的行爲心理學命題：

> 一種鼓勵對個人的價值越高，那他採取行動取得此一鼓勵的可能越大。
> 在可以遂行權力意志的情況下，特殊經理者認爲特殊經理有很大的價值。
> 所以他會採取行動來從事特殊經理。

但基於文化理想還是可以大力借重公權力來實現的前提，集體權力意志實在不宜太過賣弄張揚；否則有關文學神聖性的維護就會遭遇更多的凌礫波折，而終於抵銷了其他包括自我文學經理和他人文學經理在內的經理努力。這是總結公家文學經理還「大欠上道」所得出的，它要等著上述諸多策略的施行來檢驗，現在就先預示到這裡。

第三節 美好創作環境的營造

在封建時代，文學人大多靠寄食過活，所創作的作品自然也要迎合被寄食者的利益需求。直到近代，（如西方）因為文藝復興、宗教改革、政治啓蒙和工業革命等一連串的文化變異，導致中產階級崛起，所以才開始有聲息相通的文藝圈出現。在這個過程中，寄食者和被寄食者的供養關係，就有了形式上和局部實質上的轉變。如：

> 羅馬帝國的大富豪梅賽納，他家門庭就是這種供養文藝人士的社會結構最佳發源地……一直要到財勢漸漸拉平，越來越多的階層都能參與精神生活，以及出現有效傳播方式，比如印刷術問世，這種供養方式也就逐漸式微，而以國家補助經費或公共基金的面貌存續下去。（埃斯卡皮，一九九〇：五六）

但既然都是依賴供養在維持文學活動（不論供養者是貴族還是國家或是公共基金），那麼所涉及必有的「阻隔、管理或操縱全部或部分原始信息的過程」這一檢查制度（歐蘇利文等，一九九七：五二），寄食者顯然無法逃避而不受它的約束。還有這種檢查制度，意味著「一種控制和選擇的過程，而且是根據某種沒有明確說明的判斷標準和價值來進行控制和選擇的」（同上，五二）。只是它所造成的有意排除或抑制一些資訊而不讓一般大眾或特定團體知道或使用後，相關的後遺症就跟著發生了：

這種檢查以及能夠達到這類控制的法律的符碼及實踐，是可以有各種解釋的。而且通常都會用必要的安全、保護「國家利益」或是不能破壞脆弱的道德和社會福祉作爲理由去執行的。檢查，反而跟權力和權威糾纏不清了。（歐蘇利文等，一九九七：五二）

倘若繼起的公家文學經理，最後是仿效沉溺在這種「宰制的歡悅」裡，那麼一切文學淑世的偉業是不可能開展的。而事實上，歷來正有太多的例子，公權力以有形無形的控制手段在操縱著文人，不但沒有體恤他們的非等閒能力，還嚴重地扼殺了文學創作的風氣。

試問像封建時代所見的「給皇上當差是很苦的……翰林院的老爺們要三年一大考，爲了使自己的課藝不生疏，一天也不能放棄寫白摺子，怕自己隨著年齡的增長，眼花了，手顫了」（金易等，二〇〇五：三七五）這種威嚇，或像專制社會所見的「巴金是牛鬼蛇神中受批判的重點。到了奉賢幹校，仍然經常押回上海，在各學校、工廠遊鬥。有時，巴金正在田裡幹活，或是蹲在食堂角落裡吃飯，只要工宣隊和造反派頭頭一聲令下，他就得丟下飯碗，丟下鋤頭，一去就是幾天」（淳子，二〇一一：一二）這種折磨，文人的尊嚴將何處掛搭而連類普遍化的創作風氣又將如何能夠開啓？縱使類似的禁錮可能激起文人更精心於創作，好比早期俄國作家杜思妥也夫斯基的例子：

一八四九年九月，已經被押上斷頭臺的杜思妥也夫斯基突然被宣布赦免死刑，改爲發配西伯利亞服苦役……苦役生活使得作家心靈受到極爲嚴重的摧殘，但卻未能矇蔽作家的雙眼，他細心地研究和觀察囚犯的生活……他對離奇怪誕的犯罪事實的紀錄，使他蜚聲世界文壇。（淳子，二〇一一：一三）

但這並不是正常的現象。正常的現象是：沒了政權的束縛，大家都可以竭盡所能地創新奇異，而眞正達到「百花齊放」的境界。換句話說，即使在民主時代，政權也不合以道德或法律的手段干涉文學的創作，因爲那種干涉絕不是爲文學審美的（而是常矯造「違反善良風俗」或「流於攻訐謾罵」一類理由在禁制壓抑），它到頭來仍然要跟專制政治同夥共謀。因此，保障創作自由，就是公家文學經理繼經費挹注和創作風氣的引導後必須念茲在茲的。而這得體現在一個貼心的「美好創作環境的營造」，以便前面的經費挹注和創作風氣的引導不會有「爲德不卒」的疑慮。

至於這裡所說的創作環境，固然也可以指布赫迪厄（P. Bourdieu）所說的爲各種權力交會的場域（布赫迪厄，二〇一二：二六一至二七七），但它基於是爲了有助於文學創作的前提，還是要收回來特指相應的物質空間和心靈空間。也就是說，文學創作有相當的私密性，得確保它不被干擾，所以所要的環境就是那「無障礙」的物質空間和心靈空間（而不是才要創作就得去拚搏的力場）；而這物質空間和心靈空間，在某種程度上需要公權力來營造，才能讓文學人可以安心也放心地去創作。

我們知道，文學人各有各的習癖，儼然已經成了他們在創作上能夠靈感噴薄的來源。好比王羲之有愛鵝癖、劉邕愛吃瘡痂、王安石不愛洗澡、霍夫曼（E. T. W. hoffmann）喜歡把加了荷蘭芹的餅乾綁在鼻子前、薩德（M. de Sade）十分迷戀各種巧克力、大仲馬（A. Dumas）寫不同文體要用特定顏色的紙、雨果（V. hugo）要脫光衣服才能寫出好小說、海明威（E. Hemingway）特別喜愛站著寫作和狄更斯（C. J. H. Dickens）要穿著晚禮服才有靈感等（柯特萊特（D. T. Courtwright），二〇〇〇；方時雨，一九八六；殷國登，一九八六；黃秀如，二〇〇五；釋妙蘊，二〇〇五），都是有名的例子。雖然這些習癖常人也多有，但都不及文學人可以轉爲創作有用的資源；而比起一般習慣從文學人的天分和努力解釋他們作品產出的可能性，這種習癖因緣則足以成爲「文學的另類寫眞」（陳雅音，二〇一一），不妨另具隻眼重新予以看待。而最重要的是，在這習癖的背後，有一個文學人專屬的心靈空間。如：

> 彌爾頓是躺在床上進行創作的；而納博科夫在三吋寬、五吋長的卡片上寫作；濟慈要穿上他最好的衣服來寫詩……波普只有在身旁放上一箱爛蘋果的時候才能寫作，那種腐爛的氣味可以激發他的靈感……麥唐諾就在節目裡自曝，他習慣一絲不掛地在阿拉巴馬州家中的陽臺上寫作。（漢彌爾頓，二〇一〇：一四）

這不論創作時置身在什麼地方，或者喜愛怎樣的陪伴物（包括裸體在內），那都是不能被侵犯剝奪的「運思領域」；如果沒有了這一運思領域所再現的專屬的心靈空間，創作就會變成艱苦的奮戰或什麼也不是。因此，為了保障文學的創新不斷，公家文學經理在營造美好的創作環境上，就得避免公權力對這種心靈空間的任何干擾。這表面看似消極的作法，其實它要能避免所有形式的干擾就是最積極的了（因為公權力不可能因應文學人的需求而主動提供習癖，所以能夠把已經存在或即將存在的有形無形的干涉去除，就再積極也不過了）。

讓文學人可以適時適性地自由創作，這是公家文學經理應該憐愛去做的。此外，就是相關藝文空間的規劃闢建和有效營運。這藝文空間是純物質性的，乃為了方便文學人聚集互動（而非私密空間的賜予）；它未必要有宏偉的建築或佔地寬廣，但不能沒有「文學氣息」。也就是說，文學人常需要相互唱和、甚至相濡以沫，才能激發創意或廣開思路；而這類空間必須有公權力的保障，以有償或無償的方式提供文學人使用。

對於這一可供文學人互相酬賞的物質空間，在當今社會嚴格的說並不缺乏。以臺灣為例，藝文館舍遍布各縣市（編輯部，二〇一二），除了多有典藏、展覽、教育和休閒娛樂等功能，還可以讓文學人聚會座談、發表作品和題獻鐫刻等；而文學人也會自覓適合彼此「互通有無」或「論藝較技」的地方。如：

一位學院派的學者，稱我們為「咖啡館的流浪民族」……明星不但成了臺北文藝界聊天、集會的中心，也成了全臺灣文藝界的匯聚之地。南部北上的文藝界朋友，也多半會約在明星見面……大家都水乳交融混然一體，為理

念吵架都不會傷和氣。（楚戈，二〇〇五：五二至五三）

不過，公權力倘若只能做到「給你物質空間就好」的地步，而不能再有些加碼式的作爲，那麼它就還稱不上善於公家文學經理（也就是仍有欠高效率的營運）。這加碼式的作爲，有《紅樓夢》中的一幕可以用來類比：大觀園裡眾女子起詩社，找王熙鳳來當「監察」：

李紈笑道：「你們聽聽，說的好不好？把他會說話的！我且問你，這詩社你到底管不管？」鳳姐兒笑道：「這是什麼話！我不入社花幾個錢，不成了大觀園的反叛了，還想在這裡吃飯不成？明兒一早就到任，下馬拜了印，先放下五十兩銀子給你們慢慢作會社東道……有了錢了，你們還攆我出來！」說的眾人又都笑起來。（馮其庸等，二〇〇〇：六八九）

明的是當監察，暗的是要她當「財主」；而她也著實明白這一切，所以前後都予以成全。後來大夥在蘆雪庵即景聯詩，王熙鳳也胡謅了一句湊數：

鳳姐兒說道：「既是這樣說，我也說一句在上頭。」眾人都笑說道：「更妙了！」……鳳姐兒笑道：「我想下雪必刮北風。昨夜聽見了一夜的北風，我有了一句，就是『一夜北風緊』，可使得？」眾人聽了，都相視笑

道：「這句雖粗，不見底下的，這正是會作詩的起法……」（馮其庸等，二〇〇〇：七六一）

不只這樣，連賈母在得知一夥的雅興後，也跑來湊熱鬧，還要她們另做些燈謎，以便「大家正月裡好頑的」（馮其庸等，二〇〇〇：七七一）。這就顯示了賈府裡最有權勢的人（指賈母）和大掌櫃（指王熙鳳）在文學創發上相當程度地主動加持，而使得文學人的歡會可以酣暢淋漓地進行。而由這一點，不啻能推及公家文學經理在提供物質空間的同時，也不妨自動低調的赴會，並且儘可能邀請或呼籲傳播媒體和讀者來參贊相關的文學活動，彼此互相觀摩和惕勵長進，才有圖2-2三類文學經理實質的交集，也才能體現一種可以傳為美談的高效率的營運。而這可見的附帶效益，是公家文學經理要尋覓的一起來推動文學淑世偉業的人才，就在這不斷跟文學人的互動中找著了。

所謂「美好創作環境的營造」，就是從保障文學人的創作自由和主動有效參贊文學活動著手（不然文學人都知道找機會創作，還要公權力介入做什麼），而讓文學淑世的偉業能夠得著助力而更容易紮根發展。而在這種情況下，本章第一節所提到的贊同和反對公權力介入文學活動的兩極化意見，就隱含著一個沒掌握到要點而一個又恐懼太甚，顯然都不是契理的可借鏡對象。

第四節　返身檢肅幫助文學審美發展的成效

由於公權力介入文學活動，所花費的是公帑，所以在經營上更得講究成效的考評。但這在目前所見的，卻是還停留在土法煉鋼的階段和浪費資源投注在「不知伊於胡底」的文學事業，幾乎沒有可以稱道的建樹成績（詳見本章第二節）。因此，在知道怎麼「經費挹注和創作風氣的引導」及「美好創作環境的營造」後，就要再「返身檢肅幫助文學審美發展的成效」。這是連帶強化的作爲，目的是要確保前兩節所說的可以恆常顯出「最佳狀態」。而另一方面，它也得針對現有的公家文學經理進行「檢討成果」和「肅清雜衍」（這樣才有自主性而不跟前兩節完全重疊），以便在幫助文學審美發展的路途上保持清醒，隨時自警策勉而日臻勝境。

所以有關幫助文學審美發展也要寄望公權力來執行，主要是公權力擁有「公眾資源」和「掌握較多資訊」，如果不期待它發揮特大作用，那麼其他個人或傳播媒體的「點滴努力」，在推動文學淑世的偉業上恐怕會曠日廢時而異常艱辛。即使不然（也就是其他個人或傳播媒體可以自行通達而產生瀰效應），公家文學經理知道返身檢肅幫助文學審美發展的成效，對推動文學淑世的偉業也不無小補，依舊值得希冀它趁早上路。

很明顯這也是未來式的，同樣得比照前面的作法，爲它理出一個方案，好顯示文學經理學的另一個建構成果，而這要優先了解文學審美的發展性（其餘的才會知所掛搭）。公家文學經理也得比照其他如經濟的預測，而對文學審美有所前瞻；即使不能引領風潮，也要善盡預告的責任。但如今相關公部門的主管和業務承辦人，幾乎都沒有這種前瞻的能力，徒讓公家文學經理處在「起不了什麼作用」的階段。好比文學人在創作時有類似底下這種心理困境：

> 文章寫到非如此不可時，可以福樓拜爲例：有一次寫著寫著忍不住哭起來了，他妹妹問他怎麼哭成這個樣子，他說：「女主角自殺了啦！」她說：「小說是你自己寫的，你不讓她自殺不就得了。」「不行！現在我管不了她呀！」（楚戈，二〇〇五：一五八至一五九引）

這涉及敘事美感的問題，倘若文學人自己最終都難以化解類似的「疑惑」，而又到處求助無門，那麼公權力可有想到能夠給予什麼樣的協助？換句話說，公權力是否應該儲備有關敘事美感鑑別的資源，而在文學人有所需求時提供參考？我們知道，敘事美感並非只有一端（也不該執著一端）；而有更多處理敘事美感的策略並陳，多少有助於文學人選擇借鏡，甚至還可以激勵他們創發新的書寫策略。更何況這裡面還有更複雜的問題！如我一篇尚未發表題爲〈小說家〉的極短篇小說所暗示的：「他苦思冥索，終於想出了寫小說的規律。『如寫愛情故事，一定要安排三角關係，最後誰也沒得到誰。』他對自己說。『又如寫冒險故事，先給主角嘗點甜頭，卻在關鍵時刻讓他死亡，而由配角代他完成遺志。』他又對自己說。『再如寫老人與海的故事，結局騙走那條大魚的是小孩。』他再對自己說。結果他遲遲沒有動筆寫作，因爲他還在等編輯告訴他出版社喜歡的故事是什麼。」敘事美感的衍生，經常摻雜著意圖的變異，實在不是一個「美學框限」可以了結。因此，所謂了解文學審美發展的發展性，就是要在這具有複雜化選擇或優質化確立的前進指標上生出卓見，以展現公家文學經理在推動文學淑世偉業方面的能動性。這雖然事涉複雜（不是這裡可以用幾句話道盡），但先有這一要「知所前瞻」的觀念，總是一個必要或好的開端。

再來得對文學品味可能的不穩定性有所掌握，而及早予以妥善的因應。基本上，文學教育是一條漫漫長路，任何從事文學經理的人也不合對它有過深的期望，畢竟沒有文學感興或自絕於文學國度的人仍然所見多有。而當文學淑世的偉業在推動時遇到了阻力或績效不彰，究竟又要怎麼自處，就又考驗著文學經理人的智慧了。從某個角度看，文學審美有相當祕密性，很難在對人言宣時不會走樣或失眞。而這好有一比：

> 我帶著兒子傑克，到加州帕羅奧多的臉書總部訪問祖克柏。我們走進落地玻璃會議室時，祖克柏緊張地衝進來，說他必須把白板擦乾淨……這家公司希望我們全都對彼此開放，但它本身卻相當神祕；它的創始人希望我們全都合群愛交際，但祖克柏本人卻很不喜歡交際。〔賈維斯（J. Jarvis），二〇一二：二五〕

我們讀到精采的作品，自己領會過了它的美，其實不太願意再對人訴說當初是怎樣的心受顫動；更何況在跟他人分享時已經不在那個情境了，所說的不復當初的鮮活踴躍。就像上述那個故事所透露的：它未必是爲了保守什麼，而是某些創見的確有「難言之隱」

（一方面說不出那種細微具體的感覺；一方面也會窘迫於回應別人無厘頭或刁鑽的追問）。這種「難言之隱」，在《莊子》書中所載那個「輪扁語斤」的寓言故事，早就有過傳神的喻示了：

> 桓公讀書於堂上，輪扁斲輪於堂下，釋椎鑿而上，問桓公曰：「敢問公之所讀者何言邪？」公曰：「聖人之言也。」……輪扁曰：「臣也以臣之事觀之……臣不能以喻臣之子，臣之子亦不能受之於臣，是以行年七十而老斲輪。古之人與其不可傳也死矣，然則君之所讀者，古人之糟魄已夫！」（郭慶藩，一九八三：二一七至二一八）

因此，審美和道德（跟人分享）的矛盾顯然是避免不了的。這種矛盾，未必像談論隱私不外露的人所說的那樣是因爲有所恐懼的關係：「我們欠缺分享自身知識的文化。我們抱持一種反社會態度，將自己的點滴知識都視爲一種競爭優勢，最好祕而不宣。如果有人將自己的知識免費送給別人，我們不會相信這種蠢人……因此，我們不僅得承受自己的錯誤，還大有可能重蹈其他人的覆轍。」（賈維斯，二〇一二：四八至四九）恐懼心理是在自己沒有把握會不會有後遺症的情況下發生的，而文學審美的說不出就純粹只是「傳達」上有困難（但這仍無妨他自己從文學審美得到趣味和生命解脫的好處）。於是公權力在引導大家走上文學審美的道路時，也得對文學教育付出更多的心力，著實的提供各種品味文學的方式給人觀摩，透過不同形式的「建檔」（如平面書和立體戲劇等）

而發用生效。換句話說，儘管無從對它多所寄望，但不投入心力就更不會有希望了；以致試著設法因應，還會是返身檢肅幫助文學審美發展成效的不二法門。

最後必須把前兩項紹合在一起列冊且予以長期追蹤考較，以累積文學淑世的經驗而隨時尋隙予以開展。現在我們看得到的一些類似的成效評估，幾乎都是大而無當，沒有一點可以感到欣慰的地方。如：

> 莎士比亞原著在市場上已經有了許多中文翻譯本……一般人也許會問：「爲什麼還要再來一本？」彭鏡禧說得好：「其實，各個時代有自己的語言；經典作品每隔一個世代，都需要重新翻譯……幾百年來學者的註疏一方面使我們更加了解原作，同時也使我們更難確認原作的意義。」（吳清和等採訪，二〇一〇：二二六）

這是臺灣行政院國家科學委員會自一九九七年起開始推動人文學及社會科學經典譯註計劃的成果報告中的一個片段，說話人是該計劃的核心人物，原應有更「驚人之語」才對，但我們所看到的卻是他還在作品的語言/意義中纏繞，而不知道怎麼提升到「審美」層次去估算這種文學翻譯的價值。又如：

> 至於較少爲國人所知的文學作品，國科會同樣注重。由文化大學俄文系教授王愛末所譯註的《迪坎卡近鄉夜話》，就是一個代表例子。《迪坎卡近

鄉夜話》是寫實主義文學的創始者、著名俄國作家果戈理的著作……不但深深地影響了同時代的作家如屠格涅夫……甚至其後的各派作家如契訶夫等，也都奉他爲導師。（吳清和等採訪，二〇一〇：二二六至二二七）

這也是同樣的總結反映，奉命撰文的人整體的理解只停在浪漫/寫實的泛手法上，而對那些手法究竟有什麼審美意義則完全無法多置一詞。依此類推，可以想見公權力在追蹤考較社會審美心靈的走向上，實在可說是「一片荒蕪」；繼起的文學經理單位再不加緊腳步比照本脈絡所說的來從長計議，就不知道公帑還要虛擲多久，而文學淑世的偉業又要如何伸展！

正因爲當今的公家文學經理都還處在「未發動」的階段，所以上述相關返身檢肅幫助文學審美發展成效的策略，也就有指引或催促上路的作用。而就節標的「返身檢肅」一詞所隱含的意思來說，它是要恆久如此的，以致從眼前的「未發動」到將來的「已發動」，公家文學經理都不能片刻或忘這一自我惕勵成事的重要性；否則總體文學經理要靠它來「推波助瀾」，就沒有明天可說。

第七章　文學經理學的運用方向

第一節　藉爲提升文學創作和接受的實質效果

文學經理學的主體，已經俱陳在前三章裡。據此凡是後起的自我文學經理、他人文學經理和公家文學經理等，都可以得著有效的參鏡。而就理論建構來說，本文學經理學也展現了一個相當可觀的規模，可以作爲後續類似模塑的典型範例。此外，基於配合「前後包夾」而使理論建構更增一份綿密性的旨意設定，還可以延伸出來談「文學經理學的運用方向」問題。

這純是爲了創作／接受／傳播／文學教育等都能知道三類文學經理的狀況，而重新去調適呼應或別爲增衍再予三類文學經理更新的資源所一併設想的。它在理論規模上，屬於附帶配備；而在完滿論述需求上，則是希望透過這一程序而把所建構的自我文學經理／他人文學經理／公家文學經理的內容縮結來提示發揮作用的向度，以便大家更知道及時落實的地方。由於這是理論完構後的運用倡議，跟在脈絡中直示文學經理的方向略有不同，所以它和前三章可以在相當程度上有所區隔。而緣於方便分項條理的考慮，這裡就先談「藉爲提升文學創作和接受的實質效果」。

所謂「藉爲提升文學創作和接受的實質效果」，是指前面所建構的自我文學經理、他人文學經理和公家文學經理等理論所可以藉爲在提升文學創作和接受的實質效果上起作用的成分，而稍微有別於在分開談論相關文學經理時的「直指方向」。換句話說，這是綜合提點，讓文學創作和接受這有相對性的行動「知所準則」。另外，也會對先前不及細談的環節做一些補充。而所以要把文學創作和接受並列來發微（而不像在談文學經理時將它們分別處理），是因爲這裡面有某些可以對勘的層面在，不將它們收攏來觀照，就得花更多篇幅旁衍出去分辨而又未必可以完論。

依此，這一部分就是著重在如何藉文學經理學以爲「提升」文學創作和接受的實質效果。這是進趨式的規劃，對於文學創作和接受的成效提升有所助益。我們知道，文學創作是建立在「作者的成立」的前提上，作者是文學作品的出處，也是相關書寫行爲的決定者。雖然他在當代社會的演變逐漸要由「文化市場」所創造（也就是作者是社會勞動分工下的一個產物，而出處更成爲一種意識形態上的觀念；它的作用不僅使得某種作品或作者擁有特權，更重要的是它還提供了一些如何思考文本意義的方法）（歐蘇利文等，一九九七：三一至三二），但整體上他的「能動性」一樣不會缺乏。作者的這種能動性，在具體的運作中，得再化身爲敘事學所指稱的「敘述主體」（此地可把它看成是廣義的，包括撰寫抒情性文體時的主體角色）。換句話說，在書寫活動中實際在場的是敘述主體，而不是作爲「署名者」的作者。爲了有所區別，敘述主體的作者身分被稱爲「隱含作者」；他跟作爲生活人的「作者」彼此有關聯，卻又不等同（也就是作者在寫作時，只是從他的經驗整體「抽出一部分」來從事；而那一部分的所有者就稱作隱含作者）。而作者所化身的隱含作者，可以依需而多元伸展。好比「布斯曾舉英國作家菲爾汀爲例，他的三部主要作品有三個完全不同的隱含作者：《大偉人江奈生．懷爾德》的隱含作者『十分關心公共事物，擔心野心家掌握權力可能危害社會』；《阿密利亞》的隱含作者是個扳起面孔說教的道德家；而《約瑟夫．安德魯》的隱含作者卻是個玩世不恭的樂天派」（趙毅衡，一九九八：一一一至一一二），這就有相當程度的典範性。此外，隱含作者的「敘述主體」位置，被認爲是要從爲「塑造風格」上來標誌，從而體現一個必要的審美機趣：

如陳建功的〈轆轤把胡同九號〉中的這段開頭，「『敢情』……此話在北京尋常得很……馮寡婦的『敢情』卻不是隨隨便便說出來的。您要是不夠那個『份兒』，不足以讓她羨慕、崇拜，人家還是金口難開呢……」而這種興味顯然跟透過作品中那位敘述者形象折射出來的敘述主體的活潑的個性不無關係。（徐岱，一九九二：六八至六九）

顯然這是作者經驗的一部分；他爲了製造那種審美機趣，才委由敘述主體來演現而成就了一個可供賞玩的敘述文體（作品或文本）。這樣敘述主體秉受了作者的「意欲」，在寫作過程中不斷發揮寫出優質作品「給你看」的功能；他雖然在寫作完成後要一併離場，但所有的風格塑造都不能沒有他。既然在寫作完成後敘述主體也得跟著離場，那麼有誰留在作品裡？這就涉及另一個實際執行寫作活動的敘述者。敘述者是敘述主體根據寫作需要而創造或虛構的，他要擔任具體的寫作工作而跟作品緊緊地連在一起，如圖7-1所示（周慶

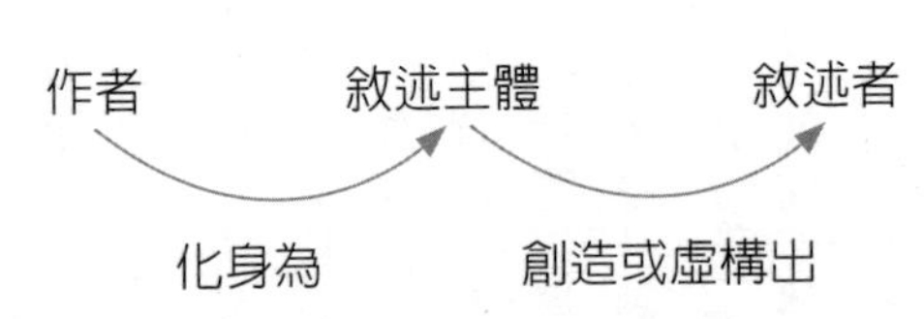

圖7-1　作者／敘述主體／敘述者關係圖

華，二〇一一a：一〇八）。

他跟敘述主體的不同是，敘述主體沒有聲音；它是透過作品的整體設計，借助其他的聲音而讓我們理解一切的狀況（徐岱，一九九二：一〇〇）。換句話說，敘述主體和敘述者在寫作活動中分據「策動者」和「執行者」的不同地位。即使敘述者有時以「我」的姿態出現（好像跟敘述主體彼此難分難捨），這個「我」也跟隱藏在作品背後的敘述主體的形象很難是同一個；更何況敘述主體還可以在寫作中透過自我的「分化」而將自己的思想情感投入到包括敘述者在內的各個角色中去呢（而敘述者就沒有這個「能耐」）！可見一個寫作行爲的發動，得是在「作者→敘述主體→敘述者」這個架構裡才有可能的。

由此可知，從敘述者實際執行寫作活動開始，另一個敘述接受者的身分也跟著浮現而形成一個「完整」的寫作行爲。也就是說，敘述者所發出或所轉述的敘述話語，一定要安排接受者才能完構（也就是它勢必要講給某一對象聽）；否則它就不成話而無法陳列出來。而這個接受者通常是隨文出現的，他的正式名稱叫做「敘述接受者」。敘述接受者也是敘述主體所創造或所虛構的人物，他在作品中擔任著敘述話語的被動接受者。這個接受者的身分特徵以及跟作品中其他角色的關係和對作品本身所能產生的作用等，也都可以別爲關注。首先，敘述接受者是爲了確保敘述者的敘述所以可能而被指實區隔開來的。縱是如此，敘述接受者卻不等同於讀者，因爲讀者存在於現實生活中，而敘述接受者只存在於作品裡。二者的區別，正如底下這段話所說的：

在某些敘述者現身的小說中，敘述接受者也可能現身。例如《天方夜譚》中敘述接受者是殘暴卻嗜聽故事的蘇丹王……《十日談》或《坎特伯雷故事集》的敘述者和敘述接受者是書中人物輪流做的，讀者當然無法加入其中。（趙毅衡，一九九八：八）

因此，敘述接受者是寫作行爲的一個必備成分（他可以現身，也可以隱身）；而讀者是處於敘述行爲外的非必備成分。換句話說，寫作行爲完全可能從未有讀者，但它卻不可能沒有敘述接受者；寫作行爲的定義決定了敘述者不可能脫離敘述接受者而單獨存在（趙毅衡，一九九八：八至九）。其次，敘述接受者是隨著敘述者的身分及其講述的方式而有不同的設定。好比敘述者是一個類似無所不知的上帝，他所預設的敘述話語的接受者不是跟他一樣的身分，就是一個或一群非故事中角色的「旁觀者」。例子如：

有一個老人帶著年輕的兒子，牽著一頭沒有馱貨物的驢子，準備到市場去把驢子賣了。路上遇到一群人，指著老人嘲笑他沒有讓驢載人，眞是太傻了……老人見到眾人笑他，氣憤之餘，就把驢扔到河裡去，然後和兒子一起走路回家了……（伊索（AEsop），一九九九：三一至三二）

在這裡敘述者無疑是在跟一個（或一群）不在事件中的對象講話；這個對象雖然不是事件中的角色，但他卻跟敘述者共構了一個寫作行爲，而一併爲所完成的敘述話語所蘊涵。又如敘述者是一個事件的參與者或事件的旁觀者，他所預設的敘述話語的接受者不是同爲目睹該事件的「不出聲」的角色，就是同爲局外人但「不在場」的角色。例子如：

那晚，一輛公車殺死了一個騎腳踏車回家的夜校生。而那時，你們都在……此時，從車輪下一顆年弱的靈魂升起了……他是唯一的目擊者。（隱地編，一九九二：二一三至二一四載陳克華〈目擊者〉）

另外有兩個人曾走進這飯鋪來。喬治一度走進廚房去給來客弄了一份火腿蛋三明治帶走。在廚房裡他看到艾爾……喬治做好了那份三明治，用油紙包好再把它放進紙袋裡拿了進來；於是那個客人付過錢就走了。（彭歌，一九八〇：二一二譯附海明威〈殺人者〉）

前則的敘述者明顯是在跟同一個站在事件邊緣的對象講話（文中敘述接受者「你」是敘述者「你」的另一個不發聲的自己）；而後則的敘述者也明顯是在跟一個站在事件外面的對象講話（也就是敘述者是在跟一個同爲旁觀者的對象講話）。這些對象都直接、間接或有意無意地參與了事件的運作，一起跟敘述者發展出一段寫作行爲，而共同凝聚在所成就的敘述話語中。再次，敘述接受者和敘述者以及事件中的其他角色彼此所具有的關係，理當是在某些準則的制約下成立的。它約略包括下列五種關係：㈠敘述者和敘述接受者近而二者和其他人物距離遠；㈡敘述者獨自遠，而使敘述接受者和其他人物接近；㈢敘述者和其他人物近而二者和敘述接受者遠；㈣三者都相距很近；㈤三者都相距很遠（王先霈等主編，一九九九：三三九）。所得考慮敘述接受者所在的「位置」，這個架構應該是很可以發揮作用的。最後，敘述接受者還可以幫助敘述者更好地塑造人物的性格、闡明故事的主題以及幫助敘述主體結構篇章、確定總體氣氛和情調等（徐岱，一九九二：一一六至一一八），這就不煩舉例了。

雖然如此，這裡也還沒有處理一個很接近敘述接受者卻又頗不相同的「隱含讀者」問題。我們知道，隱含讀者一樣也不等於讀者，他是從作品的內容形式分析批評中歸納推論出來的價值觀念集合的接受者或呼應者，是推定作者假設會對他的意見產生呼應的對象，也就是一些文論家所說的「理想讀者」或「合適讀者」或「模範讀者」或「被編碼的讀者」（趙毅衡，一九九八：一四至一五）。這個隱含讀者是虛設的，而作品就是以這些虛設讀者為對象進行設計和操作。大體上，這些虛設讀者和實際讀者不在同一個層次：

他們不具有固定的實際身分，只有一個大致的範圍和特點（通常以年齡、閱歷等為界），因而有較大的適應性和一定的介入性……而虛設讀者和讀者一樣，都存在於敘事文本之外。（徐岱，一九九二：一一一至一一二）

換句話說，一個敘述接受者是作品在名義上的接受者，而隱含讀者所對應的是隱含作者

（而不是敘述者）。因此，像敘述者一樣，敘述接受者是一個既非讀者也不能完全等同於故事中某個人物的精靈式的角色，他的使命是充當敘述者所發出的敘述話語的接受對象（徐岱，一九九二：一一四至一一五）；而隱含讀者可以因作者的需求，暫時賦予「高明接受」或「精密接受」的任務而讓他們以隱匿的姿態存在。在這種情況下，隱含讀者會進一步對實際讀者進行「召喚」，而使得實際讀者除了在不成文的約定中以「無關係」的第三者存在，還要自我提升爲一個作者所期待的「理想讀者」（身分形同隱含讀者）。

上述在談作者／敘述主體／敘述者／敘述話語／敘述接受者／隱含讀者／讀者時，所舉例都爲小說，似乎這是專爲小說而構設的。其實不然！在其他文體裡也一樣有這些成分（否則就會無法想像其他文體缺少這些成分，它們要怎樣被生產出來），只不過重點不同，它們適合在特別複雜的小說文體裡被提出來。現在就另以詩爲例，如：

水仙花　楊牧

過去的星子在背後低喊著
我們不爲什麼地爭執
……
水仙在古希臘的典籍裡俯視自己
——今日的星子在背後低喊著

我們對坐在北窗下
朦朧傳閱發黃的信札（楊牧，一九九四：一三〇至一三一）

這首詩本身就是一則敘述話語，除了署名者楊牧這一作者，他還化身了寫水仙花（自戀象徵）經驗的敘述主體；而敘述者「我」，則爲敘述主體所創造或所虛構，且預設了隨行的「你」爲敘述接受者；至於隱藏在背後所被期待的，就是能欣賞敘述主體所書寫的該一自戀經驗，且更寄望於實際讀者同等來領會。顯然上述從作者到讀者理路的揭發設定，可以具「普遍」性而爲所有寫作行爲的架構依據。它們彼此的相關位置，如圖7-2所示（周慶華，二〇一一a：一一五）。

當中敘述主體和所預設的隱含讀者都不在作品內，且二者屬「遠距離關係」，所以只用虛線連接；其餘用實線連接的，都是「必要關係」或「近距離關係」。此外，將讀者到隱含讀者間定位爲「可以趨同」關係，是因爲一般讀者都有想要「理解作品」的衝動，而這一理解雖然會跟作者所預期的不一致，但仍無妨它在心理上

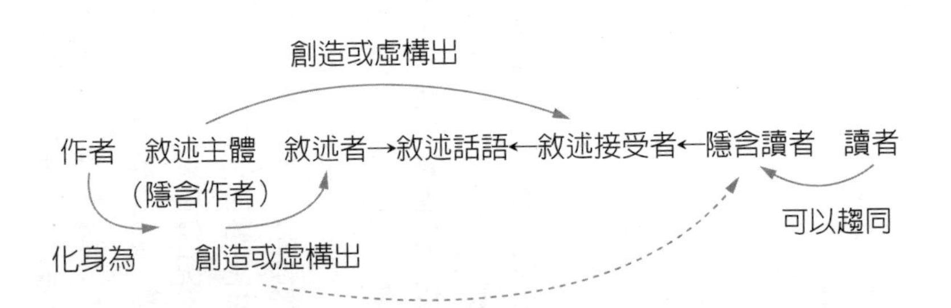

圖7-2　作者／敘述主體／敘述者／敘述話語／敘述接受者／隱含讀者／讀者關係圖

的「契合」想望，因此同樣可以用實線相連接。倘若說還有什麼「未盡意」的，那麼它大概就是隱含讀者和隱含作者有一種更隱微的「辯證關係」存在，依理論建構的旨趣有必要再爲它發微設定一番。前節說過隱含讀者是作爲敘述主體的隱含作者所虛設（預設）的，這好像彼此只是主從關係。但又不盡然如此！隱含作者所以能虛設隱含讀者，主要是有多重的考慮：首先是它藉隱含讀者來強迫讀者領會作品；其次是他同時也爲作品造成一種立場而使讀者能夠由此出發來觀察事物（王先霈等主編，一九九九：四七八至四七九引伊瑟說）；再次是它一轉會使隱含讀者升級爲理想讀者，來解決作品可能有太過難以理解的地方（他被邀請來「解開」作品的祕密）（同上，四八一至四八二引伊瑟說），從而顯現隱含作者在「操控」隱含讀者上的影響力。而上述這些考慮再一轉，理想讀者會內蘊「不確定變數」的彈性化超級想像一個「超級讀者」的存在（超出隱含作者所預期的超級讀者的「恐其存在」）。前後的差別，可以用圖7-3和圖7-4表示（周慶華，二〇一一a：一一六）。

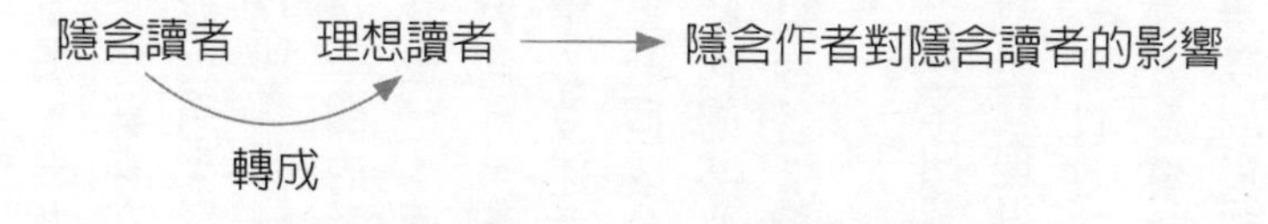

圖7-3　隱含作者對隱含讀者的影響圖

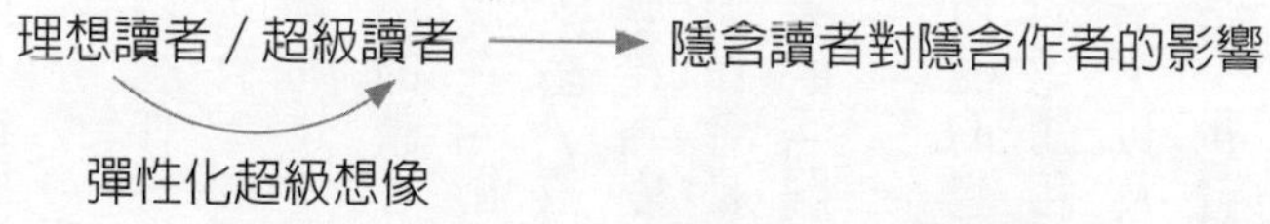

理想讀者／超級讀者 ——→ 隱含讀者對隱含作者的影響

彈性化超級想像

圖7-4　隱含讀者對隱含作者的影響圖

後者，有人說「在一切可能的讀者中，只有最好的讀者，就是『超級讀者』或『內在讀者』，才能最充分地欣賞一篇論述」（王先霈等主編，一九九九：四八二引馬丁說），指的大略就是這個意思；而這都會在隱含作者的「恐其存在」心理中存在（為他所無從掌控），使得隱含讀者的「幻想性延伸」也有可能反過來影響制約隱含作者，造成彼此的必要辯證性。這麼一來，了解隱含讀者和隱含作者的辯證關係，有一個好處，就是「最終」要讓作者和讀者都投入時，必須先通過這一關的考驗：作者所分化的隱含作者無不要被隱含讀者及其可以趨同的讀者所「一直升級」；而可以趨同的讀者連隱含讀者也無不受作者所分化的隱含作者的牽制而「轉換方向」，彼此必須處在「循環互進」的境況中才算正常。因此，前面那一作者/敘述主體/敘述者/敘述話語/敘述接受者/隱含讀者/讀者關係圖就得一轉變成是動態的，每一個成分隨時都要在「變動不居」中存留而不能一語定格。而這已經比後現代或網路時代的某些看法（如作者長受制於讀者或讀者也是作者之類）更進一層，不妨作為最新以作者/讀者為代表的「關係言論」的思考準的（周慶華，二〇一一a：一〇八至一一八）。

根據這些認知，作者從文學經理學所該吸收的資源（如第四章第二節所說的包含「對文學的文化位置的深入理解和調適」、「對審美的對象經理得有全盤的認知和對策」和「對自我完構的『情境考慮』有充分的感應和掌握」等自我完構要求），以及透過自我推銷而讓作品到達讀者手裡，彼此就有了一個可以提升實質效果的管道，也就是作者必須自我察覺和磨練文學技藝而勤於創作；而讀者在接受的過程中也要不斷晉級以被模擬的超級讀者身分來激勵作者，彼此也相互辯證以便能夠有效的循環互進，一起臻於勝境。

第二節 以爲文學傳播和永續經營的借鏡

在創作和接受之間，是以傳播爲中介的；而傳播自始自終又都是一個「生態」的形態的（詳見圖1-5）。它在讓作者和讀者面對實質人際化的考驗時，媒體的威力除了顯現它自身的信息，而且還是「人的延伸」（麥克魯漢（M. McLuhan），二〇〇六），甚至更是「文化的延伸」和「權力的延伸」（周慶華，二〇〇四a：三四八）；它把人帶進文學的世界，也把人帶進錯綜複雜的關係網絡裡，而沒有任何一個作者和讀者能夠離開它而單獨思考文學的創作和接受的問題。這在西方社會，還有經紀人和類似文字工廠的制度，使得文學的傳播更添一份變數（詳見第四章第二節）。因此，從文學經理學的運用角度來看，有關未來的文學傳播及其可望的永續經營，自然也能夠有所受益，所以就再接著談「以爲文學傳播和永續經營的借鏡」。

所謂「以爲文學傳播和永續經營的借鏡」，也是指前面所建構的自我文學經理、他人文學經理和公家文學經理等理論所可以作爲文學傳播和永續經營的成分，而略爲有別於在分開談論相關文學經理時的「直指方向」。換句話說，這也是綜合提點，讓文學傳播和永續經營這一連貫的行動「知所準則」。此外，也會對先前未能細談的環節做一些補充。而所以要再加一個「永續經營」的附帶課題，是因爲文學傳播不能終止（否則文學淑世的偉業在推動上就會大打折扣）；而它一旦能從相關文學經理學得到有效的借鏡，自然就有永續經營的可能。

顯然這一部分，也是著重在怎樣借鏡文學經理學來永續經營文學傳播的活動。我們知道，文學生產由相關的心理/社會機制所發動後，接著就是要靠傳播管道來引導它進入「正軌」而完成踐履的旅程。而從種種的跡象來看，這個傳播管道隨著科技的發達，已經要徹底網狀組織化了。這種情況雖然一樣抽象存在著（而僅能憑想像掌握它的狀況），但它的逐項媒介顯能卻又讓我們有點可以具體感知當中的情狀。換句話說，文學的發表/出版、多媒體製作和多向文本傳播等現實所有的傳播管道徵象，就是這一抽象網狀組織中的「具體項目」；它們本身的內部運作大多爲企業體早已網狀組織化了（希爾等，二〇〇六；溫柏格（D. Weinberger），二〇一四；林淇瀁，二〇〇一；陳穎青，二〇〇七；須文蔚，二〇〇九；孔則吾，二〇一三），更別說彼此合在一起以顯傳播生態特徵所見的「縱橫交錯」和「牽連互動」性。

以文學的發表/出版來說，從近代印刷業興起以來，有關文學的傳播，就不像傳統那樣地傳抄或有限地梓行，而可以透過報紙、雜誌的發表和出版社的大量出版，彼此成爲社會體制中的一個系絡。而凡是進入這個系絡而參與運作的人，很快就會晉身爲文人，而形成所謂的「文人圈」；他們就在這個文人圈裡進行「內部封閉」的文學活動，並企圖透過上述那些傳播管道彰顯他們對社會變遷可能發揮的功能（詳見第一章第二節）。因此，經由所寫文學作品的發表和出版，作者就可以取得「文人」的新身分證，並且從此獲得榮耀、社會地位和經濟地位等。而相關的考驗和挑戰，也就在這裡一併發生：首先是報紙和雜誌有所謂的守門人（歐蘇利文等，一九九七：一六三至一六四），而一個作者是否能通過守門人（這類守門人多半由作家出身的人擔任）的把關而順利地發表作品，就成了一件值得「憂心」的事。其次是出版社也多有它的現實營運的考慮，而未必都能接納作者的書稿（史密斯，一九九五：三七至三八）；此外，還有一些鮮少為外人知道的「辛酸」內幕，如：

從事大眾傳播事業的人，如果按待遇高下的標準來選擇的話，首先是電視，其次是報紙，再次是雜誌，最後才是出版。出版業獲利之低，在各種行業中恐怕是少有的了。（孟樊，一九九七：三）

我們的出版業，用粗俗一點的話說：是學生養的。難怪出版業所出書籍幾乎十有八九都是針對學生而出；上焉者出些勵志小品、哲學散文，用心之苦也就可以想見。（隱地，一九九四：四）

這就會影響到作品能否被接受而予以出版的一大關鍵。雖然像出版社這樣的機構對於來稿的接受與否都會設有條件依據，但大多時候都是以「名人」為主要考量（詳見第二章第一節），生手很難憑一己的努力就可以找到發展的空間。換句話說，文學的發表／出版就在文學傳播的網狀組織裡受多方的牽制。

再以多媒體製作來說，文學傳播在當代又多出一個電子出版管道，這個管道也跟傳統出版產業一樣散布在整個社會體制中。這一電子出版，是指將電腦和出版領域相結合而出現的一種以多媒體製作稱勝的新出版形式。它被認為是要徹底改革傳統的機械式印刷和出版過程，例如「一四五〇年代古騰堡的活字排版、一八六〇年代的捲筒紙輪轉印刷機、一九五〇年代的照相排版，時至一九七〇年代電腦已經能處理照相組版的功能，而一九八〇年代更進一步使用電腦文書處理器來呈現『文字』內容，並出現於標示語言的開發研究；一九八五年所出現的桌面出版系統展現了文圖（表）並茂的設計和排版風格；最後底定於一九九〇年代陸續出現文字結合其他多媒體的光碟和網路出版革命」（邱炯友，二〇〇〇）。而它可以依製作處理過程和載體的不同，而泛指四大類型：桌面出版、視訊系統、光學出版（包括微縮資料和光碟等）和網路出版（或稱為虛擬出版/線上出版）等出版形式；也可以依出版品性質的差異，而分為下列幾種：傳播非即時性服務（如電子文件）、互動式服務（如線上資料庫）、個別產品和電子期刊等（邱炯友，二〇〇〇；白子玉，二〇〇〇）。當然倘若將傳遞資訊依連線和離線兩種方式來區分，那麼就可以「看成出版品以它們作為時效性的分野；比方說光碟電子書、多媒體雜誌等屬離線儲存，而網路上的電子期刊則因它的時效性，所以通常需要透過網路來傳輸，以彰顯它的『即時』、『新穎』的特性」（白子玉，二〇〇〇）。不論如何，這都改變了傳統出版所見的儲存、傳遞和呈現資訊的平面方式。它一方面可以將文字、圖像、聲音和動畫等予以數位化；一方面則可以依需求而有不同的輸出形態。這樣一來，就形成更多樣卻也更複雜的電子出版品及其歷史。當中「電子書」式的平臺，被視為是電子出版史上最具野心的產品；它的容易攜帶、顯示器的解析度高、有聲音輸入的功能以及能夠網路化和作無線通訊等特性，都深深的攫住世人的注意力（蘇吉赫拉（Y. Sugihara），一九九五：五九）。而由於電子出版品的開發，無形中把傳播生態推向了一個必須結合知識典藏、文化傳播、科技更新和電子商務等層面來從事出版事業的新情境。而這對於作者來說，也不啻多了一種傳播管道。這種傳播管道所展現的「多媒體」特性，勢必也會衝擊到既有的「寫作」觀念。以致當一個作者在寫作時，他所要進行的多媒體製作就會改變傳統「單一文本」的觀念，而極力朝向「多重文本」去馳騁思維。這放在整個人類文化的發展行程上看究竟是利是弊，目前還很難斷定；但它早已有兩極化的看法存在：

> 電子出版會導致閱讀形態改變，這一革命性的意義常爲人所忽略……屆時資訊的流通及使用方式都會像現在以遙控器來收看電視一樣……散頁式而不是整本書，視聽而不是文字的閱讀方式，將是一般大眾的主要閱讀形態。（洪文瓊，一九九七：四至五）

> 「書本死亡」的說法近年來甚囂塵上，主要是受到日益盛行的聲光媒體的衝擊所致……電子書雖然改變了二十世紀的閱讀快感，也掀起認知的革命；然而，卻也降低了學習認知的樂趣，更使知識的獲得成爲個人化的行動，淡化人文性的色彩。（孟樊，一九九七：三〇至三二）

這就分別代表著看好電子書和不看好電子書這兩方面的意見。縱是如此，從整體的書市來看，新舊交替的現象實際上也不怎麼明顯；倒是多年來即使閱讀機不斷地推陳出新（甚至已經跟手機相結合了），卻因使用者體驗太差而並未見廣爲流行（陳穎青，二〇一〇：三三至三六），導致前面的對立意見幾乎要由「不看好」的一方佔上風。因此，繼起的作者到底要選擇哪一種管道傳播，那就得從市場和文化理想兼顧的立場去做決定。原則上，多媒體製作形式還會是我們難以完全信任的對象。

最末，以多向文本傳播來說，電子書所呈現的文本形態，最多只具有「多重性」（也就是它可以結合文字、圖像、聲音和動畫等而形成一個多重文本體）；此外，還有一種只能在線上出版的「多向文本」，它雖然比較後出，魅力卻也不小，戛戛乎有要凌駕電子書的趨勢。從事寫作的人，在這裡會比在電子書那裡有著更大的「空間」可以發揮。而由於這種文本只爲文學而存在（或說只有文學才會構設這種文本），並且它又不離網際網路，所以有人就直接稱它爲「網路文學」或「數位文學」（須文蔚，二〇〇三）。它利用了網路或電腦所有的特質寫作數位化的作品，以達多元的互動效果（這就無法轉由平面印刷出版）。這種新的文學形態，最大的特色是跨文本的鏈結（其他的多媒體、即時性和互動性等特徵，在電子書中已經具備了）。由於它再也不是傳統的文學文本所能範圍，所以只得稱它爲「超文本」或「多向文本」。但同樣地，文學人進入網路世界，他所受不確定未來的考驗也正在加劇中：首先是文學人表面上隨著大家進入一個「後電子書寫時代」，而要展開他新的寫作旅程，但實際上卻如何也避免不了一種「永遠追趕不及」或「無法預測止境」的新的資訊焦慮（黃瑞祺主編，二〇〇三：

一七三）；其次是在後電子書寫時代，文學人固然可以攀躋上另一波寫作「高峰」，而參與了跨性別、跨階級、跨族群和跨國家的數位化世界的運作，但這種比先前任何一個時代更自由化的生活形式，所帶來的刺激、快感和新浪漫情懷，卻是以新虛無主義爲代價的〔魏特罕（M. wertheim），二〇〇〇〕；再次是電腦科技的高度發展，不啻助長了另一波的霸權爭奪戰以及資源的大消耗〔泰普史考特（D. Tapscott），二〇〇九：波斯曼（N. Postman），二〇一〇〕，這些都已經夠「凌厲」人心了，更別說還有更根本的對於電腦操作技術的摸索學習以及軟硬體設備更新花費的壓力等問題都未計及呢！因此，這仍不妨比照前面，讓它在兩可間成爲一個選項，然後再去面對「不確定未來」的挑戰。

文學傳播生態的最後環節，無疑地就是相關的回饋系統。這原跟文學生產分享同樣的傳播管道（只不過它是「迴向」傳播它），但因爲它的回饋可以擴及戲劇、廣播、電視和電影等媒體的運用，所以在整體上要比文學生產多元化。尤其是現今最新潮且大量的「知識生產工具」部落格和臉書等，它未必都有文學生產，但能給的文學回饋一定不會缺少。此外，消費廣告的人日多，這也迫使文學回饋系統逐漸要夾帶進廣告而改變文學接受的方式。基本上，回饋系統多元化所保障的是文學接受的「生生不息」，而無法保障每一次第的迴向傳播都「契合所望」。換句話說，文學傳播生態所布建的接受迴路，僅僅只是「機會」；至於它究竟能否令人滿意，那就無從計數了。正因爲文學回饋的重點在於「回饋」（而不在於要回饋什麼）以及所回饋的不定內容等，所以相關的回饋系統就會極盡「表現」能事的展演它們的所長（詳見第二章第一節）。這當中如果以工廠的系統化生產來比擬文學從初度產出到二度再製產出的歷程，那麼有關的文學回饋也就部分「內在其中」，如圖7-5所示（周慶華，二〇一一b：一三九）。

這一部分的文學回饋因爲影響力可以無遠弗屆，所以它的回饋力道也最強勁，以致還可以進一步看看它到底又發生了什麼變化。就以電視／電影這些二度轉換爲例，所得增列的資訊化、圖像化、有時間性、演員代言、快節奏、特寫鏡頭和外景多等成分，就會跟轉換前的文學有距離，如圖7-6所示（周慶華，二〇一一b：一四〇）。

輸入	轉換	輸出	二度轉換	二度輸出
原料／題材	製造／寫作	產品／作品	改造／蛻化	新產品／
親身經歷的	描述	前現代式的	結合其他媒體	綜合藝術品
聽聞的	詮釋	現代式的	利用現代科技	相聲
看來的	評價	後現代式的	……	戲劇
想像的	／	網路時代的		電視
推理的	再現	／		電影
……	重組	抒情性的		電腦多媒體
	添補	敘事性的		……
	新創	……		
	……			

圖7-5　特殊文學回饋圖

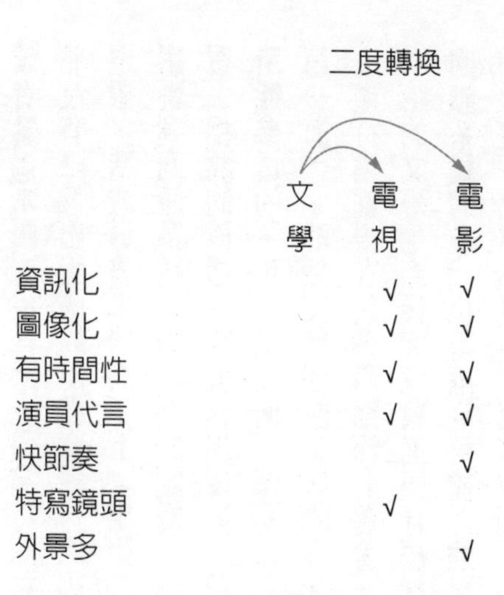

圖7-6 文學二度轉換的質距圖

文學經過二度轉換變成電視／電影，因爲資訊化／圖像化／有時間性／演員代言／快節奏／特寫鏡頭／外景多等關係，幾乎要「一覽無遺」地呈現在觀眾眼前，使得觀眾無從像閱讀文學那樣去「填補空白」而「參與寫作」，大爲減低文學性。雖然如此，電視／電影改編自文學，所不及原作細膩處理人物心理和互動網絡的微妙後所「多」出來的影像化、多感官刺激和演員代言的演技可觀摩等特徵，還是自成一個品味區域，可以讓觀眾欣賞裡頭的詮釋功力和繁衍色彩（周慶華，二〇〇九a：二八三）。所謂文學回饋系統的多元化，自然也包含這種回饋內部的多元化；它跟外部的多重回饋管道相比，更顯得文學回饋的自由度及其不確定性。

既然如此，那麼文學回饋系統所見的多元化就成了一種準「壓迫性」機器，隨時都在操縱作者進入它的「必要給你期待」的折騰中。而這種折騰，所加諸作者身上的壓力以及最後要轉成別爲尋求機會的渴望後，無形中又會刺激而開啓新的傳播管道，使得整個回饋系統越來越趨向無限化。這種情況，另有一個指標也可以想見：那就是上個世紀末「閱讀大衆興起」，成了主導文學書市的主要因素，使得文學傳播系統中一向不受重視的「回饋」有了較大的改變，但讀者透過不購買行爲所表現的「回饋」，卻又對出版商構成極大的壓力；而這實際上並沒有降低出版商的出書意願，原因在於書不是消費性商品且淘汰率高。這種「矛盾」現象，造成退書率居高不下（出版商最後是靠「以書養書」來「刺激買氣」），也直接影響到回饋系統不如預期的順暢。換句話說，當讀者的文學熱情不能反映在出版品的購買，相關的傳播生態就會出現另一種自我「消耗戰力」的持久戰；而這似乎不是個別人所能參透的，也不是任何一個初涉入這個環境的人所可以「籲天改變」的（詳見第二章第一節）。既然文學回饋系統的多元化是這種「不確定可能」形態的，那麼所有的文學生產行爲都得在這個環節深有體會，才不致在眞的遇挫時「灰心喪志」。而其實，每一次第的文學生產後究竟會面臨什麼樣的被接受的命運，誰也沒有把握。縱是如此，文學回饋系統的多元化不確定可能形態已經難以改變，但從另一方面看我們只要有想去回饋的欲望，它自然就會在眞實或遐想中存在而爲整個傳播生態「最後」定調（周慶華，二○一一a：一九四至二○六）。

正因爲文學傳播充滿著不確定性和諸多權力的角力，所以它更應該珍惜可以參與文學淑世偉業的運作，而從「普遍缺乏應有的鑑別力」、「營利優先造成嚴重的排擠效應／回饋創作經理的少而不利延續文學的慧命」等現況以及因「無知」、「搞錯了方向」和「忽略能趨疲的嚴重性」等所卯上的企業化行徑（詳見第五章第一節）中翻轉過來，重新認眞地來思考對文學技藝的賞鑑和肯定（包括「認同該比喻或象徵技巧的表出形式」、「認同該比喻或象徵技巧精緻化或繁複化的進境追求」和「認同上述的表出形式和進境追求都匯而指向審美及其生命解脫的美學功能」諸多認同文學技藝的作爲，以及「得將文學技藝和審美及其生命解脫的連結全程化」、「得寄望有權把關文學的人付出更多心力來連結文學技藝和審美及其生命解脫而廣爲推行」和「得由所有關係人自覺而一起投入熟習文學審美及其生命解脫且能生產更優質作品的行列」諸多促成文學淑世的恆久堅持等）（詳見第五章第三節），從此能夠在「確保文學的獨特性」、「追求高品質的文學」和「寄望在長尾效應」上一起推進神聖化事業的行程（詳見第五章第一節），合而永續經營文學淑世的偉業，也使自己緣於有此一功勳卓著而可以揚名立萬。

第三節　成爲文學教育最新且最可觀的資源

就文學經理學所能被借鏡運用的層面來說，文學教育的援引是可以最廣被的（何況它所要處理的還能包括文學創作、接受和傳播等「如何從事的」的問題）。因此，在某種程度上文學經理學的運用，也無妨結穴在文學教育這個層面。還有前章所談的公家文學經理想廣爲見效，最後也得透過文學教育的普遍成功來驗收。於是把文學經理學運用在文學教育上，也就有需求特別殷切的意義。而這就構成了最後可討論的「成爲文學教育最新且最可觀的資源」課題。

所謂「成爲文學教育最新且最可觀的資源」，同樣也是指前面所建構的自我文學經理、他人文學經理和公家文學經理等理論所可以作爲文學教育所需資源的成分，而相當有別於在分開談論相關文學經理時的「直指方向」（尤其是在談論公家文學經理時兼爲提到的部分）。換句話說，這一樣也是綜合提點，讓文學教育的特殊且普化的行動「知所準則」。還有相同的也會對先前尚未細談的環節做一些補充。而所以只就文學教育而不就全面性的公權力介入文學運作來敷論，是因爲文學教育是公權力推動文學淑世偉業的終極保證，倘若能從文學經理學吸取最新且最可觀的資源，那麼該偉業就更指日可待。

這當然也意味著，文學經理學（如本脈絡所建構的）一定可以提供最新且最可觀的資源，而文學教育究竟能不能如數吸收，那就要看決策者和執行者是否有心來從事了。關於這一點，在目前還是難以樂觀。理由是它除了在相應的師資的養成、課程的設計和教學方法的選用上還得被「深爲寄望」（詳見前章第二節），還有對於要先改變整體的社會風氣卻也仍然「無能爲力」。換句話說，文學教育如果還是受制於不開通或偏執理性的社會風氣，那麼即使整套理想的文學教育構想也難有施展的機會。好比當今所見的唯物科學和代議／程序民主等所形成的平庸崇拜：

> 收集口頭歷史、個人的故事、以大學生爲對象講述他們身邊故事的大學研討會；展示民眾喜愛的事的社區展覽，所有這些體驗都是常人崇拜所提倡

的。對常人的頌揚常常被描繪為一種肯定民眾的反菁英的民主立場。（富里迪，二〇一二：一〇九）

這種平庸崇拜／常人崇拜，促使沒有深度的速食文化興起，而使得「大學生越來越被當作顧客，這導致了美國社會學家里澤所謂的大學的麥當勞化。作為顧客，學生被暗暗地鼓勵採取一種被動的態度，接受服務，而不是積極地參與到他們的學習中。結果在大學學習和在中小學受教育，二者在概念上的差異變得模糊了」（富里迪，二〇一二：九二）。試問在這種情況下，需要沉潛涵泳的文學審美教育又如何能夠生根發展？

有人觀察到一個現代媒體發達的問題：「我開始明白哈伯瑪斯哀嘆公共領域再封建化是什麼意思。公共性一度掙脫了政府的束縛，造福民眾，但很快就遭另一個寡頭體制（媒體）接管。但現在因為有了建構公共群體的新工具，民眾可以再度成為媒體和公共領域的老闆（前者的例子是部落格；後者則可以想想中東的革命）。我們都擁有自己的古騰堡印刷機，以及這些工具賦予我們的『特權』。」（賈維斯，二〇一二：一一三）其實，教育本身也是一個特大的媒體，它本來要能自蘊改革的力量（因為它有許多菁英在裡面），以便擺脫社會不當風氣的籠罩而自成一股清流。但現在所看到的卻不是這樣，它不但喪失作為一個特大媒體的特性，而且連自我優化保護不被左右的能力都沒有！這實在是此地要談論「文學教育」精進的最大難題。也就是說，既然連整體教育都挺不住而隨波逐流了，那麼再強調「強化版」的文學教育又豈能扭轉什麼？然而，又不能這麼洩氣，我們還是可以因為諫諍得宜而有希望受到重視（瀰效應）。而這一切，自然是要從文學經理學汲取可用的經驗，以「改造」的方式讓它脫胎換骨。

約略的說，當今的文學教育，普遍都缺乏美感的傳習（而國內以考試領導教學的中小學，甚至連學習者相應的創造力都一併予以扼殺了）；所教學的文學作品，不是心理學式或社會學式的探討（前者對作品內蘊的心理因素感興趣；後者對作品內蘊的社會背景感興趣），就是形構學式的探討（分析作品的形式／技巧特徵或發掘作品的表義過程及其資訊交流方式），此外就大多「莫知所適」。而這可以從一些文學作品的解讀來反觀（論者自己也在從事教學工作，他們所能教給學習者的不會超出他們論說的範圍）。如教學詩的一個案例：

> 據說（美國）東部某大學的一位英文教授，某日進入課室宣布：這堂課所要討論的詩是馬維爾的〈致羞怯的情人〉。接著他就講述馬氏的政治見解、宗教觀念以及生平事蹟……而當他開始揣測馬氏是否已婚時，下課鈴響了。於是這位教授將一疊厚厚的講稿收起，抬起頭來，微笑著做了一個結語：「同學們，這眞是一首好詩，眞是太好了！」（古爾靈（W. L. Guerin）等，一九八八：一）

這僅把文學作品視爲一種傳記或歷史（兼心理學式和社會學式的探討），在相當程度上逸離了它作爲審美對象的有效理解範圍；而以此一方式來教學，自然也無法引導學習者趨入文學的藝術存有領域，更別說還能比較甄辨複雜化或優質化的進趨方向了。又如針對「一個孩子和父親吵架後出走，在烈日下穿過一座樹林，跌落在一個深坑裡。父親出來找他的兒子，向深坑裡張望，但因爲光線很暗，看不到兒子。此時太陽剛好升到他們頭頂，照亮了坑的深處，使父親救出了孩子。在歡樂中他們言歸於好，一同回家」這個故事的分析：

第一個指示意義的單位「兒子和父親爭吵」，可以改寫爲「低對高的反叛」。孩子穿過樹林這段路程是沿著一條平行的軸線運動，跟垂直的軸線「低和高」形成對照，可用「中」來表示……父子的重歸於好，恢復了「低」和「高」之間的平衡。一同回家的路程表示「中」，標誌著取得了一種適宜的中間狀態。（伊格頓，一九八七：九五）

這也僅把文學作品視爲一種結構的體現（雖然它是論者爲了介紹結構主義批評而構設的），它固然可以因此而明白文學作品的表意過程（爲形構學式的探討），但卻全然不能解說美感在什麼地方，以及如何分別精采的作品和有欠改進的作品，到頭來仍然形同沒有面對文學作品（因爲它對非文學作品也是用同樣的方式）。因此，倘若以此一方式來教學，那麼它除了給學習者多增加一種結構的知識，此外就無從想像文學所以爲文學的道理了。又如衍生出東西哲學對比的解析：

但尼生的短詩內容如下：「牆上的花／我把你從裂縫中拔下／握在掌中……」這一首短詩顯示西方人的心態是向大自然征服、佔有、奪取的作用……芭蕉的詩內容如下：「當我細細看，／啊！一棵薺花，／開在籬牆邊。」這一首詩表現出東方的思想是絕對待的，他不拔下此棵薺花……這就是東西方的基本不同形態。（陳榮波，一九九三：一三七至一三九）

這原是「藉詩以喻」東西哲學的特色，著重在比較西方哲學強調主客對立的二分對待立場而東方哲學隱含主客合一的圓融觀的差異，並非以理解詩作品的文學性爲旨趣；但我們也當知道一般的文學教育也會有此一格的（爲泛社會學式的探討），只不過它同樣也少了對藝術存有的掘發，而無從許以爲善解文學作品的範例。既然上述諸種作法都搆不上道地的文學教育，那麼另有一種特別標榜美學式的探討又如何？且看下面的例子：

將風擬人化……「一個早晨，大海醒了！／在浴室，風正在梳頭！／樹穿上衣服！／一個怒氣沖沖的人敲著門……是火進來了！／四棵樹在一張公園長椅上相遇，彼此握手，聊著天。」……由樹所引發的戲劇寫作具有非如此不可的味道，它運用了比如說接近荒謬劇的語言。（樂寇（J. Lecoq），二〇〇五：五五至五六）

這恐怕也是五十步和一百步的距離！也就是說，它也只是以現代派荒誕（怪誕）的美感來詮解一首跟風有關的詩，而沒有進一步說明這怎麼跟生命解脫連上關係，等於仍然不知美感昇華可以寄於何處，而在文學教育上未能「善盡責任」！

就以上述這首詩來說，我們很可以依它的荒誕特性而把學習者引向運用類似大海、風、樹和火等自然物的擬人化來紓解生命的困境或鬱悶：也就是當你發現到了生命有某種匱缺的荒謬性時，就可以藉由像上述詩中這類離奇意象／事件的搬演寓含自我調侃而得以化解心中的迷離感。因此，一齣經大海、風、樹和火等協同演出的荒謬劇，就是一個人生難題所蓄積壓力的釋放。這麼一來，受用者即使沒有就此解開生命原來的纏結，但一定有勇氣繼續往前走，因爲他終於知道了可以靠文學的創發來孳生跟命運或環境拚搏的力量。所謂美感的傳習，大體上就要像這樣去「深耕力耨」；否則一切的講說受教，都不免於僅是「表面浮華」，終究難得實在。

爲了容易明白這一文學教育的必要轉折，不妨再舉一則趣譚（可以視爲極短篇小說）來稍作審美啓蒙的演繹。原故事是這樣說的：

> 有位男子帶著妻子及岳父開車經過三藩市的金門橋。剛開過橋，就被站在路邊的警察及三藩市市長攔住。警察滿臉笑容地對他說……那男子聽後高興得合不攏嘴。警察問他：「你拿了這五千塊錢想幹什麼？」……一直在車裡迷迷糊糊打瞌睡的老岳父這時醒來，看見那警察，氣得直嚷起來：「你看你看，我早就跟你們說過，這偷來的車就開不遠！」（盛博士主編，二〇一三：二三四至二三五）

這是一篇近似現代派滑稽風格的作品，它所塑造的「無知於禍福相倚道理」的矇然者形象，令人發噱！而作爲讀者的我們，既可以玩味它的「成串悖論」的滑稽美感（也就是它以漸層剝殼的高明敘述手法，讓一個極不協調的喜劇場景暴露在我們眼前，使人看得既怵目驚心又樂不可支），又可以由此領悟消解對人間不平事物長久激憤的途徑。後者是說，我們無法就人間不平事物私自施以懲罰或完全希冀公權力予以勸戒規訓，但不妨透過類似的文學創作來達成「去憤兼憐憫」的目的（因爲那些短暫僥倖得到好處的人，都不知道隨時有可能陷入失去更多利益的泥淖，因此可以對他們由不諒解轉爲同情，從而卸下「憤其不平」的心理負擔），而使得生命解脫的美感昇華再添一個案例。

有效率的文學教育，就是類似這樣專門針對審美及其生命解脫來展開；而它的複雜化或優質化的「更求進益」，則已有文學經理學著爲典範（詳見第四、五、六章），有心人可以就近取則。而其實，從文學經理學所能獲致有益於文學教育的資源，遠比上述所說的多很多（也就是它可以提供「最新且最可觀的資源」）。換句話說，如果我們把一般教育所該照顧的環節依「爲誰」、「選材」、「教什麼」和「怎麼教」等項羅列（周慶華，二〇一一d：六七、一一七、一九九、二七一），那麼文學教育就可以從文學經理學援引到最富涵化的資源。而這無妨布列著來統觀，如圖7-7所示。

當中從領賞基進創新的作品到啓導審美及其生命解脫是文學教育的核心；而爲讀者／作者／傳播者／公務員的諸多考量，是主動給學習者規模學習所能致用的場域（以免學習漫無目標）；至於從文類／美感／學派來取材，以及最後統合以討論／觀摩／實作／檢討的方式隨機安排教學活動，則又是已經成形（詳見第四章第二節）和別無更

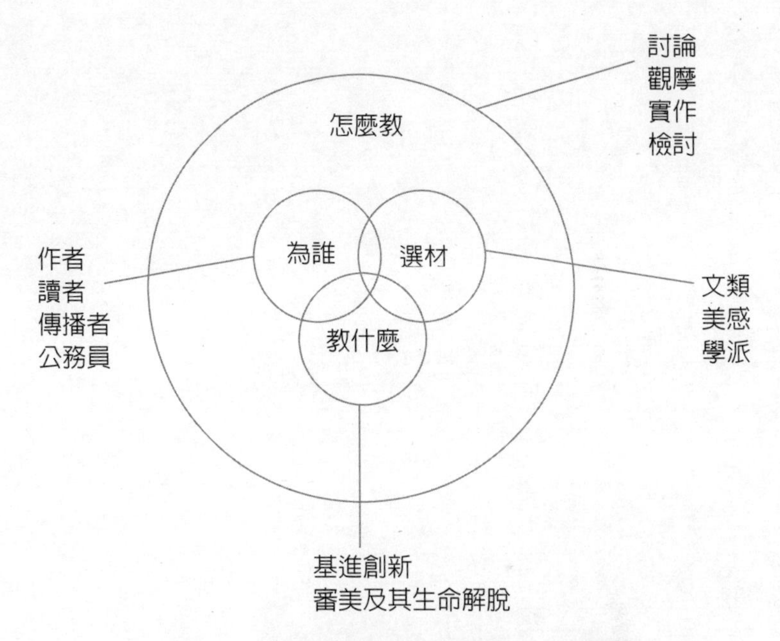

圖7-7 文學教育借鏡文學經理學的架構圖

好的辦法等慮度而確立的。繼起的文學教育工作者，只要以此爲依據，並且不斷勤於精進教學技藝，那麼他所貢獻於文學淑世的偉業必定非常可觀。

第八章　未來文學經理學

第一節　探向所屬內部學派競勝的經理

順著文學經理學的緣起/文學經理學的重要性/文學經理學的處境和開展/自我文學經理/他人文學經理/公家文學經理/文學經理學的運用方向的脈絡一路推衍下來，也該到了爲「未來文學經理學」發想的最後階段。這是站在現前的環境，展望文學經理學可以再行伸展的向度，而不是對已經建構完成的文學經理學有什麼不滿意。換句話說，即使不另作展望，這套文學經理學依然可以「行之久遠」（因爲它所指出的各類文學經理的進程，還沒有任何現行的文學經理能夠跟得上，未來正有賴它來「導夫先路」）；只是爲了使整體文學經理學更有可看性，還是要增加這個配備，讓它看起來永遠有「向著未來」的感覺。

這在有關文學本身的命脈來說，文學經理學所可以寄望未來的就是提供「探向所屬內部學派競勝的經理」方向。這是因爲前面已經談到了文學內部學派的問題（詳見第四章第二節），卻還不知道繼前現代/現代/後現代/網路時代這一系列的演變後文學本身又將「何去何從」，所以有必要預告一下文學經理在這方面所可以努力的地方。這總說是基進創新一路的，細說則得提示可能的基進創新的具體作法，以爲未來的文學經理部署內容。

在第四章第二節提出「基進創新」一詞後，雖然也以無中生有或製造差異（水平思考/逆向思考）作爲它的實質意義，但有關裡面所可能隱藏的問題卻尚未細究，或許會影響到前面所建構某些理論的正當性，所以有必要從這裡開始先做一點疏通。大致上，基進（radical）是不斷創新的代名詞，它蘊涵有一種空間和時間的特殊的相對關係；而它在被運用時，有衝破一切藩籬的效力和不拘格套的自主性。如呈現在空間關係上，它就反對一切傳統霸權式的空間佔領策略（由侷限在山頭的堡壘逐漸蠶食鯨吞到控制廣幅空間流動的一方霸主）；而呈現在時間關係上，它也反對一切傳統霸權式的時間佔領策略（一方面它透過歷史的造廟運動不斷地「塑造」悠久連續的歷史傳統；一方面它以「負責」的社會工程師自居不斷地預言未來秩序，建構未來的新社會）（傅大為，一九九一：代序四）。因此，基進和創新合在一起，可以是複詞偏義（偏重在基進），也可以是創新是基進的補充（重點在創新式的基進才是可取的作法；而對於另一種可能的「為反對而反對」的基進行動，則不予以採擇）。

然而，這還不是最重要的（因為基進創新既然以無中生有或製造差異給它定了調，它就不宜再另加其他限定；否則該界說就沒有什麼意義），最重要的是這樣的基進創新是否也有陷阱存在的問題。我們知道，在一般科技上的創新，最終不是流於資源浪費，就是轉成壓迫的利器。前者，如太陽能發電的創新開發。它原頗被看好，但結果卻讓人覺得形同兒戲一場：

近年來，美國政府大力鼓勵太陽能發電……但只有百分之二點五的公司使用這項技術……（原因是）太陽能發電本身並不適合當前環境：「太陽能設備是由分散的配件組成，所以它很容易和集電主架失去聯繫。」……因此，創新越基進、越顛覆，跟現有經驗愈無法相容，它的接受也越緩慢。

〔羅吉斯（E. M. Rogers），二〇〇六：二四九至二五〇〕類似太陽能發電這種無利可圖的創新終究要被摒棄，不就成了另一種「創新資源」的浪費？而後者，如轉成以「掠食」爲現實前提：

> 通常是掠食使創新成爲可能。現今最富有的法國人阿諾特的專業歷程就充分證明這個論點……阿諾特趁紡織業於法國衰落且法國政府無力保障紡織就業之際，大肆以低廉價格購併資產……進而建立一家生產複合產品的跨國公司，旗下包括迪奧、軒尼詩干邑、瑪喜爾香檳和LV。〔維葉特（M. Villette）等，二〇一〇：二一〕

這種掠食的極致，就像當今的美國絕不放棄在經濟和科技等方面領先世界各國而維持它的霸權：「全球化帶來科技能力擴散，而資訊科技可以讓更多人參與全球通訊，因此美國的經濟和文化優勢將不如本世紀初那麼佔上風。但這並非衰落……美國需要巧實力戰略及強調同盟、制度和網絡的論述，才能因應全球資訊時代的新情境。」〔奈伊（J. S. Nye），二〇一一：二八七〕這種霸權所伴隨著的對他國的干涉，早就使它變成最大的恐怖主義國家（近半個多世紀以來，美國在世界大半個地區動輒訴諸武力而受害者不計其數）〔喬姆斯基（N. Chomsky），二〇〇二；二〇〇三〕。這就是創新的「眞實面目」，大家還樂見它繼續發皇且傾心尾隨嗎？顯然這不是値得鼓勵的；而實際上地球也沒有多少資源可供給這類創新去揮霍，到頭來我們還是要想辦法「穩著過活」，不能太快衝到能趨疲的臨界點（周慶華，二〇一二a：二〇三至二〇四）。

反觀文學的基進創新有可能走上這樣的「末路」嗎？答案是肯定的，畢竟我們現在所知道的基進創新有系統內和跨系統等兩種情況，前者狀況也許不太明顯，但後者就很可能會到處掠食而危及一個秩序化社會的運作。以學派爲例，現在可以考察的是西方一系（創造觀型文化）獨大，其他如東方的兩系（氣化觀型文化和緣起觀型文化）則不是被迫屈服，就是被壓抑得不見天日，彼此的文學表現並沒有受到同等的對待，如圖8-1所示（周慶華，二〇一一b：一四四）。

在文學的表現上，三大文化系統分別有漫長的敘事寫實、抒情寫實和解離寫實等取向；它們都各自在模寫所要模寫的形象（敘事寫實是在模寫人/神衝突的形象；抒情寫實是在模寫內感外應的形象；解離寫實是在模寫種種逆緣起的形象），而整體文學也因爲有這樣的「爭奇鬥豔」而饒富審美情趣。只是氣化觀型文化內的文學表現從二十世紀初以來就幾近停頓而轉向西方取經，從此沒有了「自家面目」；而緣起觀型文化內的文學表現本來就「不積極」（但以解脫爲務，不事華采雕蔚），也無心他顧，所以雖然略顯素樸卻也還能維持一貫的格調（周慶華，二〇一一b：一四三）。後二者表面上看似乎都是出於「自願如此」，實際上卻不是：沒有自家面目的，是因爲別人迫使的；而維持一貫格調的，是因爲被漠視的關係，都緣自創造觀型文化一系獨大而威逼強抑所造成的。

原本各自的文學表現，都在自我所屬文化系統內佔一特定的位置，而隨著整體文

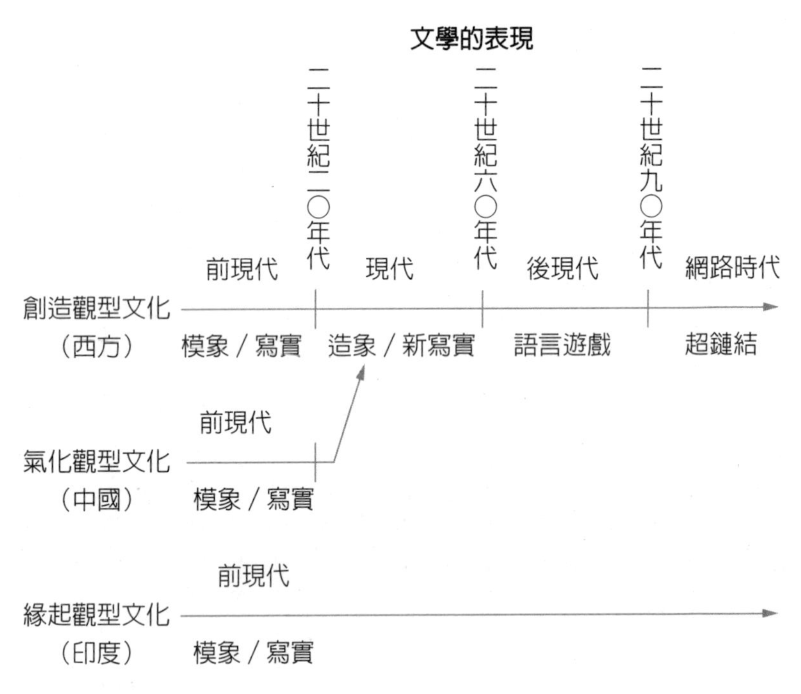

圖8-1　世界現存三大文化系統中文學的表現差異圖

化的其他次系統在融攝運作，彼此並沒有什麼可以互通的地方。理由是三大文化系統在質性上差距甚大，很難想像彼此有互通的可能性：當中創造觀型文化，它的相關知識的建構（及器物的發明）根源於建構者相信宇宙萬物受造於某一主宰（神／上帝），如一神教教義的構設和古希臘時代的形上學的推演以及近代西方擅長的科學研究等都是同一範疇；氣化觀型文化，它的相關知識的建構根源於建構者相信宇宙萬物爲自然氣化而成，如中國傳統儒道義理的構設和衍化（儒家／儒教注重在集體秩序的經營；道家／道教注重在個體生命的安頓，彼此略有「進路」上的差別）正是如此；緣起觀型文化，它的相關知識的建構根源於建構者相信宇宙萬物爲因緣和合而成（洞悉因緣和合道理而不爲所縛就是佛），如古印度佛教教義的構設和增飾（如今已傳布至世界五大洲）就是這樣。三大文化體系又分別講究「挑戰自然／媲美上帝」、「綰結人情／諧和自然」和「自證涅槃／解脫痛苦」，彼此不可共量，也無從跨域而還可以平等的爭勝（如有妥協而爭勝的，必有不平等的後果）。而這分別以文化五個次系統來條陳，更可以看出各自文化的屬性差距，如圖8-2所示（周慶華，二〇〇五：二二六）。

如果暫時擱置緣起觀型文化這一系，而從中西文學的各展精采來看，那麼顯然相互較量早已不可避免；只是在二十世紀以前的「不必相讓」情況，到了二十世紀以後則質變爲「中妥協於西」且有意無意地「中要傾力於相隨西」。這種不平衡狀態的另一個弔詭現象，則是「妥協」和「傾力於相隨」後，卻又要以此「小一號成就」來跟人家競爭逞能，從此不被看重已經可以註定。像有一本《文學地圖》，洋洋灑灑地列敘了世界各國的文學（布萊德貝里，二〇〇七），就獨缺中國文學。這恐怕是因爲中國近代文學沒有自我的獨特面目可以標榜所致（不能完全「怪罪」人家）。既然這樣，我們所該期待的相較情境就得再做計議。

倘若不受限於當今西方文學獨霸而形成的「單一」視野，那麼這裡就可以說舉世所實踐過的文學寫作至少有中西兩大類型足以競比互映（印度佛教所開啓的解離寫實的寫作形態除了在「思想」層面獨標新學，此外相關形式、技巧的部分都還嫌過於質樸）。

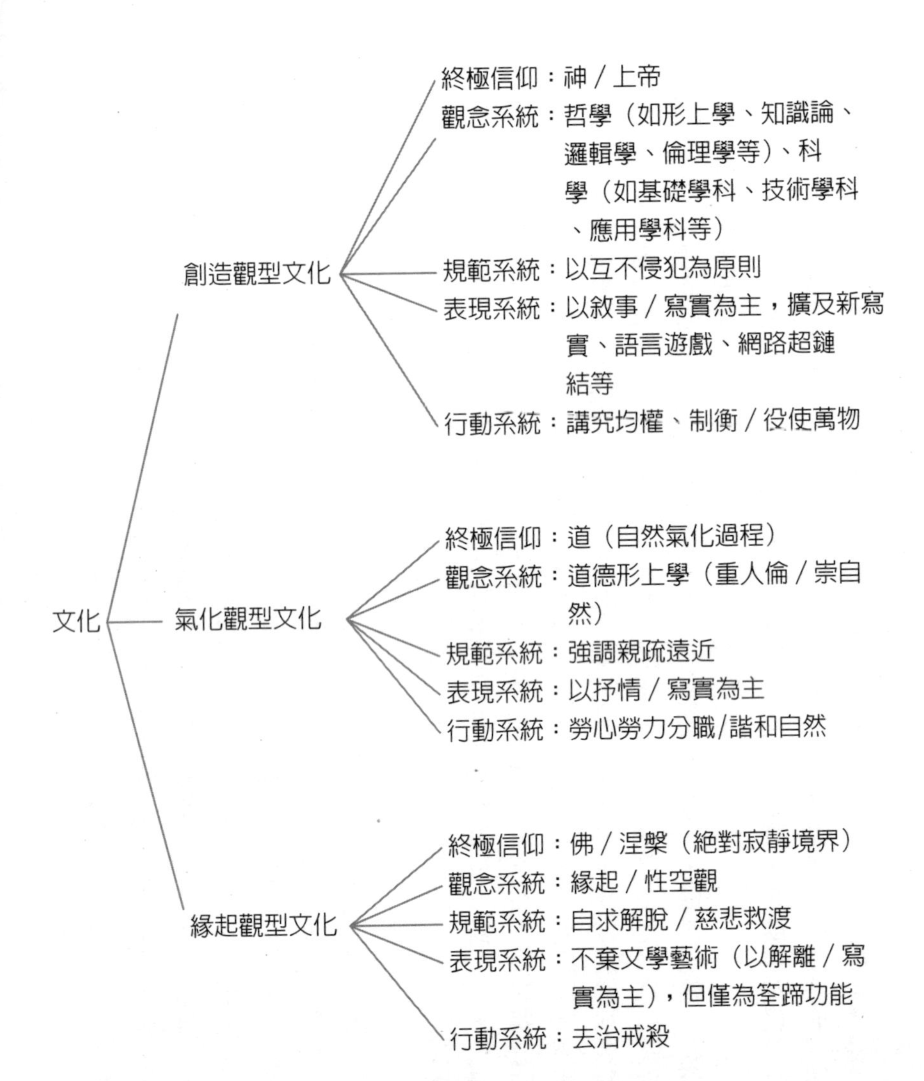

圖8-2　世界現存三大文化體系差異圖

它在西方傳統爲詩性思維所制約，而在中國傳統則爲情志思維所制約，彼此一傾向「外衍」一傾向「內煥」；馴致外衍的恣肆宏闊而有氣勢磅礴的史詩及其流亞戲劇和小說等的賡續發皇，而內煥的精巧洗鍊而有抒情味濃厚的詩歌及其派典詞曲和平話等的另現風華。具體一點說，詩性思維在早期的表現以直接用來處理人/神衝突而見於史詩和兼攝的戲劇爲主調；文藝復興以後，「人文主義」抬頭（上帝暫時退場），開始改變片面模擬而勤力於「仿作」以媲美上帝造物的風采，於是有強調情節、布局、人物刻劃和背景渲染等寫實小說的興起以及轉移焦點到關注人和自我性格的衝突或人和社會體制的衝突的近代戲劇的進展。當中越見理性的邏輯結構（包含幾何觀念的運用、語理解析的強化和因果原理的發揮等等），並沒有消滅詩性思維的光芒（也就是它仍然保有大量隱喻、換喻、借喻和諷喻等藝術形式）。爾後現代派的前衛詩和超現實小說或魔幻小說以及荒誕劇等，也不過是把模象轉向造象以爲超越傳統的窠臼而已；它的「未來感」還是夾纏著濃厚的詩性思維在起另類聯想的作用。至於以解構爲能事的後現代派的遊戲性的詩/小說/戲劇以及崇尚超鏈結的網路時代的多向性（兼互動性）的詩/小說/戲劇等，也是在同一個文化氛圍裡「力求新異」的表現罷了；它的「虛無」化依舊無法不仰賴詩性思維來做最後的調節或折衝。反觀情志思維，就沒有前者那樣衍化出「波瀾壯闊」的文學場景；它僅以有「情志」才鋪藻成篇（雖然有時也不免要「爲文造情」一番），在先天上就不是詩性思維式的可以「聯想翩翩」或「窮爲想像」。因此，相關的藝術形式就會約束在一個「爲情造文」的高度自制的有限的美感範疇裡。中國傳統所見的這種情志思維，從《詩經》以下到《楚辭》、樂府詩、古體詩、近體詩、詞、曲等等，都緊相體現著（差別只在形式、格律等外觀上的前後稍事變化罷了）；而受佛教講唱文學影響且結合詞曲而摶成的雜劇／傳奇以及承繼古來說書藝術而更精銳發展的平話／小說等，也無不深爲蘊涵。即使是較後出且紛紛爲憤激或爲勸懲或爲諷刺而作的長篇章回小說，也仍然不脫「抒情」的範疇。而這一抒情，在「內煥」的過程中，不論是爲「用世」的還是爲「捨世」的（前者是儒家式的；後者是道家式的（在後來有局部爲佛教所「收編」））），它都難免要有一個「精雕細琢」洗鍊相關思維脫俗的程序；以致所見品類日增細碎而情采更加粲備，直如氣脈流注，響應不絕（周慶華，二〇一一b：一七五至一七六）。根據這一點，中西文學的對比顯異，應該受到重視而不宜「以彼律此」或「以此律彼」；尤其是中國傳統所見這一「文飾」格調早已從實踐中獲致無比可擬的高度成就，更不當被抹煞遺忘（詳後）。

換個角度看，過去大家所解釋不清的中西文學差異的內在原因（總是不脫民族性／宗教信仰一類解釋模式）（余蓮（F. Jullien），二〇〇六；梁啓超等，一九八一；姚朋等，一九八七；古添洪等編著，一九七六），現在我們就可以把各自的世界觀帶進來重新發落：西方文學內蘊的詩性思維固然由西方人的宗教信仰形塑的世界觀所致（古希臘時代的諸神信仰中所見的「主神」造物觀念，後來被基督教的一神信仰所收編），但中國文學內蘊的情志思維卻只是由泛神信仰轉來的世界觀所摶成（僅以精氣形態存在的眾神和由精氣化生的眾人是同一位階的，差別只在一方沒有肉體、一方有肉體而已）。也就是說，中國傳統的氣化觀肯認的陰陽精氣聚合化生萬物，在別無可以「越級連結」的情況下，就只能全力關注人倫而連帶蘊蓄出情志思維以爲開啓抒情性的文學藝術的旅程；而西方傳統的創造觀執意的神創造萬物，將人/神分成兩橛所勾出的「巨大空間」，正好成了西方人發揮詩性思維以爲採取構設敘事性的文學藝術國度的機會（詳見圖4-16）。這縱使無法再進一步追溯各自的信仰「緣何而來」（也許是偶然分化而成；也許是別有原因導致），但它們在形塑文學的傳統上各有源流卻是不容否認或不容視而不見的事實。而這也直接影響到中西方的敘事模式的開展：如有關敘述者的設定部分，中國傳統上大家因爲崇尚氣化觀，相信人有智愚賢不肖的差別（緣於精氣有「純度」上的不同），凡是能在寫作上發揮才能的理所當然就會「自命不凡」，以致所安排的敘述者無不個個「神通廣大」而盡知一切（《紅樓夢》可以爲證）。反觀西方人因爲崇尚創造觀，相信人稟有上帝的一部分靈性和才能（當中「天才」又是得天獨厚），所以大多時候所安排的敘述者也直逼他們所信仰的上帝（甚至更爲強勢）；但偶爾也會「自慚」人力的渺小，只好「發展」出其他能力有限的敘述者。又如有關敘述觀點/敘述方式/敘述結構的選擇安排部分，西方人所信守的創造觀，可以展現出兩面的作爲：一是當他們不如上帝全知全能時，就會「謹慎從事」而有限制觀點和旁知觀點的設置；而另一是當他們妄自尊大想媲美上帝創造萬物的風采時，就會「處心積慮」要突破現狀而有順敘以外的各種敘述方式（如倒敘、預敘和意識流等等）和多變化敘述結構的發明。至於中國人所信守的氣化觀，只能促使能寫作的人以「優質自居」而教化心切，始終但以「達意」爲最終考量；而在沒有什麼（上帝）可以「憑藉」的情況下，也無從想及要「變化花樣」，以致所寫作的敘事性文本在敘事模式上就不如西方所見的那麼「多采多姿」（周慶華，二〇一一b：一八一至一八二）。由此可見，倘若要進行異系統的競比，它就得以我的殊異性來對比對方的殊異性而彼此「各自顯能」，而讓那「優勝劣敗」由世人尋審美的標準去評斷；這樣「我的殊異性」因爲可以確立且自我傳揚，所以就不必再擔憂會遭人收編而永遠湮沒不彰！然而，很遺憾地，事情的演變卻不是這樣；而是西方文學透過殖民／文化征服橫掃他方世界而取得了主導權，相對地他方世界的文學因爲抵擋不住而紛紛以「聲勢消竭」收場。這麼一來，其他社會中人爲了民族尊嚴或自主性，而還能跟著西方文學觀念無限起舞嗎？在這裡，顯然遇到了一個大關卡（更別說大家還糊里糊塗地被軋進了文學企業化而增加能趨疲壓力的漩渦裡）！

這樣要探向所屬內部學派競勝的經理究竟要怎樣進行？依照上述，大略有系統內超越和跨系統超越等方向可以考慮。在系統內超越部分，無妨再以西方文學爲模本，先減去強勢凌駕和企業部分，然後朝著超越網路時代的文學表現前進（雖然該具體作法還不明朗，但已經知道網路時代文學的情況，將來要超越它就有對照系可以斟酌較量）；而在跨系統超越部分，則特別可以寄望在中國文學的更新上。後者，原則上早已有《紅樓夢》的表現，在展示一個直屬於氣化觀型文化所有的抒情寫實傳統而更知所進行系統內突破新變的特大景觀。這一突破新變，根據前面所說的，它除了有全貌上的跨系統的「文本互涉」和另類的「指意連鎖」特徵可以引來對比當代相關說法而顯出質異色彩，而且還有藉爲包裝該跨系統的「文本互涉」和另類的「指意連鎖」特徵的眾文體的交會在閃爍著古今中外罕見的名著光芒（詳見第五章第一節）。當中有關眾文體的交會部分，可以舉幾段文字來「以見一斑」：

大家想著，寶玉卻等不得了，也不等賈政的命，便說道：「舊詩有云：『紅杏梢頭掛酒旗』。如今莫若『杏帘在望』四字。」眾人都道：「好個『在望』！又暗合『杏花村』意。」（馮其庸等，二〇〇〇：二五九）

寶玉見說的這般好，便湊近來央告：「好姐姐，念與我聽聽。」寶釵便念道：「漫揾英雄淚，相離處士家……赤條條來去無牽掛，那裡討煙蓑雨笠捲單行？一任俺芒鞋破缽隨緣化！」寶玉聽了，喜的拍膝畫圈，稱賞不已，又讚寶釵無書不知。（同上，三四一至三四二）

時值暮春之際，史湘雲無聊，因見柳花飄舞，便偶成一小令，調寄〈如夢令〉，其詞曰：「豈是繡絨殘吐，捲起半簾香霧，纖手自拈來，空使鵑啼燕妒。且住，且住！莫使春光別去。」自己作了，心中得意，便用一條紙兒寫好，與寶釵看了，又找來黛玉。（同上，一〇九五）

（寶玉）先行禮畢，將那誄文即掛於芙蓉枝之上，乃泣涕念曰：「維太平不易之元，蓉桂競芳之月，無可奈何之日……乃歌而招之曰：天何如是之蒼蒼兮，乘玉虬以遊乎穹窿耶？地何如是之茫茫兮，駕瑤象以降乎泉壤耶……」讀畢，遂焚帛奠茗，猶依依不捨。（同上，一二四四至一二四七）

這以雜匯詩詞曲賦等文體來顯示「抒情媒介的極至採用」，早已是「新生說部」了（古來還沒有一部小說能夠跟《紅樓夢》相比這一方面的成就），更別說置於當前環境還可以提供一把開啓「趨入新學」門徑的鑰匙。畢竟西方文學所走的仰賴電腦新科技的持續創新道路，就跟整個物質文明深陷危機一樣難望「起死回生」；而《紅樓夢》這一從「綰結人情／諧和自然」的氣化觀型文化的氛圍裡跨向更可以延緩能趨疲臨界點到來的「自證涅槃／解脫痛苦」的緣起觀型文化情境，它的「雙重表率」性不啻能夠樹立一個新的標竿而有我們「仿效思進」的空間。因此，探尋前路也就可以從《紅樓夢》入手而勉爲進行「對焦式」的開展。

　　這如果有需要「初爲發凡」，那麼就不妨從當今資訊化社會對最精緻的文學的「干預」或「滲透」說起：資訊化社會所重視的「資訊」，已經被框限爲具有「一定的內容」、「要借助載體」、「是動態傳遞的」、「可利用的」和「爲未來服務的」等特徵（王治河主編，二〇〇四：六七三），它的不得不講究「精確性」和「易懂性」（避免歧義以方便於傳播和接受），跟文學一向所專擅的「模糊性」和「難解性」（刻意製造歧義以方便於玩味審美）明顯大不相同。在這種情況下，文學被「強迫」和資訊結合（將文學資訊化而成爲可以立即傳播和接受的對象）就會有些不協調：首先，從接受的角度看，原來人在面對文學透過意象或事件來比喻／象徵思想情感時，經常要去填補許多空白、參與寫作；而參與寫作本身自然就會有心智上的成長。但人在面對毋須重組也不必強解的資訊時，只要被動接受就行了；最後個個都變成不會思考的動物。其次，從本體論的角度看，資訊的生產是爲了給人「消費」的（包括電影、電視和廣播等所提供的資訊在內）；而文學的生產除了給人「消費」，還可以帶動「生產」（接受者參與寫作以及再轉實際別爲寫作），彼此的功能有廣狹的差異。而根據上述，文學資訊化就難有「遠景」可以期待。換句話說，文學資訊化是在爲文學「降格」（一邊淺易化，一邊弱化創造力），基本上不能作爲文學的前途所繫。如果要有遠景可以期待，那麼就得將「文學資訊化」轉成「資訊文學化」。所謂「資訊文學化」，是指先守住「文學」的優質審美性，然後結合興起於西方的人文學科／社會學科／自然學科等各領域的資訊來豐富文學的形式和意義。而這所可以「以《紅樓夢》爲典範再啓新猷」的，就是從將文學本身的各階段演變（包括前現代／現代／後現代／網路時代等）融合而出新意以及援引其他學科的資源更擴大文學的體製等兩方面「綜合」來進行突破；這時它就眞正地進入了「後《紅樓夢》時代」而可以有效地再創新典範。而這更需要論者敏於觀察思量而盡力將具體的實踐途徑「鋪展」開來，以便創新文本的特殊工程「指日可待」（周慶華，二〇一一b；二〇一六）。所謂探向所屬內部學派競勝的經理，就是以這點爲指標。其餘諸如接受、傳播和文學教育等相應的作法升級，則可以依此類推，以展現對文學本身命脈未來趨向的最大關注。

第二節　發爲有益世道良策的經理

確保了未來文學運勢的經理權後，也該針對文學所可以發揮的效率來進行展望，以便整個未來文學經理學有前後「相互呼應」的完善特徵可供人遐想。換句話說，文學經理學所能再行期待於未來的，就是提供「發爲有益世道良策的經理」方向。

前面曾經提到自救式的傳播，它是「以優質化技藝爲前提，然後透過集中資源的利用，而來展開合理的推銷行動」，因爲「在目前資源日益枯竭、生態高度失衡、環境嚴重破壞和征戰陰影籠罩等情況下，只有協力逆反能趨疲而避免世界沉淪一個途徑；此外，都會逼迫自己深陷即將『無以爲繼』的困境中」（詳見第四章第二節）。這就是未來文學經理所得努力的一大目標。

整體來看，現今有七十億人口擠在地球上，所消耗的資源、所需求的糧食和所製造的汙染及對環境的破壞等，都快到了極限。原來我們所生存的美好的星球，現在綠洲一點一滴地消失而沙漠日漸蔓延、因爲燃燒化石燃料使得地球升溫將近一度、南北極冰層隨著溫度攀升一直在緩慢融解中、許多河川的流量遽減和廣大冰原迅速的消退、熱帶地區的風暴威力更強大和海水由於人類的高排碳量而變酸了三成等，導致全球性的大災難隨時可能會發生〔麥奇本（B. Mckibben），二〇一一：二三至三二〕。當中比較明顯的是溫室效應。這裡的溫室效應，是特指持續升高的地表溫度而說的。本來經過太陽照射，地表反射的熱能被空中的物質所吸收，部分返回地表，而造成大氣溫度上升的現象，就叫做溫室效應。現在則是這種常態性的情況加入了人爲的禍害，不斷地燃燒化石燃料和排放其他廢氣，而讓地球表面越來越熱，終於把原溫室效應等同於地球暖化。而就因這一暖化的速度加快，使得人類日益在面對一個高度不確定的環境。換句話說，人類無止盡地燃燒石油和其他能源（如煤碳、天然氣和核能等），所排放大量非天然的二氧化碳，又把自己所生存的地球緊緊包住，總有一天大家會無法喘息而死！而在這個過程中，因爲暖化的關係，我們已經遭遇到了史無前例的大自然的反撲！

這些反撲，比較嚴重的，包括：隨著海洋溫度的上升，主要侷限在熱帶區域的颶風和熱帶暴風雨所出現的範圍都會自赤道蔓延，侵襲從未防範過颶風的大型都會區；熱帶疾病的疫區正日漸擴大；在低緯地區的糧食產量已經遽降；海平面上升，高漲的海水將侵蝕陸地並汙染淡水來源等〔辛格（P. Singer），二〇〇三：五二至五三〕。因爲暖化的關係，所有的冰河即將消失，而更加速上述反撲的劇烈化。如：

> 在各大洲融解的冰，表示會有更多水流向大海……而影響海岸線旁地平面較低的所有國家，使得財產和農業地盡失、海岸基礎建設受到毀損……最嚴重的後果是那些近海幾百萬居住者將會被迫遷移；而只要海平面再上升三英尺（近一公尺），就會讓超過一億人以上成爲氣候難民。〔波拉克（H. Pollack），二〇一〇：序xvi〕

顯然一個越來越可見的「無冰的世界」就要來臨，而全球有上百個地方會被海水淹沒（Co+Life A/S策畫，二〇一〇；圖說天下編委會，二〇一〇），無數的氣候難民即將牽動全世界的政治、經濟和社會的非正常化。可見溫室效應已經迫使生存在地球上的每一分子走向「無處安居」的末路：所有的陸地、海洋和氣候，以及食物、飲用水和各種資源等，都在陸續起著劇烈的變化和疏離跟人原有的親密關係；導致我們所在的環境越見惡化，而我們的身心也越來越無處安頓（周慶華，二〇一二a：一三至一八）。

除了溫室效應所帶來的生存危機，還有全面資源短缺和爭戰陰影等也在威脅大家的存活。前者（指全面資源短缺），是因爲資源被耗用殆盡了，而所燃放的二氧化碳直接促發溫室效應，以致它就成了溫室效應間接的後遺症；而後者（指爭戰陰影），則是緣於所見資源越見短絀，所有想維持經濟和科技優勢的國家，不斷地採取各種可能的掠奪行動，而使得有形無形的戰爭恐怖始終徘徊不去。本來資源的取得，原是爲造福人類的；但當它被過度支用後，在地球這一封閉系統裡就會日漸枯竭，以致人類的生活全亂了套。而這最驚悚的莫過於全球油源正快速耗盡（康斯勒（J. H. Kunstler），二〇〇七），預估到二〇四〇年就一滴不剩了（李柏（S. Leep），二〇〇九：四二）。還有其他原物料也正邁向「絕對頂點」，如銻、銦、鉛、銀、鉬、錫和鈾會在四到二十年後告罄；鉻、銅和鋅不到四十年就會用完，鎳和鉑將緊接在後（同上，四五）。此外，糧食和水也早就供應不及了。如糧食部分，它的危機被認爲跟氣候變遷有密切的關係：

> 近年來全球氣候持續異常，導致小麥主要出口國的澳洲、烏克蘭和歐盟連續數年乾旱，全球產量銳減而只能消耗既有存糧……這波糧食危機，讓歐美國家第一次經歷到「有錢可能買不到糧」的威脅。（彭明輝，二〇一一：四六）

另有一份數據顯示糧食還大爲不均（而不是大家在鎖國保護那麼簡單）：「人類今日的

糧食生產總量，超越了歷史上的任一時刻。然而在此同時，地球上處於飢餓狀態的人口卻超過十分之一。諷刺的是，伴隨著這八億飢餓人口的是另一個歷史紀錄，那就是超重人口的數目達到十億人，遠大於飢餓中的人數。」（帕特爾（R. Patel），二〇〇九：二五）而這相對上因飢餓而引發的疾病又不知凡幾；尤其是「替代性」食物帶來的不適應症，更讓糧食缺乏及其分配不均的問題雪上加霜：

在世界上每個國家，肥胖和飢餓、貧困和富有之間的矛盾，都正變得日益尖銳……一九九二年，當營養不良問題開始侵襲城鎮和村莊裡的是最貧困家庭時，政府卻讓外國飲料製造商和跨國食品公司進入一直受保護的印度經濟。不到十年，印度就成了世界上最大的糖尿病患者集中地。（帕特爾，二〇〇九：二七）

還有爲了因應糧食的短缺（實質是在謀利），人類所改以增加畜牧的策略，除了動物排泄物產生大量甲烷一併促成溫室效應的惡化，有關它的「快速」激生的養殖方式也禍延縣渺。如「狂牛症及其轉移到人類身上的變異型賈庫氏症，都是工業化糧食體系的產物。爲了增加飼料中的動物性蛋白質（好讓牛快速增肥），業主在飼料中添加肉和骨粉。牲畜被宰殺後，導致狂牛症的傳染性蛋白質仍可存活很久……牠身上有傳染性的部位又經循環成爲動物飼料……這時候，要阻止它在牛或人類身上造成的影響，已經來不及了」（帕特爾，二〇〇九：三六九至三七〇）。換句話說，糧食由於短缺所衍生的不安全變數，已經越來越逼近臨界點。更何況別有農藥殘害和工業汙染等，正在一點一滴的侵蝕整個糧食系統（詳後），使得相關數量的匱乏延伸到不堪食用的匱乏！又如水部分，人類也正以驚人的速度在汙染和消耗水。當中消耗水方面，包括個人用水（如沐浴和抽水馬桶沖水等）、工業用水、農業用水和新興產業用水（如汽車業和電子業等用水）等，早就到達上限了。根據聯合國的統計，現今世界有三十一個國家正面臨嚴重的缺水問題；超過十億人無法得到乾淨的飲水；將近三十億人沒有公共衛生設施（巴洛（M. Barlow）等，二〇一一：八四）。至於汙染方面，那就更讓人怵目驚心了：

每天都有大量的農藥、化肥、細菌、醫療廢棄物、化學物質及放射性物質，從成千上萬的工廠、大農場和城水排放或滲透進我們的水源……洩漏的汽油油罐和汙水池、城市垃圾場、飼養家禽家畜的排泄物甚至清除道路積雪所用的鹽粒，這些都可能引起地下水汙染。（巴洛等，二〇一一：八八至八九）

從空氣汙染到食物汙染和水汙染，人類眞可說「無所逃於天地之間」了。而換個角度看，我們所呼吸的、吃的和喝的，沒有一樣乾淨，而這都緣於大家「自作自受」，這樣就不僅是我們爲天地所不容，而且連我們也不容天地了。不容天地，結果就是人類更自私地在搶奪越來越稀少的資源，而造成大小戰爭不斷：「爲了爭奪對世界資源和能源的控制權，從而導致了兩次世界大戰的爆發。第二次世界大戰以後，兩個超極大國之間爲了爭奪世界資源及能源的控制權，持續了四十多年的冷戰。中東的石油、非洲南部豐富的黃金和金剛石及其他礦產、薩伊的銅礦……都成為超級大國爭奪的對象，引發了一次又一次的局部戰爭。」（唐風，二〇〇九：一四至一五）依此類推，近十年來世界許多區域性的衝突，諸如黎巴嫩南部衝突、阿克薩起義、中非共和國內戰、阿富汗戰爭、象牙海岸內戰、馬格里布伊斯蘭暴動、蘇丹達佛戰爭、法國—象牙海岸衝突、尼日河三角洲衝突、中非共和國叢林戰爭、剛果基伍衝突、查德內戰、埃爾貢山叛亂、黎巴嫩戰爭、伊斯蘭法院聯盟叛亂、伊斯蘭法塔組織和黎巴嫩軍隊交戰、發生於索馬利亞的衣索比亞戰爭、第二次圖阿雷格人叛亂、葛摩入侵安樹昂、以色列—加薩衝突、吉布地—厄利垂亞邊境衝突、索馬利亞伊斯蘭內戰、奈及利亞塔利班叛亂和以色列轟炸蘇丹等（特維德（L. Tvede），二〇一一：二〇一至二〇二），可能也都跟爭資源有關。這麼一來，人類所該憂慮的事可就多了。

依據各種跡象顯示，這個世界確已糟到快要不適合居住了。不但氣候異常和資源匱乏及爭戰陰影不去，而且擁擠的人口也在大為降低生活品質，使得「沒有明天」的寓言越來越接近實現的邊緣。而這整體的危機，可以歸結到一個物理效應「能趨疲」。能趨疲是指熱力學第二定律。它有別於熱力學第一定律：後者指出在一個封閉系統中「質能不滅」；而前者則指出在一個封閉系統中「質能無法互換」（桑塔格（R. E. Sonntag）等，二〇〇二）。因為質能無法互換，所以人類所耗用的資源就不可能回復為原資源，最後地球勢必走向「資源耗盡而陷於一片死寂」的能趨疲末路。因此，前兩節所說的溫室效應、全面資源短缺和爭戰陰影等，都要匯聚到這裡來「總其危殆」！這種危殆，將是毀滅性的。也就是說，不必等到氣候極端異常，或者核戰爆發，或者彗星撞地球，或者如今人從馬雅書曆得到啓發所預言的大變動〔艾頓（S. Alten），二〇一〇；約瑟夫（L. E. Joseph），二〇一〇〕，只要持續耗用資源就會走到這個地步。而以人類前後對資源的支取情況來看，工業化時代隨著科技的加速發展，整個工業社會日益向上升級，所有的工業產品、製造流程、食品生產、農業耕作、運輸系統、都市結構、軍事裝備、育樂環境、醫療保健，甚至於社會構造、政治系統及經濟模式等，必然越來越趨向於精密和複雜；但在這種高度複雜的工業社會裡，人類必須仰賴大量的資源，生活才能維持下去，倘若資源供應不繼時，就會有嚴重的危機出現〔雷夫金（J. Rifkin），一九八八：一五四至二八三〕。而現在工業社會還在昌皇，又多了後資訊社會（網路時代），大家想要透過電腦科技來締造的理想化國度〔維加德（H. Vejlgaard），二〇〇八；譚瑟（B. Tancer），二〇一一〕，也是要以無止盡耗用資源爲代價的；而這樣下去，在可見的未來地球一定會面臨不可再生能量趨於飽和的能趨疲壓力。因此，已經全面資源短缺的地球，人類再無所節制地支取下去，最終就是徹底的滅亡。

在這種情況下，凡是主張「歧出」（而不是反方向）另尋「發展」的言論，就都一樣在爲加重能趨疲危機背書。如「富足，存在於我們身爲人類欣欣向榮的能力。我們的挑戰是：創造一個富足可能實現的條件。這是當前最急迫的任務」〔傑克森（T. Jackson），二〇一一：四二〕、「新富餘這項觀點的邏輯主要是跟經濟有關，著重於效能和幸福……這種向未來邁進的方式強調創新、總體經濟的平衡，以及對財富多重來源的審慎關切」〔修爾（J. B. Schor），二〇一〇：九〕等，這些所要「解除成長的迷思」和「強調以少得多」的作法，都是以新富足和新效能爲目標，仍要依賴生產和投資（雖然是經過「綠化」的），根本無助於大家從不可再生能量即將趨於飽和的困境中脫身。換句話說，只要跟富足和效能沾上邊的舉措，不論是舊式還是新式，都不過是自我走向毀滅的催化劑，因爲它必然會把能趨疲的極端威脅帶到大家的面前（周慶華，二〇一二a：一九至三〇）。

這也就是未來的文學經理也得介入逆反能趨疲而避免世界沉淪的原因所在，畢竟不逆反能趨疲，等到不可再生能量趨於飽和而地球逐漸陷於一片死寂的時候，大家既然都無法存活了怎麼還會有文學經理的空間？因此，逆反能趨疲而兼批判禍害所從出的西方文化，也就成了未來文學經理所得一併考慮的。

由於文學經理也是跟文化一起運作的，而現在最需要的是藉由文化治療來挽救世界的沉痾，所以文學經理也不可避免要在這個關頭貢獻己力。而從整體上看，氣化觀型文化和緣起觀型文化所信守的「氣化」和「緣起」觀念，只著重在「綰結人情／諧和自然」和「自證涅槃／解脫痛苦」，根本不可能走上耗用資源和破壞環境生態的末路；只有創造觀型文化所信守的「創造」觀念以「挑戰自然／媲美上帝」自居，才會無止盡地消耗塵世的一切東西而造成地球日漸加深的浩劫。換句話說，創造觀型文化中人由於有「塵世急迫感」（從天國來最終又要返回天國），對於能不能重返天國總是「念茲在茲」；以致藉由累積財富以及從事科學發明、學術建構和文學藝術的創作等途徑來尋求救贖而在高度支取地球有限資源的行徑，也就累世不絕！而這在原不時興這種取向的另外兩種文化傳統裡（因爲沒有造物主信仰的緣故），透過仁愛／自求逍遙或自了／慈悲救渡而保存一個相當諧美的自然空間；但從近代以來，迫於創造觀型文化的強力傾銷和征服，早已挺不住而紛紛妥協屈服。逮著機會還以「飢餓大國」和「匱乏大國」的崛起姿態（如中國大陸和印度），在窮爲追逐創造觀型文化中所見的科技/經濟成就〔肯吉（J. Kynge），二〇〇七；塞斯，二〇〇七；馬暘（Damien Ma）等，二〇一四〕；殊不知舉世都在同蹈一條自我毀滅的不歸路，前景如何也光明不起來。這時如果沒有「拯救良方」，那麼這種「垂死掙扎」勢必會繼續下去。因此，重回對關鍵性的觀念系統的「重新詮解調整」或「重新強化彰顯」，也就成了這一波救治危亡的不二法門。而未來的文學經理學，自然也得設法告訴大家怎樣發爲有益世道良策的經理。

今天還有人在擔心西方霸權的消失，而僅以「競爭」、「科學」、「財產權」、「醫學」、「消費社會」和「工作倫理」等層面來研判先前西方所以稱霸全世界的原因〔佛格森（N. Ferguson），二〇一三〕。這無非是站在西方人的立場而妄想阻止非西方世界的崛起，殊不知上帝信仰和原罪觀念才是幾個世紀以來西方文化盛行和宰制全世界的關鍵（詳見圖3-2）；而非西方世界的崛起又是仿效西方文化的結果，以致西方世界不自我節制又如何能防範非西方世界盲目地追隨競比？可見論者不但問題看不透，而且還無謂遐想過多！而這從文化治療著手，則不啻可以一併解決強勢文化肇禍而弱勢文化跟進釀成能趨疲危機的問題。

原則上，這在同一文化系統有「出了問題」的，就得重新詮解調整該次系統中的觀念系統，以便自我了結；而在同一文化系統原「沒有問題」的，也得重新強化彰顯該次系統中的觀念系統，以便齊匯益世。這樣相關的文化治療就有三種實質的取向可說：

首先是為「出了問題」的文化系統重新詮解調整該次系統中的觀念系統，如創造觀型文化就是；其次是為「沒有問題」的文化系統重新強化彰顯該次系統中的觀念系統，如氣化觀型文化和緣起觀型文化就是；再次是為「出了問題」的文化系統和原「沒有問題」的文化系統但卻妥協屈服於他者文化系統等別為創立新的觀念系統，如新能趨疲世界觀就是。當中第一種取向的文化治療的開展方向，自然是對那天國嚮往的淡化；創造觀型文化中人不能再無視於大多數的蒼生還要在地球上「寄生」（他們根本不知道有什麼天國可嚮往或無法認同對方所嚮往的天國），自己多耗用一份資源就會減少別人一次生存的機會，同時也直接、間接地危及自己後世子孫的存在優勢。第二種取向的文化治療的開展方向，是要從盲目跟隨的迷茫中醒悟過來，究竟是一起走上「同歸於盡」的末路還是自我節制而清貧過活，總得做個抉擇。第三種取向的文化治療的開展方向，有鑑於前兩種取向都有「騎虎難下」的問題，它要迂迴前進而不斷以不可再生能量將趨於飽和相警，並透過實際踐履的連結來廣起效應；這是要把資源的利用降到最低限度，以確保能趨疲到達臨界點的延緩來臨。至於上述三種取向的文化治療的推動，則要靠每個人的內在的覺悟和外在輿論的壓力，交相促成（周慶華，二〇一二a）。而這因為文學有美化人心的效果而可以轉來在文化治療中擔任特佳的角色，所以未來的文學經理學也就必須以「責無旁貸」的使命感，設法規模出有益世道良策的經理「以為顯能」。

因為該良策還得在每一個特定情境中去擬想發揮（而無法以「統籌」的方式辦理），所以這裡就先舉一個例子來稍作示範經理的向度。這個例子見於一場對徒眾的經典講說：

清乾隆時代，有一位世代書香的大員，有個兒子……一年，給這孩子五百兩銀子上京考功名，結果他到了京裡，把五百兩銀子在妓院中花光了……回到家裡，老太爺知道了，氣得要把他打死，但一檢閱他的行李，發現有他寫的兩句詩，老太爺一看，笑了……原句是：「近來一病輕如燕，扶上雕鞍馬不知。」這是古人對文學的推崇。（南懷瑾，二〇一一：三二七）

該講說中所引二句詩，以「病輕如燕」和「上馬不知」兩個比喻（前句爲明喻；後句爲隱喻）創新了一個落拓不羈的士人形象；而讀者（詩人的父親）也能了解該創意的不可多得（勝過其他但知讀書卻乏善可陳的科考人許多）；至於傳播者的轉述（指引述者的講說而又被紀錄成文稿出版），則又爲它保留了可堪典範的案例，功不可沒。

大致上，這是一個可以推廣的文學益世方式。也就是說，只有像這般合而從欣趣賞鑑的角度來看事物，才能騰出心靈空間（保持距離）面對各種人我/物我的衝突而予以巧爲化解，從而讓文學的審美及其生命解脫有機會眞正地落實。因此，未來固然充滿著不確定性，但我們卻可以預備在每一個特殊的情境中以類似的方式去做高明的因應，並且將經驗累積傳播而廣爲世道所參鏡。所謂「發爲有益世道良策的經理」，就是循著這樣的軌跡去勉爲興作致效。它縱使沒辦法在這裡多加舉例以證，但只要知道訣竅所在，大家都可以成爲未來最佳的文學經理人。

參考文獻

Co+Life A/S策畫（二〇一〇），《一百個即將消失的地方》，臺北：時報。

一粟編（一九八九），《紅樓夢卷》，臺北：新文豐。

卜倫（一九九〇），《影響的焦慮——詩歌理論》（徐文博譯），臺北：久大。

卜倫（一九九二），《比較文學影響論——誤讀圖示》（朱立元等譯），臺北：駱駝。

卜倫（一九九八），《西方正典》（高志仁譯），臺北：立緒。

丁旭輝（二〇〇〇），《臺灣現代詩圖象技巧研究》，高雄：春暉。

方平等譯（二〇〇〇a），《新莎士比亞全集第一卷・早期喜劇》，臺北：貓頭鷹。

方平等譯（二〇〇〇b），《新莎士比亞全集第十二卷・詩歌》，臺北：貓頭鷹。

方時雨（一九八六），《中國文學藝術家傳記：中國藝術家故事》，臺北：莊嚴。

方蘭生（一九八八），《傳播原理》，臺北：三民。

丹托（二〇〇八），《美的濫用》（鄧伯宸譯），臺北：立緒。

巴克（二〇〇四），《文化研究——理論與實踐》（羅世宏譯），臺北：五南。

巴克（二〇〇七），《文化研究智典》（許夢芸譯），臺北：韋伯。

巴洛等（二〇一一），《水資源戰爭：揭露跨國企業壟斷世界水資源的真實內幕》（張岳等譯），臺北：高寶國際。

巴爾（一九九五），《敘事學：敘事理論導論》（譚君強譯），北京：中國社會科學。

巴舍拉（二〇〇三），《空間詩學》（龔卓君等譯），臺北：張老師。
巴赫汀（一九九八），《文本、對話與人文》（白春仁等譯），石家莊：河北教育。
孔　恩（一九八九），《科學革命的結構》（王道還編譯），臺北：遠流。
孔則吾（二〇一三），《追尋出版的未來》，新北：揚智。
孔穎達等（一九八二），《周易正義》，十三經注疏本，臺北：藝文。
王一川（二〇〇三），《文學理論》，成都：四川人民。
王先霈等主編（一九九九），《文學批評術語詞典》，上海：上海文藝。
王岳川（一九九四），《藝術本體論》，上海：三聯。
王治河主編（二〇〇四），《後現代主義辭典》，北京：中央編譯。
王乾任（二〇〇四），《臺灣出版產業大未來——文化與商品的調和》，臺北：生活人文。
王偉忠口述、王蓉採訪整理（二〇〇七），《歡迎大家收看王偉忠的……》，臺北：天下。
王萬象（二〇〇九），《中西詩學的對話——北美華裔學者中國古典詩研究》，臺北：里仁。
王夢鷗（一九七六），《文學概論》，臺北：藝文。
王德威（一九八六），《從劉鶚到王禎和——中國現代寫實小說散論》，臺北：時報。
王德威（一九八八），《眾聲喧嘩》，臺北：遠流。
王鼎鈞（二〇一二），《桃花流水杳然去》，臺北：爾雅。

中國古典文學研究會主編（一九九五），《文學與傳播的關係》，臺北：學生。
申丹（一九九八），《敘事學與小說文體學研究》，北京：北京大學。
尼采（二〇〇〇），《權力意志》（張念東等譯），北京：中央編譯。
尼采（二〇〇一），《瞧！這個人》（劉崎譯），臺北：志文。
卡勒（一九九八），《文學理論》（李平譯），香港：牛津大學。
卡夫卡（二〇〇六），《蛻變》（金溟若譯），臺北：志文。
白靈（一九九八），《一首詩的誘惑》，臺北：河童。
白子玉（二〇〇〇），〈二十一世紀圖書館的終身任務：由電子出版發展趨勢談資訊素養教育〉，於《佛教圖書館管訊》第二三期（四二），臺北。
本尼特等（二〇〇七），《關鍵詞：文學、批評與理論導論》（汪正龍等譯），桂林：廣西師範大學。
史美舍（一九九一），《社會學》（陳光中等譯），臺北：桂冠。
史密斯（一九九五），《圖書出版的藝術與實務》（彭松建等譯），臺北：周知。
史登堡等（二〇〇一），《思考教學》（李弘善譯），臺北：遠流。
史旭瑞特等（二〇〇九），《全球化觀念與未來》（游美齡等譯），臺北：韋伯。
史威渥德（一九九三），《大眾文化的迷思》（馮建三譯），臺北：遠流。
史賓格勒（一九八五），《西方的沒落》（陳曉林譯），臺北：桂冠。
皮述民（二〇〇二），《李鼎與石頭記》，臺北：文津。
司馬遷（一九七九），《史記》，臺北：鼎文。

弗格森（二〇一三），《文明：決定人類走向的六大殺手級APPS》（黃煜文譯），臺北：聯經。
弗洛恩德（一九九四），《讀者反應理論批評》（陳燕谷譯），臺北：駱駝。
古添洪等編著（一九七六），《比較文學的墾拓在臺灣》，臺北：東大。
古添洪（一九八四），《記號詩學》，臺北：東大。
古爾靈等（一九八八），《文學欣賞與批評》（徐進夫譯），臺北：幼獅。
布魯克（二〇〇三），《文化理論詞彙》（王志宏等譯），臺北：巨流。
布魯格（一九八九），《西洋哲學辭典》（項退結編譯），臺北：華香園。
布赫迪厄（二〇一二），《所述之言：布赫迪厄反思社會學文集》（陳逸淳譯），臺北：麥田。
布萊德貝里（二〇〇七），《文學地圖》（趙閔文譯），臺北：胡桃木。
考　夫（二〇〇七），《文化創意產業——以契約達成藝術與商業的媒合》（仲曉玲等譯），臺北：典藏藝術家庭。
艾　柯（二〇〇〇），《悠遊小說林》（黃寤蘭譯），臺北：時報。
艾　頓（二〇一〇），《馬雅預言書》（陸之淇等譯），臺北：普天。
伊　索（一九九九），《伊索寓言》（吳憶帆譯），臺北：志文。
伊凡絲（一九九〇），《郭德曼的文學社會學》（郭仁義譯），臺北：桂冠。
伊格頓（一九八七），《當代文學理論導論》（聶振雄等譯），香港：旭日。
伊瑟爾（二〇〇三），《虛構與想像：文學人類學疆界》（陳定家等譯），長春：吉林人民。
伊茲拉萊維奇（二〇〇六），《當中國改變世界》（姚海星等譯），臺北：高寶國際。
朱熹編（一九七八），《河南程氏遺書》，臺北：商務。
朱立元等主編（二〇〇二），《二十世紀西方文論選》，北京：高等教育。
朱光潛（一九八一），《詩論》，臺北：德華。
朱建民（二〇〇三），《知識論》，臺北：國立空中大學。
朱耀偉編譯（一九九二），《當代西方文學批評理論》，臺北：駱駝。
江奔東（二〇〇九），《文化產業創意學》，濟南：泰山。
吉普森（一九八八），《批判理論與教育》（吳根明譯），臺北：師大書苑。
吉見俊哉（二〇〇九），《媒介文化論——給媒介學習者的十五講》（蘇碩斌譯），臺北：群學。
安德森（二〇〇六），《長尾理論：打破80/20法則的新經濟學》（李明等譯），臺北：天下。
安傑利斯（二〇〇一），《哲學辭典》（段德智等譯），臺北：貓頭鷹。
邢昺（一九八二），《論語注疏》，十三經注疏本，臺北：藝文。
佛思（一九九六），《當代語藝觀點》（林靜伶譯），臺北：五南。
佛克林等（二〇〇八），《新媒體消費革命：行銷人與消費大眾之間的角力遊戲》（晴天譯），臺北：商周。
佛斯特（一九九三），《小說面面觀》（李文彬譯），臺北：志文。

沈　約（一九七九），《宋書》，臺北：鼎文。
沈　恩（二〇〇八），《好思辯的印度人》（陳信宏譯），臺北：先覺。
沈清松（一九八六），《解除世界魔咒——科技對文化的衝擊與展望》，臺北：時報。
沈清松（一九八七），《物理之後——形上學的發展》，臺北：水牛。
沈清松編（一九九五），《詮釋與創造》，臺北：聯經。
李　柏（二〇〇九），《石油玩完了》（林錦慧等譯），臺北：時報。
李　泉等（一九九四），《水滸全傳校注》，臺北：里仁。
李　善等（一九七九），《增補六臣注文選》，臺北：華正。
李元洛（一九九〇），《詩美學》，臺北：東大。
李天鐸編著（二〇一一），《文化創意產業讀本：創意管理與文化經濟》，臺北：遠流。
李世暉（二〇〇八），《文化趨勢：臺灣第一國際品牌企業誌》，臺北：御璽。
李忠文報導（二〇一二・一一・二六），〈黃春明：官方插手來個文學科，會死了了〉，於《中國時報》第A11版，臺北。
李宗桂（一九九二），《文化批判與文化重構——中國文化出路探討》，西安：陝西人民。
李明燦（一九八九），《社會科學方法論》，臺北：黎明。
李威斯（二〇〇五），《文化研究的基礎》（邱誌勇等譯），臺北：韋伯。
李瑞騰（一九九七），《新詩學》，臺北：駱駝。

李錫東（二〇〇九），《文化產業的行銷與管理》，臺北：宇河。
辛　格（二〇〇三），《我們只有一個世界》（李尚遠譯），臺北：商周。
汪　琪（一九八四），《文化與傳播》，臺北：三民。
汪裕雄（一九九六），《意象探源》，合肥：安徽教育。
希　爾等（二〇〇六），《暢銷書的故事：看作家、經紀人、書評家、出版社及通路如何聯手撼動讀者》（陳希林譯），臺北：臉譜。
希爾斯（一九九二），《論傳統》（傅鏗等譯），臺北：桂冠。
希爾希（二〇〇四），《知識分子與當權者》（傅鏗等譯），臺北：桂冠。
余蓮（二〇〇六），《淡之頌：論中國思想與美學》（卓立譯），臺北：桂冠。
余光中（一九八六），《掌上雨》，臺北：時報。
余光中（二〇〇七），《蓮的聯想》，臺北：九歌。
吳　曉（一九九五），《詩歌與人生：意象符號與情感空間》，臺北：書林。
吳小林（一九九四），《三國演義校注》，臺北：里仁。
吳清和等採訪（二〇一〇），《閃亮50科研路：50科學成就》，臺北：行政院國家科學委員會。
貝克曼（二〇〇八），《亞洲未來衝擊：未來30年亞洲新商機》（吳國卿譯），臺北：財信。
岑佳卓編著（一九八八），《紅樓夢評論》，臺中：作者自印。
杜普端（一九九六），《人的宗教向度》（傅佩榮譯），臺北：幼獅。

沃克漫青（二〇〇三），《臺灣的人文步道》，臺北：遠足。
金（二〇一一），《史蒂芬・金談寫作》（石美倫譯），臺北：商周。
金　易等（二〇〇五），《我在慈禧身邊的日子》，臺北：智庫。
金偉燦等（二〇〇五），《藍海策略：開發無人競爭的全新市場》（黃秀媛譯），臺北：天下。
岩　上（二〇〇七），《詩的創發：現代詩評論》，南投：南投縣政府文化局。
肯　吉（二〇〇七），《中國撼動世界：飢餓之國崛起》（陳怡傑等譯），臺北：高寶國際。
奈　伊（二〇一一），《權力大未來——軍事力、經濟力、網絡力、巧實力的全球主導》（李靜宜譯），臺北：天下。
林　區（一九九八），《思想傳染》（張定綺譯），臺北：時報。
林天民（一九九四），《基督教與現代世界》，臺北：商務。
林文欽（二〇〇〇），《現代詩鑑賞教學研究》，高雄：春暉。
林建光（二〇一〇），《馬克思主義》，臺北：行政院文化建設委員會。
林清玄（二〇一二），《為君葉葉起清風》，臺北：九歌。
林淇瀁（二〇〇一），《書寫與拼圖——臺灣文學傳播現象研究》，臺北：麥田。
林聰明（一九八六），《昭明文選研究（初稿）》，臺北：文史哲。
孟　樊（一九九五），《當代臺灣新詩理論》，臺北：揚智。
孟　樊（一九九七），《臺灣出版文化讀本》，臺北：唐山。

孟　樊（二〇〇三），《臺灣後現代詩理論與實際》，臺北：揚智。
波　諾（一九九五），《水平思考法》（謝君白譯），臺北：桂冠。
波拉克（二〇一〇），《無冰的世界》（呂孟娟譯），臺北：日月。
波斯納（二〇〇二），《法律與文學》（楊惠君譯），臺北：商周。
波斯曼（二〇一〇），《科技奴隸》（何道寬譯），臺北：博雅書房。
邵玉銘編（一九九四），《理念與實踐——當前國內文化發展之檢討與展望研討會論文集》，臺北：聯經。
房玄齡（一九七九），《晉書》，臺北：鼎文。
邱炯友（二〇〇〇），〈電子出版的歷史與未來〉，於《佛教圖書館館訊》第二三期（六、七、一二、一三），臺北。
杭亭頓（一九九七），《文明的衝突與世界秩序的重建》（黃裕美譯），臺北：聯經。
周浩正（二〇〇六），《編輯道——暢銷書或暢銷產品的祕訣在哪裡？》（管仁健整編），臺北：文經社。
周策縱（二〇〇〇），《紅樓夢案——棄園紅學論文集》，香港：中文大學。
周夢蝶（一九八七），《還魂草》，臺北：領導。
周慶華（一九九六），《文學圖繪》，臺北：東大。
周慶華（一九九七），《語言文化學》，臺北：生智。
周慶華（二〇〇〇），《文苑馳走》，臺北：文史哲。
周慶華（二〇〇二a），《故事學》，臺北：五南。

周慶華（二〇〇二b），《未來世界》，臺北：文史哲。
周慶華（二〇〇三），《閱讀社會學》，臺北：揚智。
周慶華（二〇〇四a），《文學理論》，臺北：五南。
周慶華（二〇〇四b），《語文研究法》，臺北：洪葉。
周慶華等（二〇〇四），《閱讀文學經典》，臺北：五南。
周慶華（二〇〇五），《身體權力學》，臺北：弘智。
周慶華（二〇〇六），《靈異學》，臺北：洪葉。
周慶華（二〇〇七），《紅樓搖夢》，臺北：里仁。
周慶華（二〇〇九a），《文學詮釋學》，臺北：里仁。
周慶華（二〇〇九b），《新福爾摩沙組詩》，臺北：秀威。
周慶華（二〇一〇a），《詩話摘句批評》，臺北：花木蘭。
周慶華（二〇一〇b），《反全球化的新語境》，臺北：秀威。
周慶華（二〇一〇c），《銀色小調》，臺北：秀威。
周慶華（二〇一一a），《文學概論》，新北：揚智。
周慶華（二〇一一b），《語文符號學》，上海：東方。
周慶華（二〇一一c），《生態災難與靈療》，臺北：五南。
周慶華（二〇一一d），《華語文教學方法論》，臺北：新學林。
周慶華（二〇一二a），《文化治療》，臺北：五南。
周慶華（二〇一二b），《華語文文化教學》，新北：揚智。

周慶華（二〇一六），《新說紅樓夢》，臺北：里仁。

周德禎主編（二〇一一），《文化創意產業理論與實務》，臺北：五南。

帕特爾（二〇〇九），《糧食戰爭》（葉家興等譯），臺北：高寶國際。

芮基洛（一九九〇），《實用思考指南》（游恆山譯），臺北：遠流。

拉莫特（二〇〇九），《關於寫作：一隻鳥接著一隻鳥》（朱耘譯），臺北：晴天。

阿德勒等（二〇〇三），《如何閱讀一本書》（郝明義等譯），臺北：商務。

明茲伯格（二〇一一），《經理人的一天：明茲伯格談管理》（洪慧芳譯），臺北：天下。

芥川龍之介（一九九五），《芥川龍之介的世界》（賴祥雲譯），臺北：志文。

馬丁（一九九一），《當代敘事學》（伍曉明譯），北京：北京。

馬暘（二〇一四），《匱乏：中國到底還缺什麼？》（蔣文豪等譯），臺北：八旗等。

洛吉（二〇〇六），《小說的十五堂課》（李維拉譯），臺北：木馬。

派佛（二〇〇八），《用你的筆，改變世界》（閻蕙群譯），臺北：大是。

柯里（二〇〇四），《後現代敘事理論》（寧一中譯），北京：北京大學。

柯達（二〇〇三），《打造暢銷書》（卓妙容譯），臺北：商周。

柯德威（二〇〇六），《四的法則》（劉泗翰譯），臺北：皇冠。

柯特萊特（二〇〇〇），《上癮五百年》（薛絢譯），臺北：立緒。

姚朋等（一九八七），《文學與社會》，臺北：空中大學。

姚斯等（一九八七），《接受美學與接受理論》（周寧等譯），瀋陽：遼寧人民。
姚一葦（一九九三），《審美三論》，臺北：開明。
柏納編（二〇〇六），《退稿信》（陳榮彬譯寫），臺北：寶瓶。
柯恩等（一九九七），《講故事——對虛構作品的理論分析》（張方譯），臺北：駱駝。
姜森（一九八〇），《美學主義》（蔡源煌譯），臺北：黎明。
修爾（二〇一〇），《新富餘：人類未來二十年的生活新路徑》（陳琇玲譯），臺北：商周。
范錡（一九八七），《哲學概論》，臺北：商務。
南方朔（二〇一〇），《笨蛋！問題在領導》，臺北：有鹿。
南懷瑾講述（二〇〇七），《南懷瑾講演錄二〇〇四～二〇〇六》，臺北：老古。
南懷瑾（二〇一一），《論語別裁》，臺北：老古。
洪文瓊（一九九七），《電子童書小論叢》，臺東：臺東師院語文教育學系。
洪材章等主編（一九九二），《閱讀學》，廣州：廣東教育。
俞平伯（二〇〇〇），《俞平伯說紅樓夢》，上海：上海古籍。
海布倫等（二〇〇八），《藝術・文化經濟學》（郭書瑄等譯），臺北：典藏藝術家庭。
海默哈夫（二〇〇六），《文化產業》（廖佩君譯），臺北：韋伯。
哈洛克（二〇〇一），《麥克魯漢與虛擬世界》（楊久穎譯），臺北：貓頭鷹。

哈特利（二〇一二），《全民書寫運動：改寫媒體、教育、企業的運作規則，你不可不知的數位文化素養》（鄭百雅譯），臺北：漫遊者。
哈維爾（二〇〇二），《反符碼——哈維爾圖象詩集》（貝嶺譯），臺北：唐山。
哈默爾等（二〇〇七），《管理大未來：新管理正在淘汰舊商業》（廖建容等譯），臺北：天下。
哈伯斯坦（一九九五），《媒介與權勢（I）》（趙心樹等譯），臺北：遠流。
韋勒克等（一九八七），《文學理論》（梁伯傑譯），臺北：水牛。
韋斯曼（二〇〇八），《讓你瞬間看穿人心的怪咖心理學——史上最搞怪的心理學實驗報告》（洪慧芳譯），臺北：漫遊者。
胡雪岡（二〇〇二），《意象範疇的流變》，南昌：百花洲文藝。
約瑟夫（二〇一〇），《後2012世界怎麼改變》（羅若蘋譯），臺北：方智。
約翰遜（二〇〇八），《創作大師的不傳之祕》（蔡承志譯），臺北：木馬。
查普曼（一九八九），《語言學與文學》（王晶培審譯），臺北：結構群。
段詩潔（二〇〇九），〈呂俊德：電子書的普世價值就是綠色環保〉，於《2010明星產業》（二四四至二四五），臺北。
封德屏編（二〇〇八），《30年後的世界》，臺北：九歌。
威德森（二〇〇六），《現代西方文學觀念簡史》（錢競等譯），北京：北京大學。
高汀（二〇一二），《怪咖時代：小眾勢力崛起，愈怪愈有商機》（吳書榆譯），臺北：三采。

高　柏（二○○二），《心靈寫作——創造你的異想世界》（韓良露譯），臺北：心靈工坊。

高　柏（二○○九），《狂野寫作——進入書寫的心靈荒原》（詹美涓譯），臺北：心靈工坊。

高辛勇（一九八七），《形名學與敘事理論——結構主義的小說分析法》，臺北：聯經。

高師寧等編（一九九六），《基督教文化與現代化》，北京：中國社會科學。

班　固（一九七九），《漢書》，臺北：鼎文。

徐　岱（一九九二），《小說敘事學》，北京：中國社會科學。

徐少知等（一九九六），《西遊記校注》，臺北：里仁。

徐志平等（二○○九），《文學概論》，臺北：洪葉。

徐國源（二○○八），《傳播的文化修辭》，臺北：文史哲。

徐斯勤等主編（二○○九），《文化創意產業、品牌與行銷策略：跨國比較與大陸市場發展》，臺北：印刻。

徐道鄰（一九八○），《語意學概要》，香港：友聯。

唐　風（二○○九），《新能源戰爭》，臺北：大地。

埃　梅（二○○六），《分身》（李桂蜜譯），臺北：遊目族。

埃斯卡皮（一九九○），《文學社會學》（葉淑燕譯），臺北：遠流。

桑　頓（二○一○），《藝術市場探密》（李巧云譯），臺北：時報。

桑塔格等（二〇〇二），《熱力學》（林錦鴻等編譯），臺北：全華科技。
翁文嫻（一九九八），《創作的契機》，臺北：唐山。
夏志清（一九八五），《中國現代小說史》（劉紹銘譯），臺北：傳記文學。
夏學理主編（二〇〇八），《文化創意產業概論》，臺北：五南。
郝金斯（二〇一〇），《創意生態：思考產生好點子》（李明譯），臺北：典藏藝術家庭。
殷海光（一九七九），《中國文化的展望》，臺北：活泉。
殷國登（一九八六），《人各有癖》，臺北：希代。
秦家懿等（一九九三），《中國宗教與西方神學》（吳華主譯），臺北：聯經。
哥喬斯（二〇一二），《產品經理的第一本書——從上游到下游的實務整合與挑戰》（戴維儂譯），臺北：麥格羅．希爾。
泰爾朋（一九九〇），《政權的意識形態與意識形態的政權》（陳墇津譯），臺北：遠流。
泰普史考特（二〇〇九），《N世代衝擊：網路新人類正在改變你的世界》（羅耀宗等譯），臺北：麥格羅．希爾。
特維德（二〇一一），《未來，你一定要知道的一百個超級趨勢》（許瑞宋譯），臺北：財信。
納博科夫（二〇〇六），《幽冥的火》（廖月娟譯），臺北：大塊。
索羅斯比（二〇〇三），《文化經濟學》（張維倫等譯），臺北：典藏藝術家庭。

淳　子（二〇一一），《民國瑣事：墨客、傳奇與胭脂》，臺北：立緒。

莫　斯等編（二〇〇一），《我們愛死了的故事：精選世界最短篇2》（嚴韻譯），臺北：麥田。

莫　渝譯著（一九九七），《香水與香頌——法國詩歌欣賞》，臺北：書林。

莫利斯（二〇〇二），《生態學》（金恆鑣譯），臺北：麥格羅・希爾。

強　森（二〇一二），《微寫作——短小信息的強大影響力，文案、履歷、簡報、網路社交都好用的語言策略》（吳碩禹譯），臺北：漫遊者。

梅　節（二〇〇七），《金瓶梅詞話校注》，臺北：里仁。

梅田望夫（二〇〇七），《網路巨變元年：你必須參與的大未來》（蔡昭儀譯），臺北：先覺。

梭　蒙（一九八七），《邏輯》（何秀煌譯），臺北：三民。

康　德（一九八六），《判斷力批判》（宗白華等譯），臺北：滄浪。

康斯勒（二〇〇七），《沒有石油的明天：能源枯竭的全球化衝擊》（郭恆祺譯），臺北：商周。

張　默等編（一九九五），《新詩三百首》，臺北：九歌。

張京媛編（一九九三），《新歷史主義與文學批評》，北京：北京大學。

張春興（一九八九），《心理學》，臺北：東華。

張漢良（一九七七），《現代詩論衡》，臺北：幼獅。

郭一帆（二〇〇七），《思路決定財路》，臺北：大利。

郭強生（二〇〇二），《在文學徬徨的年代》，臺北：立緒。
郭慶藩（一九八三），《莊子集釋》，新編諸子集成本，臺北：世界。
盛子潮（一九九三），《小說形態學》，福州：海峽文藝。
陶伯華（一九九三），《靈感學引論》，臺南：復漢。
麥奇本（二〇一一），《地球．地殏：如何在質變的地球上生存？》（曾育慧譯），臺北：高寶國際。
麥克唐納（一九九〇），《言說的理論》（陳墇津譯），臺北：遠流。
麥克魯漢（二〇〇六），《認識媒體：人的延伸》（鄭明萱譯），臺北：貓頭鷹。
陳佳君（二〇〇五），《辭章意象形成論》，臺北：萬卷樓。
陳信元（二〇〇四），《出版與文學——見證二十年海峽兩岸文化交流》，臺北：揚智。
陳夏民（二〇一二），《飛踢，醜哭，白鼻毛：第一次開出版社就大賣——騙你的》，臺北：明日工作室。
陳雅音（二〇一一），《文學的另類寫真——文人怪癖與文學創作的關係探討》，臺北：秀威。
陳植鍔（一九九〇），《詩歌意象論》，北京：中國社會科學。
陳義芝主編（一九九九），《臺灣文學經典研討會論文集》，臺北：聯經。
陳義芝（二〇一二），《歌聲越過山丘》，臺北：爾雅。
陳榮波（一九九三），《禪海之筏》，臺北：志文。

陳滿銘（二〇〇六），《意象學廣論》，臺北：萬卷樓。
陳學明（一九九六），《文化工業》，臺北：揚智。
陳穎青（二〇〇七），《老貓學出版——編輯的技藝&二十年出版經驗完全彙整》，臺北：時報。
陳穎青（二〇一〇），《老貓學數位PLUS》，臺北：貓頭鷹。
馮其庸等（二〇〇〇），《紅樓夢校注》，臺北：里仁。
荷曼斯（一九八七），《社會科學的本質》（楊念祖譯），臺北：桂冠。
梁啓超等（一九八一），《中國文學的特質》，臺北：莊嚴。
盛博士主編（二〇一三），《幽默的力量》，新北：新潮社。
清聖祖敕編（一九七四），《全唐詩》，臺南：平平。
陸鍵東（一九九九），《陳寅恪的最後二十年》，臺北：聯經。
淡江大學中文所主編（一九九一），《文學與美學》第二集，臺北：文史哲。
渡　也（一九八三），《渡也論新詩》，臺北：黎明。
渥　厄（一九九五），《後設小說——自我意識小說的理論與實踐》（錢競等譯），臺北：駱駝。
渥　爾（二〇〇五），《誰說出版不賺錢》（鄭永生譯），臺北：高寶國際。
傅　柯（一九九〇），《性史》（謝石等譯），臺北：結構群。
傅　柯（一九九三），《知識的考掘》（王德威譯），臺北：麥田。
傅大為（一九九一），《知識與權力的空間——對文化、學術、教育的基進反省》，臺北：桂冠。
傅佩榮（一九八九），《我看哲學——心靈世界的開拓》，臺北：業強。
焦　桐（一九九八），《臺灣文學的街頭運動（1977～世紀末）》，臺北：時報。
寒　哲（二〇〇一），《西方思想抒寫》（胡亞非譯），臺北：立緒。
黃文山（一九八六），《文化學體系》，臺北：中華。
黃永武（一九八七），《中國詩學・設計篇》，臺北：巨流。
黃光男（二〇一一），《詠物成金——文化・創意・產業析論》，臺北：典藏藝術家庭。
黃秀如（二〇〇五），《癖理由》，臺北：網路與書。
黃瑞祺主編（二〇〇三），《現代性・後現代性・全球化》，臺北：左岸。
黃維樑（一九八九），《怎樣讀新詩》，臺北：五四書店。
黃慶明（一九九一），《知識論講義》，臺北：鵝湖。
須文蔚（二〇〇九），《臺灣文學傳播論》，臺北：二魚。
辜正坤主編（一九九二），《世界詩歌鑑賞大典》，臺北：地球。
辜振豐（二〇一二），《寫作的祕密》，臺北：臺灣書房。
曾仰如（一九八七），《形上學》，臺北：商務。
曾仰如（一九九三），《宗教哲學》，臺北：商務。
曾祥芹等主編（一九九二），《閱讀學原理》，洛陽：河南教育。
富里迪（二〇一二），《知識分子都到哪裡去了——對抗21世紀的庸人主義》（戴從容譯），南京：江蘇人民。
傑克森（二〇一一），《誰說經濟一定要成長：獻給地球的經濟學》（朱道凱譯），臺北：早安經濟。
游志誠（一九九六），《昭明文選學術論考》，臺北：學生。
彭明輝（二〇一一），《糧食危機關鍵報告：臺灣觀察》，臺北：商周。
覃冠豪（二〇一三），《第五波產業革命——文化創鑫》，臺北：上奇時代。
湯恩比（一九八四），《歷史研究》（陳曉林譯），臺北：桂冠。
華特斯（二〇〇〇），《全球化》（徐偉傑譯），臺北：弘智。
華諾文學編輯組編（一九八五），《文學理論資料匯編》，臺北：華諾。
黑澤明（二〇一四），《蝦蟆的油——黑澤明尋找黑澤明》（陳寶蓮譯），臺北：麥田。
斯卡迷達（二〇〇一），《聶魯達的信差》（張慧英譯），臺北：皇冠。
喬姆斯基（二〇〇二），《9-11》（丁連財譯），臺北：大塊。
喬姆斯基（二〇〇三），《恐怖主義文化》（林佑聖等譯），臺北：弘智。
費茲傑羅（二〇〇九），《班傑明的奇幻旅程》（柔之等譯），臺北：新雨。
楚　戈（二〇〇五），《咖啡館裡的流浪民族》，臺北：九歌。
楚映天（二〇〇七），《壞事沒你想的那麼壞》，臺北：普天。
瑞　伊等（二〇〇八），《文化創意人：5000萬人如何改變世界》（陳敬旻等譯），臺北：相映。

瑞　威編（一九九四），《西方馬克思主義批判文選》（徐平譯），臺北：遠流。

賈　克（二〇一〇），《當中國統治世界》（李隆生等譯），臺北：聯經。

賈維斯（二〇一二），《數位新分享時代——網路上的分享與交流如何改善我們的工作和生活方式？》（許瑞宗譯），臺北：財信。

瘂　弦（一九八一），《瘂弦詩集》，臺北：洪範。

瘂弦主編（一九八七），《如何測量水溝的寬度》，臺北：聯合文學。

楊　牧（一九九四），《楊牧詩集Ⅰ：1956～1974》，臺北：洪範。

楊　容（二〇〇二），《解構思考——讓知識動起來》，臺北：商鼎。

楊　慎（一九八三），《升菴詩話》，續歷代詩話本，臺北：藝文。

楊　澤編（一九九六），《魯迅小說集》，臺北：洪範。

楊宗翰主編（二〇〇二），《文學經典與臺灣文學》，臺北：富春。

董　浩等編（一九七四），《欽定全唐文》，臺北：文友。

塞　斯（二〇〇七），《印度：下一個經濟強權》（蕭美惠等譯），臺北：財信。

雷夫金（一九八八），《能趨疲：新世界觀——二十一世紀人類文明的新曙光》（蔡伸章譯），臺北：志文。

雷可夫等（二〇〇六），《我們賴以生存的譬喻》（周世箴譯注），臺北：聯經。

道金斯（一九九五），《自私的基因》（趙淑妙譯），臺北：天下。

溫柏格（二〇一四），《TOO BIG TO KNOW：網路思想先驅溫柏格重新定義知識的意義與力量》（王年愷譯），臺北：貓頭鷹。

愛特伍（二〇一〇），《與死者協商：瑪格莉特・愛特伍談寫作》（嚴韻譯），臺北：麥田。
葉維廉主編（一九七九），《中國現代文學批評選集》，臺北：聯經。
葉維廉（一九八三），《比較詩學》，臺北：東大。
蓋　伊（二〇〇九），《現代主義：異端的誘惑》（梁永安譯），臺北：立緒。
赫　利（二〇一一），《我是暢銷小說家》（謝佩妏譯），臺北：圓神。
赫爾曼主編（二〇〇四），《新敘事學》（馬海良譯），北京：北京大學。
赫爾德等（二〇〇五），《全球化與反全球化》（林佑聖等譯），臺北：弘智。
趙一凡等主編（二〇〇六），《西方文論關鍵詞》，北京：外語教學與研究。
趙滋蕃（一九八八），《文學原理》，臺北：東大。
趙雅博（一九七五），《中西文化的新出路》，臺北：商務。
趙雅博（一九七九），《知識論》，臺北：幼獅。
趙毅衡（一九九八），《當說者被說的時候——比較敘事學導論》，北京：中國人民大學。
趙衛民（二〇〇三），《新詩啓蒙》，臺北：業強。
維加德（二〇〇八），《趨勢學・學趨勢：剖析趨勢成因，預測趨勢大未來》（羅雅萱譯），臺北：麥格羅・希爾。
維葉特等（二〇一〇），《偉大的企業都嗜血？從掠食者到商場英雄的成功之道大揭密》（洪世民譯），臺北：財信。

齊邦媛（二〇〇九），《巨流河》，臺北：天下。
齊普斯（二〇〇六），《童話・兒童・文化產業》（陳貞吟等譯），臺北：臺灣東方。
漢利希等（二〇〇四），《文化管理A-Z：600個大學與職業專用名詞》（吳佳真等譯），臺北：五觀藝術。
漢彌爾頓（二〇一〇），《卡薩諾瓦是個書痴：寫作、銷售和閱讀的真知與奇談》（王藝譯），臺北：麥田。
圖說天下編委會（二〇一〇），《即將消失的世界最美一百個地方》，臺北：漢宇國際。
劉向（一九八八），《說苑》，增訂漢魏叢書本，臺北：大化。
劉昫等（一九七九），《舊唐書》，臺北：鼎文。
劉勰（一九八八），《文心雕龍》，增訂漢魏叢書本，臺北：大化。
劉若愚（一九七七），《中國詩學》（杜國清譯），臺北：幼獅。
劉清彥譯（二〇〇一），《特異功能》，臺北：林鬱。
劉夢溪（二〇〇七），《紅樓夢與百年中國》，臺北：風雲時代。
樂寇（二〇〇五），《詩意的身體》（馬照琪譯），臺北：桂冠。
鄭良偉編（一九八八），《林宗源臺語詩選》，臺北：自立晚報社。
鄭愁予（一九七七），《鄭愁予詩選集》，臺北：志文。
德希達（二〇〇四），《書寫與差異》（張寧譯），臺北：麥田。
熱奈特（一九九〇），《敘事話語・新敘事話語》（王文融譯），北京：中國科學。

潘知常（一九九七），《反美學》，上海：學林。
潘重規（一九七四），《紅學六十年》，臺北：文史哲。
魯樞元等編（二〇〇六），《文學理論》，上海：華東師範大學。
編輯部（二〇一二），〈各縣市文學相關據點、空間狀況調查〉，於《文訊》第三二四期（一〇八至一一七），臺北。
駱鴻凱（一九八〇），《文選學》，臺北：華正。
歐　文（二〇〇六），《生態學的第一堂課》（蔡伸章譯），臺北：書泉。
歐陽友權（二〇〇五），《數字化語境中的文藝學》，北京：中國社會科學。
歐蘇利文等（一九九七），《傳播及文化研究主要概念》（楊祖珺譯），臺北：遠流。
錢谷融等主編（一九九〇），《文學心理學》，臺北：新學識。
盧勝彥（二〇一二），《第一百文集》，新北：大燈。
霍克海默等（二〇〇六），《啓蒙辯證法——哲學斷片》（渠敬東等譯），上海：上海人民。
隱　地編（一九九二），《爾雅極短篇》，臺北：爾雅。
隱　地（一九九四），《出版心事》，臺北：爾雅。
隱　地（二〇一二），《一棟獨立的臺灣房屋及其他》，臺北：爾雅。
韓　愈（一九八三），《韓昌黎文集》，臺北：漢京。
韓雪屏（二〇〇〇），《中國當代閱讀理論與閱讀教學》，成都：四川教育。
鍾　嶸（一九八八），《詩品》，增訂漢魏叢書本，臺北：大化。

蕭　蕭（一九八七），《現代詩學》，臺北：東大。
簡克斯（一九九八），《文化》（俞智敏等譯），臺北：巨流。
戴維斯（二〇一〇），《我在DK的出版歲月》（宋偉航譯），臺北：遠流。
顏之推（一九八三），《顏氏家訓》，新編諸子集成本，臺北：世界。
顏澤賢（一九九三），《現代系統理論》，臺北：遠流。
魏明德（二〇〇六），《新軸心時代》（楊麗貞等譯），臺北：利氏。
魏特罕（二〇〇〇），《空間地圖——從但丁的空間到網路的空間》（薛絢譯），臺北：商務。
聶魯達（一九九九），《二十首情詩與絕望的歌》（李宗榮譯），臺北：大田。
懷　宇（一九九五），《羅蘭·巴特隨筆選》，天津：百花文藝。
譚　瑟（二〇一一），《網路行為的關鍵報告》（林東翰等譯），臺北：商周。
嚴　羽（一九八三），《滄浪詩話》，歷代詩話本，臺北：藝文。
嚴雲受（二〇〇三），《詩詞意象的魅力》，合肥：安徽教育。
羅　特（二〇一一），《巴西，未來之國：集強盛經濟體和奇幻嘉年華的全球第五大經濟勢力》（鄭安傑譯），臺北：高寶國際。
羅　鋼（一九九四），《敘事學導論》，昆明：雲南人民。
羅吉斯（二〇〇六），《創新的擴散》（唐錦超譯），臺北：遠流。
釋妙蘊（二〇〇五），《奇人妙事》，臺北：福報。
蘇吉赫拉（一九九五），《多媒體時代》（蕭秋梅譯），臺北：朝陽堂。

蘭特利奇等編（一九九四），《文學批評術語》（張京媛等譯），香港：牛津大學。
龔鵬程（二〇〇六），《才》，臺北：學生。
鷲尾賢也（二〇〇五），《編輯力——從創意企劃到人際關係》（陳寶蓮譯），臺北：先覺。